프라하

프라하 작가들이 사랑한 도시

초판 1쇄 펴낸 날 / 2011년 3월 17일

지은이 • 안 네루다 · 프란츠 카프카 외 | 옮긴이 • 이정인 | 펴낸이 • 임형욱
편집주간 • 김경실 | 편집장 • 정성민 | 디자인 • 조현자 | 영업 • 이다윗
펴낸곳 • 행복한책읽기 | 주소 • 서울시 중구 필동3가 15 문화빌딩 403호
전화 • 02-2277-9216,7 | 팩스 • 02-2277-8283 | E-mail • happysf@naver.com
필름출력 • 버전업 | 인쇄 제본 • 동양인쇄주식회사 | 배본처 • 뱅크북
등록 • 2001년 2월 5일 제2-3258호 | ISBN 978-89-89571-71-1 03890 값 • 12,000원

ⓒ 2011 행복한책읽기
Printed in Korea

프라하

작가들이 사랑한 도시

PRAHA

얀 네루다 · 프란츠 카프카 외 지음
이정인 옮김

행복한책읽기

PRAHA

프롤로그
프라하의 정신 – **이반 클리마** · 7

구시가지
구시가지 시계의 전설 – **알로이스 이라세크** · 25
GM – **구스타프 마이링크** · 37
세탁부 사건 – **에곤 에르빈 키쉬** · 51
과거 – **미할 아이바스** · 67
어느 투쟁의 기록 – **프란츠 카프카** · 73

구유대인 지역
골렘 – **구스타프 마이링크** · 101

카를 다리
정신의학의 신비 – **야로슬라프 하셰크** · 119

말라스트라나
그걸 어떻게 하지? – **얀 네루다** · 131

흐라드차니

첫 번째 환상 – **구스타프 마이링크** · 147

페트르진 언덕

종 – **이르지 카라세크 제 르보빅** · 167

프라하

영수증 – **카렐 차페크** · 179
멘델스존은 지붕 위에 있다 – **이르지 바일** · 197
워싱턴에서 온 테너색소폰 솔로 – **요세프 슈크보레츠키** · 217
기차역에 가다 – **야힘 토폴** · 225

에필로그

위대한 도시가 보인다 – **다니엘라 호드로바** · 241

- 추천사 – **야로슬라브 올샤, jr.** · 255
- 체코 작가들과 프라하를 산책하다 – **조성관** · 256
- 역자 후기 – **이정인** · 267
- 주석 · 276
- 작가 소개 · 290
- 프라하 연대표 · 294

| 일러두기 |

1. 외래어 표기법은 인명과 지명 등에서 반드시 독일어로 나타내야 하는 부분을 제외하고는 체코어로 통일하였다. (라우렌치→페트르진 언덕, 몰다우강→블타바 강, 프란첸케→프란티슈코보 나브레제지, 슈첸인젤→스트르젤레츠키 섬)
2. 작가의 부연 설명은 괄호 안에 묶어 본문에 함께 넣었고, 역자의 주석은 본문 마지막에 미주로 묶었다.
3. 각 작품에 대한 저작권은 이 책 마지막 장에 별도 표기하였다.

프롤로그

프라하의 정신

이반 클리마

도시란 사람과 같다. 우리가 그와 진실한 관계를 만들지 못하면 단지 이름으로만, 금세 머릿속에서 잊혀 버릴 껍데기로만 남을 것이다. 진실한 관계를 만들기 위해 우리는 도시를 관찰하고, 그 독특한 개성, 그 '자아', 그 정신과 정체성, 시공간을 통해 발전하는 그 삶의 환경들을 이해할 수 있어야 한다.

프라하의 정신을 다룬 많은 논문과 에세이들이 있다. 『마술의 프라하』나 『프라하, 신비의 도시』 같은 제목의 책들도 있다. 흥미로운 것은 이 책을 쓴 사람들이 외국 사람들이란 점이다. 내가 읽은 것 중에서 프라하를 가장 잘 소개한 책은 이탈리아 사람인 A. M. 리펠리노[1]가 쓴 책이었다. 그 밖에 다른 책들은 프라하의 독일인이나 유대인들이 쓴 것들이었다. 그들 대부분은 나치를 피해 체코슬로바키아를 떠나야 했던 사람들이었다. 내 고향 도시를 방문한 많은 사람들의 상상력을 지배하고 있는 건 그런 사람들이 그린 프라하의 초상인 것 같다. 그것은 도시가 풍기는 분위기와 함께 수십 년, 아니 수백 년 동안 함께 살아온 체코와 독일과 유대라는 세 문화의 보기 드물고 자극적인 혼합을 통해 사람들의 창조성에 영감을 주는 신비하고 흥미진진한 도시의 초상이었다. 독일어를 쓰는 프라하 토박이 요한네스 우르치딜[2]은 '이히 빈 힌테르나치오날'[3]이라고 익살을 부렸다. 그에게 프라하란 배경은 동화 같은 아름다움을 갖고 있는데, 그 이유는 바로 여기서는 '민족성을 넘어' 살 수 있기 때문에, 민족성의 충돌은 서로를 상쇄하여 형태도 없고 정의하기도 어려운 신비한 세계를 낳았기 때문이었다. 프라하는 체코적인 것도, 독일적인 것도, 유대적인 것도, 심지어 오스트리아적인 것도 아닌 공간이었다. 많은 동시대 사람들처럼 우르치딜은 정처 없이 걷고 있는 시민들로 가득한 프라하와 그 거리들에 대한 초상을 그렸다. 하지만 그는 또한 텅 빈 도로와 나이트클럽, 야외무대, 극장과 카바레, 작은 상점과 카페,

무엇보다 호프집과 선술집, 학생들의 학회와 문학 살롱, 그리고 당연하게도 매음굴과 대도시 특유의 화려한 지하 세계도 묘사했다. 물론 이런 초상은 그의 세대와 경험의 영향을 받았지만, 또한 세기의 전환기를 이곳에서 살아간 놀랄 만큼 위대한 정신들에 의해 탄생한 것이기도 하다. 드보르작[4]과 스메타나[5] 같은 작곡가, 하셰크와 카프카, 릴케, 베르펠[6], 우르치딜, 브로트[7] 같은 작가, 마사리크[8] 같은 정치가를 생각해 보라. 체코와 독일 극장들은 위대한 배우와 가수들 덕에 활기가 넘쳤다. 알버트 아인슈타인은 독일어를 사용하는 프라하 대학에서 강의했다. 체코어를 사용하는 카렐 대학은 길고 지루한 세월이 지난 뒤에야 자기 분야에서 세계적인 명성을 지닌 위대한 학자들을 자랑할 수 있었다. 물론 그런 탁월한 창조적 정신들의 운집은 외부 환경만으로 다 설명할 수 없다. 왜냐하면 외부 환경은 탁월한 재능이 모습을 드러내는 곳에서만 유리하게 작용하기 때문이다. 하지만 몰락기의 오스트리아 제국은 자유로운 창조활동에 충분한 공간을 주었다. 그 정신은 마치 임박한 파국을 기대하기라도 하는 것처럼 도시의 삶 속에 스며들었다.

하지만 내 생각에 프라하의 외형과 정신에 가장 큰 영

향을 끼친 것은 자유가 아니라 부자유였다. 예속의 삶과 수많은 수치스러운 패배들과 잔혹한 군사적 점령들이었다. 프라하는 이제 세기가 바뀌던 시기의 모습대로 존재하지 않으며, 그 시기를 기억하는 사람도 생존해 있지 않을 것이다. 유대인들은 살해되었고, 독일인들은 쫓겨났으며, 수많은 위대한 인물들이 세계 곳곳으로 뿔뿔이 흩어졌다. 작은 상점과 카페들은 문을 닫았다. 이것이 바로 새로운 세기말의 프라하가 남긴 유산이었다.

물론 19세기 말과 20세기 초를 지배하던 그 정신은 더 이상 세계 어디에도 존재하지 않는다. 프라하 외의 다른 곳에서는 그 과도기가 덜 극적이고 덜 명확했다. 하지만 지금 현재 이 도시를 지배하는 정신은 과연 무엇인가?

프라하를 도읍으로 정한 것은 프르제미슬 왕조였다. 프르제미슬 왕조가 이곳에서 다스린 영토는 넓지 않았다. 하지만 그것이 중부유럽에서 차지하는 지리적 위치는 이 땅을 많은 외국의 이해들이 충돌하는 곳으로 만들었다. 유사 이래 체코인은 늘 다른 민족과 함께 살았다. 처음에는 유대인이, 13세기에는 독일인이 왔다. 이들은 모두 체코어에는 존재하지 않는 특별한 독일어 단어 '보헤미아'로 불리는 땅에서 같은 군주의 통치 아래 살았다. 19세기와 20세기 일어난 민족주의에 영향을 받은 이후의 해석들과 달리, 원래의 문헌들은 국경지역에서 살든, 수도에서 살든 독일인과 체코인들이 대개 서로 잘 지냈다고 말해주고 있다. 유대인의 삶은 조금 더 불안했다. 때때로 체코인이나 독일인들 중에 유대인에 대한 분노를 분출하는 선동꾼들이 나타났기 때문이다. 그 경우를 제외하면 이 땅에 사는 모든 사람들은 똑같이 전염병과 전쟁을 겪었다.

유럽에서 벌어진 전쟁들 중에 체코의 상황에 영향을 주지 않은 것은 거의 없었다. 프라하는 자주 포위당하거나 점령당했다. 하지만 그럼에도 불구하고, 오히려 아마 그 때문에, 더 최근의 세기들에서는 결사항전보다 협상과 조건부 항복에 우선권을 두는 것으로 나타났다. (흔히 비난받곤 하는) 그런 정책들은 비록 희생이 전혀 없지는 않았지만 도시가 생존할 수 있게 해 주었다.

1620년 체코인 귀족들이 자신들의 독립성을 이용해 합스부르크 왕조에 맞서 봉기를 일으켰다 실패하자, 그 이후 300년 동안 그때까지 누렸던 자유마저 빼앗기고 말았다. 점령군들은 프라하를 약탈했다. 하지만 프라하를 다스린 자들 역시 프라하를 약탈했다. 루돌프 2세[9]가 수집한 막대한 미술품들은 당대인 17세기 초에도 세계에서 가장 귀하고 광범위한 수집품에 속했었지만 지금은 거의 아무것도 남지 않았다. 수집품의 일부는 루돌프 2세가 죽은 뒤 빈으로 옮겨졌다. 그리고 얼마 뒤 스웨덴(프라하를 점령했던 많은 나라들 중 하나)이 그 대부분을 전리품으로 빼앗아갔다. 이후의 합스부르크 군주들은 남아 있던 것들마저 조금씩 빈으로 옮겼다.

하지만 물질적 피해는 프라하에 닥친 불운의 일부에 불과했다. 프로테스탄트 성직자들은 추방당했다. 명문가의 사람들도 대부분 떠났다. 통치와 교육뿐 아니라 심지어 사람들의 영혼을 다스리는 권한조차 외국인들의 손으로 들어갔다. 한때 왕좌가 있었고 인문주의 교육의 중심지였던 프라하는 빈의 궁정을 위한 휴양지로 전락했다. 가톨릭교회에 저항했던 유럽 최초의 도시는 가능한 빨리, 필요하다면 강제로 가톨릭 도시로 변했다.

프라하를 묘사하는 말로 가장 흔히 쓰이는 것 중 하나는 "백 개의 첨탑이 있는 도시"라는 표현이다. 사람들은 그 많은 첨탑들과 바로크 양식의 성당들이 이 가톨릭화의 시대에 지어졌다는 사실을 잘 깨닫지 못한다. 그 시대는 많은 사람들에게 폭력과 강제추방, 조국의 상실, 또는 적어도 자신들이 본래 믿던 종교의 상실과 결부된 시기였다.

하지만 동시에 이 도시가 오로지 상실만 겪었다고 주장할 수만은 없다. 새로운 신앙의 설교자들이 와서 새로운 교회를 지었고, 새로운 군주들이 새로운 궁전을 지었다. 이 모든 것은 프라하의 중간층과 평민을 위한 생계수단을 창조하는 데 일조했다. 유럽 바로크 양식의 최고 건축가들이 가장 많은 찬사를 받는 궁전과 정원들을 설계하고 건설한 것은 사실 이 시기 동안이었다.

그럼에도 불구하고 무언가가 부서졌다. 그 패배의 무언가가 도시의 정신에 영향을 끼친 것이, 어떤 영구적인 영향을 끼친 것이 분명했다. 몇몇 짧은 시기들을 제외하면 그런 패배와 자유의 상실, 외국 군주에 대한 복종은 결코 사라지지 않았기 때문이다. 대신 더욱 더 빨리 새로운 패배와 새로운 상실이 이어졌다. 하지만 그렇게 불행한 운명에서도 긍정적인 무언가를 뽑아 낼 수 있었다는 것이 이 도시가 가진 신비함의 하나이다.

가장 눈에 띄는 프라하의 특징은 과시적인 것이 없다는 것이다. 프란츠 카프카는 (다른 많은 지식인들처럼) 프라하에서는 모든 것이 조그맣고 갑갑하다고 불평했다. 그것은 확실히 생활환경에 대해 이야기한 것이었다. 하지만 그 말은 이 도시 자체, 그 물리적 차원에 대해서도 마찬가지로 진실이다. 프라하는 도심에 단 하나의 높은 빌딩도, 개선문도 찾을 수 없는 보기 드문 대도시 중 하나다. 많은 궁전들도 내부는 화려하지만 외관은 거의 군대막사처럼 눈에 띄지 않는 평범한 모습을 하고 있으며 실제 크기보다 더 작아 보이도록 애쓰는 것처럼 보인다. 19세기 말 프라하 사람들은 에펠탑을 모사한 탑을 세웠다. 하지만 그들은 원본 크기의 5분의 1로 그것을 축소했다. 두 번의 세계대전 사이에 그들은 십여 개의 학교와 체육관과 많은 병원을 세웠지만 런던이나 부다페스트, 빈에 있는 것 같은 웅장한 의사당을 짓지는 않았다. 1955년 공산당이 소련의 독재자 이오시프 스탈린에게 바치는 거대한 기념비를 세웠다. 그리고 7년 뒤, 프라하 사람들은 그것을 파괴했다.

20세기 초에만 해도 협소함이나 지방색으로 느껴졌을지 모르는 것을 우리는 지금 오히려 기적적으로 보존된 인간적인 차원으로 인식한다.

균형감각 역시 사람들의 삶에 배어 있다. 체코인의 생활은 화려한 대형 광고, 불꽃놀이, 현란한 무도회, 카지노, 대규모 열병식처럼 지나치게 과시적인 것을 좋아하는 대신에 시장, 계절축제, 소박한 댄스 쪽을 더 좋아하는 경향이 있다. 가장 눈에 띄는 행사는 당시로서는 세계 최대의 스포츠 스타디움(그 거대함이 방해받지 않도록 도시 외곽에 지어졌다)에서 열리던 소콜[10] 체조대회였다. 수만 명의 참가자들이 똑같은 동작으로 체조를 하는 그 행사는 20만 명에 육박하는 관객들을 불러 모았다. 하지만 이런 행사조차도 세계를 놀라게 하려는 의도보다는 절제와 잘 훈련된 열정의 표현에 더 가까웠다.

평화적으로 진행되는 역사는 사람들이 의식하지 못한 채 그냥 흘러가는 것처럼 보인다. 하지만 반란과 좌절, 점령, 해방, 배신, 새로운 점령으로 얼룩진 역사는 짐으로, 삶의 불확실성을 끊임없이 상기시키는 것으로 도시와 사람들의 삶에 침투한다. 프라하에는 공공 기념물이 많지 않지만, 죄 없는 사람들이 갇혀서 고문당하다 처형된 건물들은 많이 있다. 그들 대부분은 이 나라에서 가장 훌륭한 사람들이었다. 마치 이 도시가 가능한 빨리 상처를 잊고 싶어 하는 듯이 이러한 상처들을 되도록 드러내지 않게 하려는 것이 프라하를 구속하는 족쇄들 중 하나다. 그들이 항상 가장 최근의 시대를 상징하는 사람들의 기념물(황제들의 기념물, 첫번째, 두 번째, 심지어 네 번째 대통령의 기념물, 그리고 영광스러운 정복자들의 기념물)을 부숴 버리고 있는 이유가 바로 이 때문이다.

거리의 이름도 끊임없이 바뀌고 있다. 프라하에는 20세기 들어서만 이름이 다섯 번이나 바뀐 곳들이 있다. 프라하를 처음 오는 사람들은 이를 알지 못한 채 거리를 걸을 수 있다. 반면 한 지역을 알고 있는 방문객은 이 때문에 헷갈려 하고 길을 잃어버린 게 아닌가 생각하게 된다. 새로운 이름이 적힌 거리 표지판은 이 도시가 결코 없앨 수 없는 무언가—그 자신의 과거, 그 자신의 역사, 짊어지기에는 너무 무거운 짐으로 보이는 역사—를 제거하기 위한 시도를 증명한다.

무거운 운명을 짊어진 사람에게, 무거운 역사를 짊어진 민족에게 끈기와 인내는 반드시 필요한 덕목이다. 도시도 마찬가지다. 많은 다른 나라의 말처럼, 체코어에서 '인내'(trpělivost)라는 단어는 '고생하다'(trpět)라는 동사와 어원이 같다. 겉으로 볼 때 전쟁의 파괴를 피한 것처럼 보이는 이 도시는 호전적인 행위에 더 직접적으로 피해를 입은 많은 도시들보다 더 큰 고통을 겪어야 했다. 대개 여행객들이 접근하기 쉬운 장소만 다니게 되는 외국인들과 달리, 나는 지은 지 오래된 건물과 옛 궁전 등에 들어가 독단적이고 야만적인 관리인들이 천장이 무너지도록 버려두거나 화려한 살롱을 벽으로 구획해서 회사 매점이나 사무실로 개조해 놓은 것을 볼 수 있었다. 유럽에서 가장 아름답다고 손꼽히던 계단식 정원들이 아무도 돌보지 않는 축축한 화단에 잠식되어 사라져 가는 것을, 교회들이 창고로 바뀌고 결국은 창고로도 쓸 수 없는 곳으로 변해 가는 것을 보았다. 만약 프라하가 여전히 존재하고 있고, 그 매력 또는 그 아름다움을 잃지 않았다면, 이 도시의 석조 건축물들이 도시의 주민들처럼 끈질긴 인내를 드러내고 있기 때문이다.

나는 가끔 프라하를 상징하는 장소로 여겨지는 곳을 찾고는 한다. 프라하 성, 구시가지 광장, 바츨라프 광장. 프라하 성은 그림엽서에 가장 자주 등장하는 사진이고 화가들이 가장 자주 묘사하는 곳이긴 하지만, 곧 설명할 것처럼 내게는 전혀 다른 것을 상징하는 것이다. 19세기까지 시장이었던 바츨라프 광장은 도시의 운명과 깊은 역사적 연관성이 없다. 구시가지 광장, 이곳이 체코 역사가 겪은 고난을 형상화하고 있다는 것은 틀림없는 사실이다. 구시가지 광장은 1621년 27명의 체코인 귀족들, 시민들, 정신적 지도자들이 공개 처형된 불명예스러운 곳으로 4세기 가까이 기억되어 왔다. 그것은 굴욕과 인간의 이중

성, 프라하 주민들의 변덕스러운 순응성의 상징이 되었다. 사랑받든 (더 흔히는) 미움받든 당대의 통치자들을 찬양하기 위한 행사들이 이곳에서 몇 번이고 되풀이하여 열렸다. 이익 때문이든 두려움 때문이든 그런 행사에 나와서 경의를 바치는 사람들은 언제나 충분히 있었다.

나에게 있어 이 도시의 물질적, 정신적 중심은 다리이다. 블타바 강의 서쪽 기슭과 동쪽 기슭은 이어 주는 거의 700년이 된 돌다리는 적어도 그 다리가 건설된 이래 서로를 항상 찾고 있는 유럽의 두 반쪽을 연결하는 이 도시의 위치를 상징적으로 보여주고 있다. 서쪽과 동쪽. 같은 문화에서 갈라져 나왔지만 두 개의 다른 전통, 유럽인의 다른 종족을 대표하고 있는 두 부분.

카를 다리는 또한 이 도시가 가진 불가사의한 생명력, 그 모든 재난을 극복하는 회복력에 대한 상징이라고도 할 수 있다. 수세기 동안 그 다리는 주기적으로 프라하를 범람하는 홍수를 견디고 있다. 두 세기 전 딱 한 번, 홍수가 그 다리의 아치 두 개를 파괴했고, 아치 위를 지나가던 사람들과 함께 물속으로 무너져 내렸다. 하지만 다리는 빠르게 복구되었고 오늘날 프라하 시민들은 동시대의 기록들이 그때까지 이 도시에 닥친 사상 최악의 재난들 중 하나로 여겼던 사건을 까맣게 모르고 있다.

프라하에서 쓰이는 언어 역시 과시와는 거리가 멀다. 사투리가 잔뜩 들어간 그 말은 예를 들어 러시아어와 달리 커다란 감정을 담지 않는다. 현대를 사는 체코 작가라면 자신의 도시가 '마술적'이거나 '신비'하다고 쓰는 데 주저할 것이다. 사실은 그렇게 생각하는 것조차 망설일 것이다.

바츨라프 하벨[11]은 자신의 희곡 『관객』을 통해, 작품 활동을 금지당하고 양조장에서 일해야 하는 처지에 몰린 작가의 상황에 이름을 붙이면서 이런 반복구를 썼다. "그거 참 역설이로세, 응?" '역설'이라는 단어도 이 도시의 정신에 잘 들어맞는다. 프라하는 역설로 가득 차 있다. 프라하는 교회들로 넘쳐나지만, 이 도시에서 실제 기독교인은 아주 소수다. 중부유럽에서 가장 오래된 대학들 중 하나와 수세기 동안 좋은 교육을 받은 주민을 자랑하지만, 여기만큼 학식이 천대받는 곳은 세계에서 거의 예를 찾을 수 없다.

또 다른 역설은 도시를 지배하고 있는 프라하 성이라는 건축물이다. 이 성은 중부유럽에서 가장 큰 요새(그 기본 계획은 대 패배의 시기 이전에 만들어졌다)에 속한다.

그 성은 왕이 거의 거기 살지 않던 시기에 최후의 대규모 재건축 공사를 했다. 지금 그 성에는 대통령이 살고 있다. 대통령들의 운명은 그들이 나라를 지배했던 이 도시의 운명을 반영한다. 아홉 명의 전직 대통령들 중에서 네 사람이 3년 이상 수감생활을 했다.[12] 다섯 번째는 그보다는 짧게 감옥에 있었다.[13] (재임기간의 대부분이 나치 점령시간과 일치하기 때문에 보다 쉽게 잊혀졌을) 또 한 사람은 감옥에서 죽었다.[14] 남은 세 사람은 국외로 달아나는 것으로 간신히 수감이나 처형을 면할 수 있었다.[15] 감옥과 왕궁 사이에 참으로 기묘하고 역설적인 관계가 아닌가!

이렇게 역설로 가득한 도시였기에, 서로 엄청나게 다르지만 탁월한 두 사람의 작가가 단지 몇 주 간격으로 태어날 수 있었을 것이다. 한 사람은 독일어로 글을 쓴 유대인이었다. 채식주의자이자 금주가이며 내향적인 금욕주의자인 그는 작가로서의 사명과 의무, 자신의 결점에 대해 지나치게 강박적으로 의식하는 바람에 생전에 대부분의 작품을 출판하지 못했다. 다른 한 사람은 무정부주의자에 식도락가이며 무책임한 행동을 즐기는 외향적인 주정뱅이였다. 그는 자기 직업과 의무를 비웃고, 술집에서 글을 써서 그 자리에서 바로 맥주 몇 잔을 받고 팔고는 했다. 프란츠 카프카와 『착한 병사 슈베이크』의 작가[16]는 둘 다 1년 정도 간격으로 불과 몇 거리 떨어지지 않는 곳에서 때이른 죽음을 맞았다. 두 사람은 같은 시대를 근거로 천재적인 작품들을 창조했다. 하지만 그들의 작품은 시대적으로도 멀리 떨어져 있어 보일 뿐 아니라 공간적으로도 천리만리 떨어진 것으로 보인다. 역설이라는 단어가 너무 커다란 울림을 가진 단어, 혹은 적어도 지적인 냄새를 풍기는 단어이기 때문에, 그 이후로 사람들은 살다가 빠져들게 되는 부조리한 상황을 가리켜 "카프카르나"라고 부르고, 그리고 그런 상황을 가볍게 만들어 유머와 철저히 수동적인 저항으로 폭력에 맞서는 그들 자신의 능력을 "슈베이코비나"라고 불렀다.[17]

과거 시대의 프라하는 사라졌다. 아무도 사자(死者)들 중에서 살해된 사람들을 소생시키지 못할 것이다. 추방된 사람들도 대부분 살아 돌아오지 못할 것이다. 그럼에도 불구하고, 프라하는 살아남았고 기나긴 시간 끝에 마침내 자유를 맛보았다. 프라하의 정신 또한 살아남았다. 그것은 1989년 자유의 길을 열었던 혁명의 날들 동안 생생하게 표명되었다. 혁명은 보통 소리 높이 외치는 구호들과 수많은 깃발들, 유혈, 또는 적어도 깨진 유리창과 날

아다니는 돌로 특징지어진다. 그러나 '벨벳혁명'이란 이름을 얻은 11월의 혁명은 비폭력적이었다는 점뿐 아니라 특히 투쟁의 주요무기에서 일반적인 혁명과 달랐다. 그 무기는 바로 조롱이었다. 건물의 벽, 지하철역, 버스와 전차의 유리창, 가게 진열창, 가로등 기둥, 동상과 기념비에 이르기까지 사용할 수 있는 프라하의 거의 모든 공간은 불과 며칠 만에 믿기지 않을 만큼 많은 게시물과 포스터들로 뒤덮였다. 비록 구호들은 "독재를 타도하라"라는 단 하나의 목표를 가지고 있었지만, 그 목소리는 무겁지 않고 가벼웠다. 그들은 풍자와 조롱을 사용했다. 프라하 시민들은 자신들이 경멸하는 지배자들에게 칼이 아니라 농담으로 최후의 일격을 날렸다. 하지만 이 독창적이고 감정적이지 않은 투쟁 방식의 핵심에는 놀랄 만큼 매력적인 감정이 존재하고 있었다. 그것은 당분간 이 놀라운 도시의 역사에서 가장 최근의, 아마도 가장 두드러진 역설이 될 것이다.

구시가지 Staré Město

구시가지 시계의 전설 – 알로이스 이라세크
GM – 구스타프 마이링크
세탁부 사건 – 에곤 에르빈 키쉬
과거 – 미할 아이바스
어느 투쟁의 기록 – 프란츠 카프카

구시가지
―

천문시계로 유명한 구시청사가 있는 구시가 광장을 중심으로 카를 다리 입구에서부터 화약탑까지의 지역을 말한다. 14세기에 포화상태에 이르자 카렐 4세의 명으로 현재의 국립박물관이 있는 바츨라프 광장에 조성한 신시가지와 대비하여 구시가지로 불린다. 프라하 시 전체가 유서 깊은 건물로 가득하지만 얀 후스 동상이 있는 구시가 광장, 틴 성당, 골즈 킨스키 궁전, 카프카 생가 등 프라하를 대표하는 거의 모든 것이 모여 있는 지역이다.

구시가지 시계의 전설

알로이스 이라세크

구시가지 시청 앞에 사람들이 구름처럼 모여 있었다. 주민총회나 중요한 재판이 있는 것도 아닌데 계속 사람들이 오고 있었다. 사람들은 인파의 불편함을 참으며 한 시간도 넘게 뭔가를 기다리고 있었다. 신기하기 짝이 없다는 시계탑의 새로운 시계를 구경하기 위해서였다. 고귀한 궁궐이든 가난한 빈민가든, 술집이든 가게든 저잣거리든 어디에서나 온통 시계 이야기뿐이었다. 구시가지 시청 시계탑에 새로 설치된 시계는 좀 특이하다 싶은 정도가 아니라 이 세상에 비할 것이 없을 만큼 신기한 시계였다. 신분, 직업, 남녀노소를 불문하고 모든 사람들이 까치발을 하고 목을 쭉 뺀 채 스물네 개의 시간이 표시된 커다란 숫자판을 뚫어지게 쳐다보고 있었다. 금빛 선과 원들이 복잡하게 엇갈려 있는 숫자판 밑에는 황도 12궁을 그린 원판이, 좌우로는 죽음을 상징하는 해골, 이국적인 옷차림의 투르크인, 돈자루를 들고 있는 구두쇠 등의 모습을 조각한 돌 인형들이 매달려 있었다.[1] 주위는 왁자지껄한 사람들의 웅성거림으로 꽉 차 있었다.

새 시계가 종을 치기 시작하면 시끄러운 소리들은 한순간에 조용해졌다. 죽음의 상이 줄을 당겨 종을 울리는 시늉을 하는 걸 보고 놀란 사람들은 너도나도 손으로 그것을 가리키며 감탄사를 외쳐댔다. 그러면 시계판 위의 작은 문 두 개가 열리며 사도를 묘사한 인형 두 개가 나타나 열두 사도 전부가 모습을 드러낼 때까지 다른 쪽 문을 향해 차례로 움직였다. 사도 인형들은 모두 구경꾼들 쪽으로 잠깐 고개를 돌렸다가 다시 서쪽에서 동쪽으로 계속 움직였는데, 마지막으로 두 손을 활짝 펼치고 축복을 주시는 예수님이 나타나자 모자를 벗거나 성호를 그어 경의를 표하는 사람이 있는가 하면 아랑곳하지 않고 구경에만 몰두하는 사람들도 있었다. 해골은 바로 옆의 투르크인과 건너편에 있는 유대인을 번갈아 바라보며 사악한 미소를 지었고, 투르크 사람은 자신을 끌고 가려는 죽음에게 싫다고 고개를 저었다. 그리고 작은 문 위에서 돌로 만든 수탉이 울어 시간을 알리면 비로소 모든 조각상들이 다음 시간이 될 때까지 움직임을 멈추는 것이었다. 다시 사람들의 목소리들이 시끄럽게 떠들기 시작했다. 그들은 뛰어난 재주를 지닌 시계 발명자에 대해 이야기했다. 모든 사람이 시계를 만든 하누슈 명인을 찬미했다.

시계를 조사하기 위해 대학에서 나온 학식 높은 양반들, 학사복을 입은 명인과 박사들도 시계의 발명자에게 찬사를 아끼지 않았다. 그들은 진지한 표정으로 라틴어로 엄숙하게 대화를 나누고 있었다. 하지만 보통 사람들과 달리 그들의 이야기는 온통 시계판 위에 그려진 원과 선과 기호들에 대한 것뿐, 사도나 해골 인형 등에 대해선 그저 관대한 미소를 짓고 마는 것이었다. 한 늙은 현자는 학생들에게 종을 치는 해골과 수탉의 울음 같은 것들은 단지 사람들을 즐겁게 하기 위한 눈속임일 뿐이라고 말했다. 그는 이 시계가 학자들에게, 그중에서도 특히 천문학자들에게 엄청나게 유용한 것이라고 지적했다. 왜냐하면 이 시계는 태양이 어떻게 지구를 도는지, 지금 어떤 궁도에 와 있는지 보여줄 뿐 아니라, 특정한 날의 태양이 뜨고 지는 시각과 지평선에서 태양의 위치―겨울에는 멀고 여름에는 가깝다—까지 표시해 주기 때문이다. 그 현자는 바보 같은 장식물 없이도 이 시계는 그 자체로 훌륭하다고 말했다.

예복을 차려입은 시의원들과 구시가 관리들의 무리가 화려한 시청 정문을 나와 시계탑 쪽으로 다가오자 학식 높은 명인들은 대화를 멈추었다. 군중들은 그들에게 길을 터주기 위해 물러났다. 모든 눈이 그들에게, 특히 그중에서도 검은 머리칼에 창백한 얼굴의 나이 든 남자에게 쏠렸다. 그는 자기 분야의 명인임을 나타내는 검은 가운을 입고 시장 바로 옆에서 걷고 있었다. 그가 바로 시계를 만든 하누슈 명인이라는 수군거림이 돌았다. 명인의 그림자 자락이라도 보기 위해 사람들이 목을 빼고 몰려들었다.

대학에서 나온 사람들을 비롯하여 모든 이들이 명인에게 경의를 표했다. 명인은 예의 바르게 거기에 답했다. 그리고 도시의 원로들이 시계 아래 멈추어 서자 곧바로 시계의 작동방식을 설명하기 시작했다. 그는 태양과 별들에 대해 말했으며, 시계가 어떻게 차거나 일그러지거나 상관없이 항상 달의 위치를 보여주는지 가르쳐 주었다. 그는 12궁도의 기호에 대해 설명하며 그중 여섯 개는 지구 위에, 여섯 개는 지구 아래에 있다고 말했다. 덧붙여 그는 이 시계는 한 해의 모든 주일들을 비롯한 요일과 달과 계절을 표시한다고 이야기했다. 사람들은 경외심을 가지고 조용히 경청했다. 교수들조차 현자답게 점잔 빼는 표정을 짓고는 동의를 표하는 듯 고개를 끄덕거리며 명인의 설명에 귀를 기울였다.

하누슈 명인이 설명을 마치자 군중들은 환성을 질렀다. 하지만 그는 겸허하게 시의원들 쪽으로 몸을 돌리더니 시계의 기계장치가 어떻게 움직이는지, 특히 종이 울릴 때 모든 추와 톱니와 바퀴들이 얼마나 정확하게 작동하는지 설명해 주겠다며 시계탑 내부로 들어가기를 권유했다. 시계탑 안에서 손님들은 톱니 하나하나가 다 미리 계산된 역할을 수행하고 있는 복잡하고 정교한 기계장치에 경탄을 금치 못했다. 어찌 단 한 사람의 머리에서 이 모든 생각이 다 나올 수 있단 말인가? 이 시계가 각기 별도의 추와 평형추를 가진 네 부분으로 구성되어 있다는 설명을 듣고 그들은 더욱 놀랐다. 그들은 특히 네 번째 부분에 감탄했다. 거기에는 1년의 날수에 대응하는 365개의 이를 가진 커다란 톱니바퀴가 있었는데, 명인은 그 톱니바퀴가 한 바퀴를 도는 데 1년이 걸린다고 설명했다.

시계장치는 생각과 영혼을 가진 듯이 정확하게 작동하

고 있었다. 이 모든 작동법을 다 이해하고 있는 것은 오직 하누슈 명인뿐이었다. 시의원이며 그 자신도 시계 제작자인 얀은 이 시계가 어떻게 작동하는지 자기로서는 전혀 이해할 수 없다고 솔직하게 인정했다. 이 시계는 의심할 여지없이 신의 영감을 받은 것이 분명하며, 자신도 이 분야의 오랜 명인이지만 만일 자기에게 이 시계를 관리하거나 수리하라고 시킨다면 틀림없이 미쳐 버리고 말 거라는 거였다.

함께 온 카렐대학의 한 교수는 일행들에게 자신이 많은 곳을 다녀 봤고 이탈리아와 프랑스에서도 멋진 대형 시계들을 여럿 보긴 했지만 이런 시계는 한 번도 본 적이 없다고 말하며 덧붙였다. "하누슈 명인이 다른 걸 만들지 않는 한 세상 어디에도 이보다 더 훌륭한 시계는 없을 겁니다."

시장과 시의원들 사이에 재빠른 눈짓이 오고 갔다. 모두의 머리에 같은 생각이 스치고 지나갔다. '정말로 그럴지도 몰라.' 그들이 하누슈 쪽으로 고개를 돌리자, 명인은 선량한 웃음을 지으며 이런 복잡한 시계를 완성할 수 있게 되어 너무나 행복하고 하나님께 감사한다고 말했다. 그러나 시장은 들어올 때보다 좋지 않은 기분으로 시계탑을 나왔다. 원로들과 마찬가지로 그의 마음에는 걱정스러운 생각이 싹텄다. 그건 하누슈 명인이 그와 같은 시계를 다른 곳에 또 만들어 다른 도시들도 이런 신기한 물건을 가지게 될지도 모른다는 두려움이었다.

프라하 시계의 명성은 보헤미아 왕국을 넘어 외국까지 퍼졌다. 이 도시에 오는 모든 방문객들은 시계를 구경하고 나서 고향에 돌아가 이야기했다. 보헤미아 왕국뿐 아니라 외국의 여러 도시들에서도 하누슈 명인에게 사자들을 보내 자기 도시에 비슷한 시계를 만들어 달라고 요청했다. 시장과 시의원들의 불안은 깊어졌다. 그들은 자신들의 보물을 누구와도 나누고 싶지 않았다. 그들은 자신들의 시계가 세상에서 유일무이한 것이 되길 원했다. 시장과 시의원들은 이를 위한 방법을 찾기 위해 비밀회의를 열었다. 그들은 하누슈가 큰 보상을 약속하는 외국인의 유혹에 넘어갈 가능성이 높다는 결론을 내렸다. 하누슈 명인이 뭔가를 하면서 작업장에서 오랜 시간을 보내고 있었기 때문에 그들은 그가 벌써 새로운 시계를, 더 훌륭한 시계를 만드는 일을 착수하고 있을지도 모른다고 의심했다. 누구도 절대 자신들의 시계와 겨룰 수 없게 하기 위해 그들은 끔찍한 일을 저지르기로 결심했다.

하누슈 명인은 작업장의 커다란 탁자 앞에 앉아 초 두 개로 불을 밝히고 큰 종이 위에 분주하게 복잡한 기계장치의 설계도를 그리고 있었다. 가게 덧문은 내려져 있었고, 벽난로가 활활 타고 있었다. 한밤중이었다. 바깥 거리는 캄캄했고 지나다니는 사람은 아무도 없었다. 집 안도 조용했다. 시계 제작자는 일에 너무 몰두한 나머지 바깥 계단을 오르는 발자국 소리를 듣지 못했다. 그는 문이 열리고 망토와 두건으로 얼굴을 가린 남자 세 명이 들어왔을 때에도 뒤를 돌아보지 않았다. 남자들이 명인 가까이로 다가오고 난 뒤에야 그는 작업을 멈추고 그 남자들을 쳐다보았다. 하지만 명인이 미처 그들에게 무엇을 원하느냐고 물어볼 새도 없이 두 남자가 그를 붙잡았고, 그 사이 세 번째 남자가 촛불을 불어서 꺼 버렸다. 그리고는 명인의 입에 재갈을 물리고 그를 타오르는 벽난로 쪽으로 끌고 갔다.

이자들은 만능열쇠로 문을 따고 들어온 것이었다. 집에 있는 누구도 그들이 들어온 걸 눈치채지 못했고, 들어올 때도 나갈 때도 그들의 소리 죽인 발자국 소리를 듣지 못했다. 그들은 그림자처럼 왔다가 그림자처럼 밤의 어둠 속으로 사라졌다. 범행은 다음 날 아침에야 발견되었다.

명인의 도제들이 여전히 재갈을 문 채 고열로 괴로워하고 있는 하누슈 명인을 발견했다. 그의 눈에는 붕대가 감겨 있었다. 하누슈는 겁에 질린 가족과 이웃들에게 무슨 일이 벌어졌는지 이야기했다. 침입자들이 그의 눈을 파내고 붕대를 감아 놓았던 것이다. 그는 정신을 잃었기 때문에 더 이상은 아무것도 기억할 수 없었다.

범행 소식은 온 도시를 끓어오르게 했다. 여론이 고조되었다. 하지만 범인들의 흔적은 전혀 찾을 수 없었다. 숱한 소문이 떠돌았고 사람들은 몸이 조금 회복된 뒤 하누슈 명인이 했다는 말을 되풀이해서 말했다. "범인 수색을 관두시오. 그자들이 설령 가까운 곳에 있다 해도 절대 찾아낼 수 없을 거요."

하누슈 명인은 더 이상 아무 말도 하지 않았다. 하지만 사람들은 그가 맘을 먹는다면 더 많은 것을 말할 수 있을 것이라고 의심했다. 하지만 명인은 입을 다물었다. 슬픔에 잠긴 하누슈는 새장에 갇힌 새가 횃대에 앉아 있듯이 낡은 작업장 구석에서 꼼짝도 않고 앉아 있었다. 연장과 도구들은 하는 일 없이 버려져 있었다. 책과 도면 위에는 먼지가 쌓였다. 그에겐 모든 것이 완전한 어둠이었다. 더 이상 작업에 손을 댈 수 없었다. 일을 하지 않고서는 결코 안정을 찾을 수 없었다. 그를 괴롭힌 것은 자신의 업적에 대해 받은 배은망덕함이었다. 하누슈의 머릿속에는 운명의 날에 범인 한 사람이 했던 말이 끊임없이 메아리치고 있었다. "자, 이제는 다시 그런 시계를 만들지 못하겠지!"

이런 게 보답이라니, 하고 그는 생각했다. 마음의 병은 점점 깊어지고 육체는 점점 쇠약해졌다. 마침내 명인은 죽음이 임박했음을 느꼈다. 마지막 남은 힘을 쥐어짜내어 그는 자신의 옛 도제 한 명에게 구시가지의 시청에 데려다 달라고 부탁했다. 시청 앞에는 평소처럼 많은 사람들이 운집하여 시계가 울리기를 기다리고 있었다. 하지만 명인을 알아보는 사람은 아무도 없었다. 하누슈는 너무나 많이 늙어 있었다. 그는 야위었고, 볼은 쑥 들어갔으며, 머리칼은 하얗게 세고, 피부는 양피지처럼 누렇게 바랬다. 문 앞에서 하누슈는 여러 명의 시의원과 마주쳤지만 시의원들은 명인을 외면했다. 아무도 그에게 인사하지 않았다. 하누슈 명인이 추가 더 부드럽게 움직이도록 시계를 개선할 새로운 아이디어가 떠올라 시계탑에 가겠다고 전갈을 보냈을 때 기꺼워하는 사람은 아무도 없었다.

명인은 자신의 안내자에게 가장 복잡한 시계장치의 네 번째 부분으로 데려가 달라고 말했다. 어둠 속에서 부품들이 똑딱거리는 소리만이 들려왔다. 그 소리를 들으며 서 있는 동안 그는 시의회에 대해 생각했다. 그들이 자신이 한 일에 대해 어떻게 보답했는지, 그를 얼마나 고통스럽게 만들었는지 생각했다. 그것도 오직 자기가 이룬 위대한 업적을 세상에 자랑하려는 이유에서 말이다.

바로 그때 밖에서 해골 인형이 줄을 당겼고 종이 울리기 시작했다. 시간의 덧없음이 선언되고 사신이 찾아들었다. 문이 열리고 사도들이 돌기 시작했다. 하누슈 명인은 몸을 떨었다. 그는 시계장치에 오른손을 뻗어 마치 눈으로 보는 것처럼 뼈만 앙상한 손가락으로 기계를 조작하기 시작했다. 명인이 손을 떼자 바퀴들이 미친 듯이 돌기 시작했다. 그것들은 똑딱거리다 삐걱거리다 우르릉 소리를 냈다가 다시 똑딱거리는 것을 반복하더니 마침내 삐거덕 하고 멈추어 버렸다. 인형들은 그 자리에 얼어붙었다. 사도들은 매 시간마다 반복하던 여행을 다 끝마치지 못했다. 수탉은 울지 않았다. 밖에서 흥분한 군중들이 비명을 질렀다. 시의원들이 시계탑으로 달려왔다. 하지만 시계장치는 꿈쩍도 하지 않았고 그 창조자는 바닥에 죽은 듯이 쓰러져 있었다. 그는 집으로 옮겨졌지만 곧 숨이 끊어지고 말았다.

수리할 수 있는 사람이 없었기 때문에 시계는 계속 멈춰 있었다. 오랜 세월이 지난 뒤에야 시계가 얼마간 복구되었다. 그리고 비할 데 없이 진기한 골동품으로 오늘날까지 작동하고 있다.

GM

구스타프 마이링크

"매킨토시, 그 멍청이가 돌아왔대."

소문은 온 도시에 들불처럼 번졌다.

모든 사람들이, 진짜 모든 사람들이 5년 전에 프라하를 활보하던 독일계 미국인 조지 매킨토시를 기억하고 있었다. 사람들은 지금 프르지코프 거리에 다시 출현한 그 이목구비가 뚜렷한 거무스름한 얼굴만큼 그 남자가 하고 다닌 기행들을 잊을 수 없었다.

그자가 여기서 또 뭘 하려는 거지?

사람들은 서서히 하지만 확실하게 그를 몰아냈다. 모든 사람들이 거기에 가담했다. 어떤 사람들은 친구인 척하며, 어떤 사람들은 노골적인 악의와 헛소문으로, 하지만 모두 주의 깊게 중상모략을 일삼은 끝에—마침내 그 모든 조그만 못된 짓들이 모여 사람 하나를 완전히 보내 버릴 수 있을 정도의 지독한 오물 더미가 되었다. 하지만 그 미국인의 경우에는 가까스로 이 도시에서 몰아낼 수 있었을 뿐이었다.

매킨토시는 칼처럼 날카로운 얼굴에 엄청나게 긴 다리를 갖고 있었다. 인종이론을 무시하는 사람들도 그것 하나만은 인정할 수밖에 없었다.

사람들은 철저히 그를 경원했다. 하지만 매킨토시는 사람들을 구슬리거나 이곳 고유의 사고방식을 받아들이려 애쓰지 않고 늘 외따로 있었다. 그는 최면술, 강신술, 손금보기 등 끊임없이 신기한 것을 가지고 나타났다. 게 중에는 심지어 「햄릿」에 대한 상징적 해석도 들어 있었다.

이는 당연하게도 그렇지 않았더라면 유쾌한 시민이었을 사람들, 특히 『내가 이해한 셰익스피어』라는 제목의 책을 막 출간하려 하거 있던 〈매일신문〉의 테빙거 씨와 같은 신진 재사(才士)들을 격분케 했다.

다시 돌아온 이 '눈엣가시'는 인도인 하인들과 함께 레드선 호텔에서 묵고 있었다.

"잠깐 동안만 머무를 거지?" 매킨토시를 오래 알고 지내왔던 사람 하나가 그에게 물었다.

"그야 물론이지. 팔월 십오일에 내 집에 들어갈 수 있을 때까지만이야. 페르디난트 거리에 집을 한 채 사 뒀거든."

프라하 사람들은 입이 쩍 벌어졌다. 페르디난트 거리에 집을 샀다고! 저 늙은 사기꾼 놈한테 대체 어디서 돈이 난 거야? 거기다 인도인 하인들. 좋아, 저놈이 얼마나 오래 가는지 한번 두고 보자고!

당연하게도 매킨토시는 또 신기한 물건을 가지고 왔다. 이번 것은 땅에서 금맥을 찾아낼 수 있다는 전기장치였는데, 그러니까 현대판 점막대기 비슷한 것이었다.

대다수 사람들은 의심스러워했다.

"저게 조금이라도 쓸모가 있다면, 벌써 다른 사람이 발견했겠지!"

하지만 그 미국인이 이 도시를 떠난 지 5년 만에 엄청난 부자가 되어 돌아왔다는 것까지 부정할 수는 없었다. 그건 적어도 〈쉬누플레르스 아이담 상회〉의 정보실이 보증한 사실이었다.

아니나 다를까, 매킨토시는 채 한 주도 지나지 않아 건물을 또 한 채 사 버렸다. 겉보기에 아주 무계획적으로 집을 산 것 같았다. 한 채는 과일시장에 있었고, 또 한 채는 판스카 거리에 있었다. 하지만 모두 도심 한가운데 있다는 공통점이 있었다.

뭐야, 시장 선거라도 나갈 생각인가?

무슨 꿍꿍인지 아무도 이해할 수 없었다.

"자네 그 친구 명함을 보았나? 한번 보게! 정말 경우 없는 명함이라니까. 이름도 없이 머리글자만 달랑 박아 놓았다네! 돈이 많으면 이름도 필요 없는 모양이지!"

매킨토시는 빈으로 떠났는데, 거기서 많은 국회의원들을 만나 매일 그들과 함께 지냈다. 적어도 소문은 그랬다.

매킨토시가 국회의원들과 무슨 중요한 협상을 했는지는 자세히 알려지지 않았다. 하지만 듣자하니 뭔가 채굴권에 관련된 법률의 개정에 관계하고 있는 것 같았다.

신문에는 매일 그것에 대한 새로운 뉴스가 실렸다. 찬반논쟁이 있었고, 당연히 예외적인 경우에 한정된 것이긴 했지만 머지않아 도심에서 채굴을 허용하는 법이 채택될 가능성이 아주 높아 보였다.

이 모든 일에는 이상한 점이 있었다. 여론에 의하면 배후에 어느 거대 광산회사가 숨어 있다는 것이었다.

결국 매킨토시 혼자 벌릴 수 있는 일이 아니었다. 그럴 듯한 가설은 그가 단지 어떤 컨소시엄이 앞에 내세운 인물일 뿐이라는 것이었다.

어쨌든 그는 곧 프라하로 돌아왔다. 그것도 아주 좋은 기분으로. 아무도 그가 그렇게 느긋해 하는 모습을 본 적이 없었다.

"뭐 어때? 그 친군 잘하고 있는데. 어제 또 부동산을 한 채 샀다네. 그걸로 이제 열세 채째가 됐지." 부동산등기소 수석 감사관이 카지노의 직원 탁자에 앉아 말했다. "자네들 알지. 그 모퉁이에 있는 거기, 〈세 명의 쇠 밥통들〉에서 대각선 건너편에 있는 〈수상한 처녀〉라는 곳 말일세. 지금은 거기 〈홍수 및 지역배수 상태 점검을 위한 시 감시위원회〉가 있지."

"그 친구는 결국 돈을 날리게 될 거야." 건축 감독관이 말했다. "신사분들, 그자가 가장 최근에 요청한 게 뭔지 아나? 자기 건물 세 채를 헐려고 한다네. 페를로바 거리에 있는 건물하고, 화약탑 오른쪽으로 네 번째 건물, 그리고 등기번호 47184/II. 벌써 새 건축허가서들이 승인됐다네."

모두들 놀라서 입을 쩍 벌릴 뿐이었다.

가을바람이 휘이잉 거리를 지나갔다. 자연은 겨울을

준비하며 깊은 숨을 들이마시고 있었다.

하늘은 푸르고 서늘했고 구름은 뭉실뭉실하면서도 위풍당당하여 꼭 주님께서 친히 마스터 빌헬름 슐츠에게 주문해서 만들게 하신 것 같았다.

아, 파괴의 광기에 사로잡힌 그 비열한 미국인이 낡은 돌가루들로 맑은 공기를 오염시키지 않았다면 이 도시는 얼마나 깨끗하고 아름다울 것인가. 어떻게 이런 일을 허락할 수 있는가!

건물 세 채를 허문다, 그래, 그건 그렇다 치자. 하지만 열세 채를 한꺼번에? 그건 너무 심하지 않나?

보이는 곳마다 사람들이 재채기를 하고, 빌어먹을 벽돌 먼지들이 눈에 들어가는 바람에 고통스러워했다.

"그 미국놈이 어떤 미친 걸 지으려는지 보고 싶지도 않아. 분명 아르누보 양식* 따위일 거야. 거기 내 뭐든지 걸지." 거리에서 사람들은 이렇게 말했다.

"잘못 들으신 것 같군요, 셰보르 씨! 뭐라고요? 그자가 아무것도 다시 세울 계획이 없다고요? 미친 거 아닙니까? 그럼 그 새로운 청사진들은 뭣 때문에 제출한 겁니까?"

"간단해. 그래야 자기 건물들을 부술 예비허가를 받아낼 수 있으니까!"

"여러분, 최신 뉴스를 들었나?" 궁성 관리인 비스코칠이 숨을 헐떡이며 말했다. "이 도시에 금이 묻혀 있다네. 정말이야! 금! 바로 여기 우리 발밑에 있을지도 몰라."

모두 에나멜 가죽구두를 신은 카스텔라 빵처럼 길고 납작하게 생긴 비스코칠 경의 발을 내려다보았다.

온 도시가 들썩거렸다.

"누군가 금에 대해 말하는 걸 들었는데?" 상업고문관[2] 뢰벤슈타인이 외쳤다.

"매킨토시 씨가 페를로바 거리에 있는 자기 건물 밑에서 금이 함유된 모래를 발견했답니다." 광산국의 한 관리가 확인해 주었다. "전문위원단을 초빙하기 위해 빈에 전보를 보냈습니다."

며칠 만에 조지 매킨토시는 도시 최고의 유명인사가 되었다. 윤곽이 뚜렷한 그의 옆얼굴과 얇은 입술로 조소기 어린 표정을 짓고 있는 모습이 찍힌 사진들이 모든 가게의 진열창에 내걸렸다.

신문은 그의 일대기를 실었고, 스포츠지 기자들은 갑자기 그의 정확한 몸무게와 가슴과 팔뚝 둘레, 심지어 폐활량까지 알아내 갔다.

매킨토시와 인터뷰를 하는 것은 매우 쉬운 일이었다.

그는 레드선 호텔로 돌아가서 모든 사람들에게 접견을 허락해 주었다. 매킨토시는 진귀한 시가를 나눠 주면서 자신이 어떻게 자기 건물들을 무너뜨리고 그 밑에서 금을 발굴하게 되었는지를 이야기해 주었다.

매킨토시가 직접 발명한 그 장치는 전류의 변동에 따라 땅속에 묻힌 금의 정확한 위치를 알려주는 것이었다. 그는 밤을 틈타 조사를 하고 다녔는데, 자기 건물의 지하실뿐 아니라 비밀리에 출입허락을 받아내서 이웃 건물들의 지하실도 조사했다.

"지금 보여드린 것은 광산국의 공식 보고서와 빈에 계신 센크레히트 교수님의 전문가로서의 평가서입니다. 교수님은 그 분야의 탁월한 전문가이자 우연히도 저와 아주 오랫동안 가깝게 지내온 친구이기도 하죠."

그리고 거기엔 진짜 미국인 조지 매킨토시가 구입한 모든 건축부지에서 금이 발견되었다고 확인하는 공식직인이 찍힌 인쇄물이 있었다. 그것은 또 모래에 일반적인 형태의 금이 아주 높은 비율로 섞여 있어서, 특히 기층에 그 귀한 금속이 대량으로 존재할 것이라고 확실히 예측할 수 있다고 말했다.

그 보고서들은 이런 유의 발견은 이전에 아메리카와 아시아에서만 있어 왔다고 주장했다. 그럼에도 불구하고 보고서들은 더 나아가 이 부지가 선사시대부터 내려오는 강바닥이 분명하다는 매킨토시 씨의 견해에 동의할 수 있다고 했다. 물론 이 발견물의 정확한 가치를 계산하는 것은 불가능하지만, 여기 묻혀 있는 금속의 가치는 최고 등급이 분명하고 아마도 완전히 전례가 없는 것일 것이다.

미국인이 금광을 확대하기 위해 제안한 계획은 특히 흥미로웠다. 그것은 전문위원단으로부터 완전한 승인을 받아냈다.

이 계획으로 짐작하건대 그 강바닥은 미국인의 건물들 중 하나에서 시작해서 이웃집들 아래로 복잡하게 돌아다니며 그가 소유한 다른 건물들을 지나 셀레트나 거리에 있는 매킨토시의 건물에서 땅속으로 사라진다는 것이 명백했다.

이것이 그럴 수밖에 없다는 증거는 너무나 단순 명쾌해서 설사 전기 금속탐지기를 전혀 믿지 않는다 해도 모든 사람들이 알아차릴 수밖에 없었다.

새 광산법이 효력을 발휘하게 되어서 얼마나 큰 행운인가!

미국인이 사전에 모든 걸 안배해 둔 건 얼마나 용의주도한 일이었는가!

갑자기 자기 땅에 그런 재산이 있다는 걸 발견한 주인들은 이제 도시의 다방들을 거들먹거리고 다니며 한때 자기들이 근거 없이 중상모략을 일삼았던 영리한 이웃을 높이 찬양했다.

"그 수치스러운 모함꾼들!"

매일 저녁 이 신사분들은 오랫동안 모임을 하고 나서 변호사들과 다음 대책을 상의하기 위해 작은 위원회에 모이곤 했다.

"이보다 더 쉬울 수는 없습니다! 우리는 모든 일을 매킨토시 씨가 한 방식 그대로 할 겁니다." 변호사가 말했다. "법률이 요구하는 대로 아무거나 청사진을 구해서 제출하세요. 그러고 나서 쾅, 쾅, 쾅하면 가능한 빨리 건물 기초에 도달할 수 있습니다. 다른 방법은 없습니다. 지금 지하실을 파는 건 소용이 없으니까요. 그건 47절 Y/XXII항에 의해 금지되어 있습니다."

일은 그렇게 되었다.

매킨토시가 위원회를 혼란시키기 위해 금을 함유한 모래를 그 부지에 몰래 옮겨 놓은 것이 아닌지를 먼저 확인해야 한다는 어느 뛰어난 외국 기술자의 주장은, 다 알고 있다는 듯한 미소와 함께 기각되었다.

길거리의 망치질 소리, 쓰러지는 철근, 일꾼들의 고함 소리, 자갈을 꽉 채운 수레들이 내는 소음, 여기다가 그놈의 빌어먹을 바람이 짙은 먼지구름을 사방으로 몰고 다녔다. 그건 누구라도 미치게 만들기 족한 것이었다.

도시 전체가 결막염으로 고생했다. 안과 대기실은 환자들로 미어터질 지경이었다. 피사레크 교수의 새로운 소책자 『인간의 각막에 현대 건축이 끼치는 유해한 영향』은 며칠 사이에 다 매진되었다.

교통은 마비됐다. 사람들이 몰려들어 레드선 호텔을 둘러쌌다. 모든 사람들은 그의 계획에 나온 집들 말고 다른 곳에서도 금이 있을 수 있다고 생각하는지 알아내기 위해 미국인과 대화를 나누고 싶어 했다.

군 정찰대가 도시에 들어왔다. 정부 허가 없이 더 이상의 건물을 허무는 것은 엄격하게 금지한다는 방이 교차로마다 나붙었다.

경찰이 무기를 빼들고 돌아다녔지만 상황에 아무런 도움도 되지 못했다.

정신 이상이 되는 끔찍한 경우도 있었다. 한밤중에 과

부 하나가 잠옷을 입고 교외에 있는 자기 집 지붕 위로 올라가 날카로운 비명을 지르며 지붕에서 기왓장을 뜯어냈다.

젊은 엄마들은 주정뱅이들처럼 거리를 배회했고, 그 사이 망각되어 버려진 불쌍한 갓난아기들은 요람에서 굶어 죽었다.

어두운 안개가 도시에 내리깔렸다. 마치 황금이라는 악마가 박쥐 같은 날개를 펼치고 태양을 가로막은 것 같았다.

마침내 결전의 날이 왔다. 한때 화려함을 자랑했던 건물들이 땅에서 송두리째 뽑혀 나간 듯 사라졌다. 그리고 전에 벽이 있었던 자리 안으로 광부들의 부대가 진입했다.

삽과 곡괭이들이 허공을 갈랐다.

그런데 금은? 흔적도 찾을 수 없었다! 예상보다 깊이 묻혀 있는 게 틀림없었다.

그리고는—신문에 이상한 특대 광고가 하나 실렸다.

조지 매킨토시가 친애하는 친구들과 사랑하는 도시에게 드립니다! 불가피한 상황 때문에 여러분께 영원히 작별인사를 고할 수밖에 없게 되었습니다.

저는 그래서 이 도시에 큰 풍선을 하나 바칠까 합니다. 여러분께선 오늘 요세프 광장에서 처음으로 그 풍선이 떠오르는 걸 보시게 될 겁니다. 저를 기억하시면서 여러분은 언제든 그걸 공짜로 사용하실 수 있습니다. 이 도시의 모든 신사분들에게 작별인사를 하며 다닐 시간이 없기 때문에, 저는 이곳에 커다란 명함을 남기고 갑니다.

"정신이 나가 버린 게 분명해!"
이 도시에 명함을 남겨 놓다니! 무슨 헛소리!
"대체 무슨 뜻이지? 자넨 이해할 수 있겠나?"
그런 말들이 도시를 돌았다.
"정신이 나갔다기에는 맞지 않는 일이 딱 하나 있지. 그 미국인이 일주일 전에 자기 건물 부지들을 몰래 몽땅 팔아 버리고 떠났다는 거야."

마침내 수수께끼를 풀어낸 것은 사진사 말로흐였다. 그는 처음으로 그 유명한 풍선에 올라탄 사람이었다. 말로흐는 공중에서 황폐해진 도시의 사진을 찍었다.

이제 그 사진은 말로흐의 가게 진열창에 걸려 있다. 그걸 구경하려는 사람들로 그 동네는 인산인해를 이뤘다.

그 사진에 뭐가 보였을까?

하얀 먼지가 덮인 텅 빈 집터들과 무너진 집들의 잔해가 얼기설기 연결되어 만들어진 글자가 집들의 검은 바다를 배경으로 빛나고 있었다.

G M

그 미국인의 머리글자!

땅 주인들은 모두 심장마비에 걸렸다. 상업고문관인 늙은 쉬뤼셀바인 씨만 빼고. 그의 집은 어쨌든 무너지기 직전이었었기 때문에 상관이 없었다.

쉬뤼셀바인 영감은 따끔거리는 눈을 짜증스럽게 비비고 나서 투덜거렸다.

"내가 항상 말했지. 매킨토시는 진지한 걸 생각해 낼 위인이 못된다고."

세탁부 사건

에곤 에르빈 키쉬

오후 5시 베르크만 부인이 자기 아파트에서 시신으로 발견되었다. 강도 살인사건이었다. 곧바로 그 집 하녀의 애인에게 혐의가 떨어졌다. 그날 오후 세 시경 그 남자가 버크만 부인의 집에서 나오는 걸 수위가 목격했다. 하녀와 그 애인 프란츠 폴란스키는 여섯 시에 경찰서로 넘겨졌다.

나는 경찰서에서 예비심문이 끝나기를 기다리지 않고 대신 용의자의 집으로 달려갔다. 이미 경찰관들이 도착해서 프란츠 폴란스키의 소지품을 수색하고 모친에게서 정보를 얻어내려 했다. 하지만 아들의 체포 소식을 듣고 늙은 여인이 너무 큰 정신적 충격을 받은 탓에 경찰관들은 다음 날 서에 출두해 달라고 통보만 하고 돌아올 수밖에 없었다.

문을 두드렸지만 아무도 대답하지 않았다. 나는 안으로 들어갔다. 폴란스키 부인은 자기 방에 홀로 앉아 있었고 인사를 해도 전혀 대꾸하지 않았다. 부인의 눈은 젖어 있었지만 울고 있지는 않았다.

"실례합니다, 폴란스키 부인…… 저는 신문사에서 나왔습니다."

"신문사라고요!" 부인이 되풀이했다. "이게 신문에 난다는 얘기는 아니겠죠! 아니, 안 돼요! 제발! 남편이 뭐라고 하겠어요? 그이는 평생 경찰과 얽힌 적이 한 번도 없었어요. 제발 봐 주세요, 선생님. 전 불쌍한 세탁부일 뿐이랍니다. 저는 25년 동안 저 통에서 옷을 빨아 왔지만 기저귀 한 장 잃어버린 적도, 양말 한 짝 섞이게 한 적도 없는 사람이에요. 저처럼 소매가 해어지지 않도록 조심하는 사람은 아무도 없을 거예요. 그런데 이제 신문에 나서 온 세상 사람들 입에 오르내리게 됐어요. 제발, 그렇게까지 마음이 야박하진 않으실 거예요."

나는 내게 그런 일이 보도되는 걸 막을 힘이 없다는 걸 그녀에게 납득시키려 했다. 신문은 도둑질과 살인에 대한 기사를 발행해야만 한다. "도둑질과 살인"이란 말은 가엾은 여인을 완전히 무너뜨리고 말았다. 그녀는 방 한쪽 구석을 쳐다보며 입술을 거의 움직이지 않은 채 혼잣말을 하기 시작했다. "살인…… 도둑질. 당연하지. 그런 건 실문에 실려야 하겠지. 그건 전혀 생각도 못했어. 내 아들 프란츠는 도둑이고 살인자야. 그래, 프란츠 폴란스키, 모스테카 거리 4번지에 사는 세탁부 안나 폴란스키의 아들, 도둑놈에다 살인자. 이제 이웃들이 모두 이 부끄러운 일을 신문에서 읽게 되겠지."

"아무도 부인을 비난하지 않을 겁니다, 폴란스키 부인. 부인이 열심히 일하는 정직한 여성이란 건 알 만한 사람은 다 알고 있을 겁니다."

하지만 부인은 내 말에는 신경도 쓰지 않고 멍하니 같은 말을 되풀이했다. "살인자! 도둑놈!"

"아드님이 베르크만 부인의 하녀와 사귄 지는 얼마나 됐습니까? 실직한 지는 얼마나 됐고요?"

"살인자. 도둑놈. 프란츠 폴란스키, 안나 폴란스키의 아들……."

시간 낭비가 분명했다. 나는 폐를 끼칠 생각은 없었고 단지 그녀가 내게 좀 더 이야기를 해 준다면 아들에게 도움이 될 수 있을지도 모른다고 생각했을 뿐이라고 말하며 떠나려고 했다.

"도와요? 누가 그 자식을 도울 수 있을까요? 난 가난한 세탁부일 뿐인데."

나는 모든 사건에는 정상참작이란 게 있다고 설명했다. 예를 들어 극도의 궁핍은 거의 모든 행위에 변명이 될 수 있다. 또는 온전한 정신이 아니었다는 것을 증명할 수 있을지도 모른다. 프란츠가 남한테 이런저런 사주를 받았을 가능성도 있다. 재판부는 유전적 요인도 고려한다. 예를 들어 양친 중에 갑작스레 분노를 주체할 수 없는 성벽을 가진 사람이 있다든가.

"유전이라고요?" 그녀가 소리쳤다. "자기 엄마한테 병을 물려받는 그런 걸 말씀하시는 건가요?"

"제발, 폴란스키 부인. 전 부인을 모욕할 생각은 없었습니다. 제가 말씀드리고 싶었던 건 단지?"

"하지만 그건 사실이에요! 프란츠는 나한테서 병을 물려받았어요. 그건 그 아이 잘못이 아니에요. 불쌍한 프란츠. 그 아인 나한테 병을 물려받은 거예요. 그래요, 나한테서!"

난 이 새로운 전술이 어디로 향할지 대충 짐작할 수 있었다. 이 여인은 모든 비난을 자기에게 쏠리게 한다면, 정말 자신을 보르자 가문[1] 사람처럼 보이게 할 수 있다면 자기 아들 프란츠에게 빠져나갈 구멍이 생길지도 모른다고 생각한 것이다.

"그래요, 젊은 양반 말씀이 맞아요. 난 프란츠를 도울 수 있어요! 이 살인사건이 내 탓이란 사실을 믿어 줘야만 해요. 나는 평생 그 사실을 감추고 살아왔어요. 나는 어느 누구에게도, 심지어 고해할 때조차 말하지 않았어요. 하지만 지금 댁에게 얘기해 드릴 테니 신문에 실릴 수 있게 해 주세요. 경찰을 불러서 나를 잡아가라고 해 주세요. 이웃들이 나를 손가락질하게 해 주세요. 내가 바라는 건 아들을 돕는 것뿐이에요. 이건 유전 때문이에요. 원인은 그것뿐이에요. 진실은 내가 바로 살인자라는 거예요."

나는 무슨 일이 벌어질지 눈치챘다. 그녀는 옛날에 저지른 보잘것없는 나쁜 짓 몇 개를 털어놓을 것이다. 그건 결국 활자화할 가치가 전혀 없는 얘기일 것이다.

"그래요. 나는 살인자예요. 내 아들은 단지 나보다 힘이 셌을 뿐이에요. 프란츠는 그걸 실행했고, 난 그러지 못했을 뿐이에요."

"우리는 종종 어떤 생각으로 머릿속이 꽉 찰 때가 있지요."

"아니요, 아니요. 나는 단지 머릿속 생각을 말하는 게 아니에요. 기자 양반에게 뭘 좀 보여드리지요."

폴란스키 부인은 스카프를 벗어서 머리카락을 이마 위로 흘러내리게 했다. 그러자 갑자기 훨씬 젊은 여자처럼 보였다. 부인은 식탁으로 후다닥 뛰어가더니 서랍을 홱 열고 부엌칼 하나를 끄집어냈다.

"이 칼 보이죠? 나는 옛날에 이걸로 한 남자를 찔러 죽였어요. 아주 오래전이었죠. 삼십 년 전 마리안스카 거리에 있는 세금평가사 마르틴 집안에서 하녀로 일할 때였어요. 그때 나는 시골에서 갓 올라온 젊은 처녀였어요."

"누구를 찔러 죽이려 하셨습니까?"

"내 평생에서 나를 친절하게 대해준 첫 번째 남자였어요! 그 전엔 내게 친절하게 대해준 사람이 아무도 없었어요. 우리 집은 팔 남매였어요. 부모님은 우리한테 친절한 말이라곤 한 마디도 한 적이 없었죠. 그런데, 내게 '착한 아이'라고 얘기해 주는 사람이 나타난 거였어요. 그 사람은 나를 다정하게 어루만져 주고 내게 키스해 주었죠. 난 그 사람에게 몸을 허락하고 말았어요."

"물론 그 남자는 부인과 결혼해 주지 않았구요. 흔한

이야기로군요."

"그건 아니에요. 난 결혼 같은 건 생각지도 않았어요. 결국 그 사람은 주인마님의 동생이었으니까요. 그건 옷을 가져와서 비눗물에 적시고는 손으로 쥐어짜든 어쩌든 하고 싶은 건 뭐든지 할 수 있는 거나 마찬가지 일이었죠. 그 남자가 듣기 좋은 말을 하면서 나를 마음대로 한 것도 똑같은 일이었어요. 물론 때로는 너무 지나칠 때도 있는 거죠. 세탁물에서 색깔을 빠지게 한다든가 보풀을 일으켜 버렸다든가. 그건 사람들에 대해서도 마찬가지인 거예요……."

근사한데, 라고 생각하며 나는 공책을 꺼내 "빨래판 위의 철학"이라고 써 내려갔다. 이단기사 제목으로 딱 좋아 보였다.

"그 때문에 그 남자를 죽이고 싶었습니까?"

"아, 아니에요. 나는 아주 바보였거든요. 나는 그게 당연한 일이라고 생각하고 있었어요. 하지만 그때 내 눈을 뜨게 해 준 일이 벌어졌어요. 그 사람이 어느 날 저녁 조촐한 축하파티를 하려고 하니까 자기가 사준 파란색 블라우스를 입고 집으로 오라고 말했어요. 그래서 나는 주인집에 허락을 받고 아주 행복한 기분으로 그 집에 갔지요.

그 사람은 두 신사 친구들과 함께 있었어요. 식탁에서 그 사람은 나를 두 남자 사이에 앉게 하고 자기는 어떤 숙녀 옆에 앉았어요. 그래요, 숙녀! 나는 그 여자가 어떤 종류의 숙녀인지 바로 알아봤지요. 그런 남자에게 딱 맞는 문란한 여자였어요."

"충분히 상상이 되는군요."

"샌드위치를 먹고 와인을 마신 다음 누군가 불을 껐어요. 붉은 갓의 테이블 스탠드만이 켜져 있었죠. 그 남자의 두 친구는 나한테 딱 붙어서 계속 술을 권했어요. 주인마님의 동생은 이건 고향의 주일학교가 아니라면서 그렇게 하라고 말했어요. 기분이 너무 이상했어요. 결국 나는 분위기를 망쳐서 그 사람을 화나게 하고 싶지 않았어요. 그래서 억지로 즐거운 척하고 있었지요. 그러다 한 남자가 여자들이 옷을 벗어야 한다고 말했어요. 다른 한 명은 그 말에 열렬히 찬성했어요. 하지만 난 그런 짓을 할 수는 없었어요. 그 사람은 나를 한쪽으로 데리고 가더니 내가 부끄러운 행동을 하고 있다고 말했어요. 내가 전에는 그렇게 콧대 높은 여자가 아니었다면서 협조하고 싶지 않다면 자기와는 이제 끝난 거니까 집으로 돌아가는 게 좋을 거라고 말했어요. 나는 마음에 너무 상처를 입어서 달아나고 싶었어요."

"그렇게 하셨나요?"

"아니요. 문이 잠겨 있었어요. 나는 수치심을 잊기 위해 브랜디와 와인을 잔뜩 마셨어요. 그 더러운 돼지들이 내 옷을 벗겼죠. 다른 여자는 스스로 옷을 훌훌 벗었어요. 물론 그 여자는 진짜 레이스가 달린 곱고 얇은 속옷을 자랑하고 싶었을 거예요. 나는 내 긴 면 속바지가 부끄러웠어요. 세상에서 아무것도 내게 그걸 벗도록 할 수는 없었을 거예요. 그런데 내가 그 여자보다 훨씬 예뻤었거든요."

몇 분 전만 해도 나는 빨래통과 가스레인지가 있고 벽에 성화가 두 장이 붙어 있는 비누 냄새가 풀풀 나는 방에서 눈물을 찔끔거리는 늙은 세탁부와 함께 있었다. 이제 그 모든 것들이 자취를 감추었다. 대신 독신자 아파트의 침침한 붉은 불빛이 나를 둘러싸고 있었고 눈앞에는 강제로 옷이 벗겨진 젊은 처녀가 있었다.

"그리고는 그 남자들이 마지막으로 남아 있던 불을 꺼버렸어요. 아침이 되자 새로운 연인들이 마차로 나를 집까지 태워 주었지요. 나는 구역질이 나서 제대로 생각을 할 수 없었어요. 부엌에 들어갔을 때는 똑바로 서 있을 수조차 없었어요. 나는 열이 났고 당연히 주인마님이 나를 야단쳤어요. '아, 그래. 그런 즐거운 밤을 보내고 나서는 일하는 게 쉽지 않겠지.' 마님이 말했어요. '네가 술 마시고 얼마나 질퍽하게 놀았는지는 하느님만이 아시겠지.' 마님은 내게 짐을 싸서 다음 달 일일까지 나가라고 했어요. 속에서 뭔가가 끓어올랐죠. 아마 그건 내 안에 숨어 있던 악마였겠지요. 마님의 동생이 저녁식사를 하려고 나타났을 때 나는 완전히 이성을 잃고 말았어요. 나는 바로 이 부엌칼을 꺼내서 그 남자에게 다가가 찔러 버렸어요."

그녀는 이제 루크레치아 보르자[2] 처럼 보였다.

"난 그 사람의 심장을 찌르려고 했지만, 그 사람이 피했든가 아니면 칼날이 지갑 같은 것에 비껴났던 것 같아요. 어쨌든 칼은 그 사람의 팔을 깊이 벴을 뿐이었어요. 사방에 피가 뿌려졌어요."

"사람들이 경찰을 불렀습니까?"

"아니요! 그 집 사람들은 경찰이 불려 오지 않도록 아주 조심했으니까요. 하지만 가족 모두가 나를 덮쳐 눌렀어요. 내가 정신을 잃었기 때문에 그 집 사람들은 나를 침대로 옮겨야 했어요. 다음 날 아침, 몸이 아팠지만 난 작은 나무 트렁크 가방에 얼마 안 되는 짐을 꾸려서 그 집에서 나왔어요. 애인이 준 그 파란색 블라우스는 그냥 버리고 왔지만, 이 부엌칼은 기념품처럼 챙겨 나왔지요. 계속하세요. 전부 다 받아 적으세요, 젊은 양반. 그리고 댁네 신문에 꼭 실어주세요. 폴란스키 부인은 사악한 살인마다. 그 여자는 살인을 끝까지 실행할 힘이 없었을 뿐이다. 프란츠 폴란스키는 완전히 결백하다. 그는 폴란스키 부인과 그 여자가 저지른 살인 사건들의 피를 물려받은 희생양일 뿐이다. 그렇게 적어 주세요."

"살인 사건들? 살인을 시도한 적이 또 있었단 말씀입니까?"

"물론이죠. 나는 힘도 시간도 부족해서 끝장을 보진 못했지만 살인사건을 두 건이나 저지르려 했던 여자예요." 부인은 손가락으로 빨래통 가장자리를 두드리며 말했다. "이건 내 요람이고 침대고 관이기도 해요. 나는 평생을 이 통 속에서 내 것이 아닌 온갖 고급 옷들을 빨면서 보냈어요. 나는 그런 옷을 입고 다니는 여자들을 언제나 질투했어요. 왜냐하면 나도 한때는 젊고 예뻤으니까요."

부인의 내면에서 젊은 여자들 같은 적개심이 솟아나는 것 같았다.

"그런 고운 속옷을 얼마나 입어 보고 싶었겠어요. 하지만 나는 그저 주먹을 꽉 쥐고서!" 그녀는 발작적으로 웃음을 터뜨리며 나무 물통을 때렸다.

"가끔 나는 세탁물에서 레이스 스타킹이나 고급 속치마 같은 걸 슬쩍하곤 했어요. 하지만 그건 오래전, 정말 오래전 이야기죠."

부인은 이야기를 계속 이어 나갔다.

"내겐 경찰관 남자친구가 있었어요. 그 사람은 말도 못하게 질투심이 많은 남자였어요! 다른 남자와는 춤도 못 추게 할 정도였으니까요. 하지만 어느 날 그 사람은 내가 임신했다는 걸 알게 되었어요. 그 남자는 내게 자기는 단지 보조 경찰관일 뿐이고 결혼 같은 건 생각할 처지가 아니라고 말했어요. 그래서 난 아이를 배고 있을 수 없었어요. 나는 온갖 조언들을 귀담아 들었어요. 뜨거운 포도주를 잔뜩 마시기도 하고, 정향나무 꽃을 말린 걸 수도 없이 먹기도 했어요. 하지만 아무것도 도움이 되지 않았어요. 그래서 그 남자는 내게 폴란스키와 같이 잠을 자고 그 사람에게 뒤집어씌우라고 이야기했어요."

마침내 이 아무 소용없는 자기고발에 죽은 남편까지 끌려 나왔다.

"가지 마세요, 젊은 양반. 이제 댁의 신문에 실릴 만한 진짜 살인이야기가 시작되니까. 폴란스키는 우리 동네 가게에서 짐꾼으로 일하던 착실하고 품행방정한 남자였어요. 그이는 항상 내게 꽃을 갖다주었고 나를 볼 때마다 얼굴을 빨갛게 되곤 했지요. 처음에 나는 경찰관 애인의 말을 들으려 하지 않았어요. 하지만 내 멋진 남자친구는 귀에 딱지가 앉을 만큼 끈질기게 나를 설득했어요. 어느 날 밤 나는 댄스홀에서 폴란스키와 함께 집으로 돌아왔어요. 내 남자친구는 혹시라도 내 마음이 바뀔까 봐 문 바로 앞까지 우리를 뒤쫓아 왔어요. 나는 지난번 그때처럼 구역질이 났어요. 나는 증오심에 사로잡혀 그 경찰관과 다음 번 데이트 약속 때 칼을 가지고 나갔어요. 이번에는 결심이 확고했고 냉정했기 때문에 칼이 미끄러지지 않을—"

"하지만 부인은 정말—"

"그래요, 나는 그 남자를 죽이지 않았어요. 나는 그 남자를 찌르지 못했어요. 이유는 간단했어요. 그 사람이 나오지 않았거든요. 나를 다른 남자와 자게 만들었기 때문에 이제 내게 아무 책임을 느끼지 않게 된 거죠. 진짜 명예를 아는 사람이었죠. 오랫동안 나는 폴란스키에게 임신했다고 솔직히 말할 용기가 없었어요. 하지만 배가 불러오는 것이 얼굴에 코가 있는 만큼 확실해졌을 때, 결국 비밀을 털어놓고 말았어요. 나는 목숨을 걸고서라도 아기를 떼 버리기로 마음먹었어요. 하지만 벌써 임신 7개월이 지났기 때문에 날 위해 일해 줄 산파를 어디에서도 찾을 수가 없었어요. 나는 뜨거운 포도주를 더 많이 마셨고 식탁 위에서 스무 번도 넘게 뛰어내렸어요. 그리고 성모님 앞에 몇 시간 동안이나 무릎 꿇고 기도하고 금식하며 절을 했어요. 하지만 아무 소용도 없었어요. 이 악마의 벽에, 이 통에 배를 꾹 누르고 주먹을 꽉 쥐고 지독하게 좋은 속치마들을 피가 나도록 빨고 또 빨았어요. 하지만 내 몸에선 한 방울의 피도 쥐어짜낼 수 없었어요. 그래서 나는 저 낡은 부엌칼을 다시 꺼내서 내 손으로 배를 찔렀어요. 피가 나오도록 하기 위해, 아이와 나 자신을 죽이기 위해—

사람들이 나를 병원으로 데려갔죠. 나는 거기서 십이 일 동안 고열 속에 누워 있었어요. 정신을 차렸을 때 사람들이 내 아기를, 내 작은 프란츠를 보여주었어요. 칼은 아기를 스치지도 못했던 거예요. 결국엔 잘된 일이었어요. 나는 즉시 아기를 사랑하게 되었으니까요. 나는 폴란스키도 사랑하게 되었어요. 그이는 하루 종일 침대 곁을 지켜주었어요. 그리고 나와 결혼해 주었지요. 남편은 딱 한 가지를 두려워했어요. 아이가 내 피, 칼로 찌르지 않고서는 한 방울도 흘러내리지 않았던 내 피에서 혹시라도 뭔가를 물려받았을까 봐. 하지만 나는 판사에게 댁에게 말한 것과 똑같이 모든 걸 다 이야기할 거예요. 나는 말을 빙빙 돌리거나 하지 않을 거예요. 나는 판사들에게—"

그때 갑자기 문이 열렸다. "다녀왔어요, 엄마."

폴란스키 부인은 아들을 쳐다보았다. 그는 성큼성큼 집 안으로 걸어 들어와서 침대 위에 모자를 던졌다. 부인은 아직 본래의 자신으로 완전히 돌아오지 못하고 있었다. 그녀는 여전히 판사 앞에 서 있는 다른 인물이었다.

"내가 강도살인죄로 체포됐던 거 들었어? 엄마는 그걸 어떻게 생각해?" 그는 뒤져진 서랍들을 보았다. "그 사람들이 여기도 왔다 갔나 보네. 그 똑똑한 경찰 양반들 말이야."

폴란스키 부인은 믿을 수 없다는 듯이 동그랗게 눈을 뜨고 아들을 쳐다보았다.

"뭐 잘못됐어, 엄마? 정말 늙은 베르크만 부인의 머리를 박살낸 게 나라고 생각한 것 같네!"

"실례합니다만, 전 기자입니다." 내가 말했다. "대체 어떻게 석방되신 거죠?"

프란츠 폴란스키가 큰소리로 웃음을 터트렸다. "아이구, 뭐야, 엄마? 내가 진짜 신문에 나게 생겼네. 경찰이 진짜 살인범을 잡았어요. 진범은 수위의 아들이었어요. 하지만 점심시간 이후로 아무것도 못 먹었네요. 엄마, 배고파."

폴란스키 부인이 나를 쳐다보았다. 나는 부인의 생각을 읽을 수 있었다. 잠시 전 그녀는 살인범의 어머니였고 기자에게 자기 인생의 가장 어두운 부분을 보여주었다. 이제 갑자기 그녀는 살인범의 어머니가 아니게 되었고 이 신문사에서 나온 남자는 자신의 정직한 가정에서 더 이상 할 일이 없었다.

"엄마, 내 말 못 들었어? 점심 때부터 아무것도 못 먹었다구! 뭘 그렇게 쳐다보고 계세요? 자, 밥 먹어요."

폴란스키 부인은 자신을 추스렸다. 그녀는 머리에 스카프를 쓰고 다시 허리가 굽고 초라한 늙은 세탁부로 되돌아갔다. "그래, 그래, 아들." 부엌 스토브를 향해 가며 그녀가 말했다. "너무 재촉하진 말거라."

나는 아무 기삿거리도 얻지 못하고 자리를 떠났다.

과거

미할 아이바스

나는 슬라비아[1]에 앉아 사람들을 둘러보고 있었다.

카페 구석에서 새처럼 날카로운 얼굴 하나를 알아볼 수 있었다. 어느 폭풍우 치던 밤, 말레이 단검을 손에 들고 오리엔트 특급의 텅 빈 통로에서 문 잠긴 칸막이 객실을 지나치며 나를 쫓던 남자였다. 열린 창에서 펄럭거리며 내 얼굴을 때리던 커튼과 이따금 번갯불에 번쩍이던 그의 긴 나이트셔츠가 기억난다. 그게 언제 적 일이지? 5년 전인가, 10년 전인가. 어찌됐던 뭣 때문에 싸웠더라? 아마도 숲속 눈 더미에 묻은 루비에 얽힌 일이 아니면, 언어기호에 의도성이 있느냐 마느냐의 문제 때문이었으리라.

굽이치는 붉은 머리카락을 사려 깊게 빗어서 낮게 뜬

시월 오후의 태양빛에 그 찰랑이는 끝을 빛내고 있는 저쪽의 여자는, 사방이 정글로 둘러싸여 썩어 가고 있는 호수 한가운데, 콘크리트 기둥들 위에 세운 누추한 집에서 7년 동안 나와 함께 살았던 여자였다. 텅 빈 방들과 곰팡이 낀 괴상한 지도들로 덮인 하얀 벽이 있던 그 집은, 물방울 떨어지는 소리가 결코 멈추는 법이 없었다. 우리는 짐승의 울음소리가 들리는 테라스에 앉아 차가운 수면과 어두워지는 정글을 바라보다가 유럽에 다시 돌아가면 어떤 생활을 하게 될지 이야기를 나누며 저녁시간을 보냈다.

바에서 웨이터와 말다툼을 하고 있는 남자는 프라이부르크에 살던 때의 친구였다. 나는 그와 함께 『현실의 기본구조』라는 천 페이지짜리 학술서적을 함께 저술했다. 우리는 그 책이 철학의 혁명이 될 것이며 아리스토텔레스 이래 그 분야에서 가장 중요한 공헌을 할 것이라고 확신했다. (무슨 상황이었는지 기억나진 않지만 단 하나뿐인 그 원고는 악어가 먹어 버렸다.)

여러 지하 묘지와 불교 사원들, 혹은 잠든 도시 위로 솟은 고층 빌딩의 18층 창문 아래 좁은 선반에서 하룻밤을 보내며 안면을 익힌 사람들이 몇 명 더 보인다. 하지만 이제 우리는 서로를 모르는 체한다. 인사말도 나누지 않고 사력을 다해 서로의 눈을 피하고 있다. 하지만 다른 이가 보고 있지 않다고 느낄 때면 몰래 서로를 훔쳐보려고 애쓰는 것이다.

때때로―사실은 아주 자주―나는 곤란한 상황에 빠지곤 한다. 언젠가 한 여자친구에게 방송국 사람들과 회의가 끝나면 슬라비아로 좀 와 달라고 부탁한 적이 있었다. 그 친구는 어떤 남자와 함께 카페 유리문에 나타났다. 그는 마흔 다섯쯤 되었는데 체코 지식인들이 흔히 그러듯 짧은 머리카락을 이마 위로 내리고 있었다. 낯익어 보이는 남자였지만 잘 기억이 나지 않았다. 그들은 내 테이블을 찾았고 친구가 그를 소개해 주었다. "당신에게 M을 소개해 주고 싶었어. 이분은 크라트키 필름에서 일하고 있어." 갑자기 그가 바로 나와 하루 종일 죽도록 싸웠던 남자라는 사실이 떠올랐다. 우리는 여기저기 분수들이 흩어져 있는 어느 유령도시의 대리석 광장에 있었다. 정신이 멍해질 정도로 지독히 더운 날씨였다. 태양이 우리 머리를 무자비하게 두들겨 대고 있었다. 텅 빈 광장에서 들리는 소리라고는 분수의 물 뿜는 소리와 우리의 묵직한 검이 부딪치고 그것들이 궁전의 벽과 단조롭게 늘어선 코린트식 기둥들에 맞고 튕겨 나오는 소리뿐이었다. 그 남자

역시 나를 알아보았다는 사실을 눈치챌 수 있었다. 우리는 쓴웃음을 지으며 힘없이 악수하고 한두 마디 웅얼거렸다. 억누를 수 없는 과거의 유령들과 이렇게 결전을 벌여야 한다니 얼마나 끔찍한 일인가! 우리는 내색하지 않으려고 애썼지만 태양에 그을린 대리석 위에서 싸우는 것보다 대화를 이어가는 것이 더욱더 고통스러운 일이라는 것을 증명할 뿐이었다. 직접 이야기를 나누는 대신 우리는 서로에게 말을 거는 것을 피하고 눈이 마주치지 않도록 하는 고도로 복잡한 방식에 의지해서 친구를 사이에 두고 대화를 했다. 하지만 가끔씩 나는 그를 몰래 곁눈질하며 불그스름하게 당황한 얼굴 뒤로 하얀 기둥들에 실루엣을 드리우는 냉혹한 사무라이의 얼굴을 희미하게 잡아냈다. 그 남자는 그때 커다란 무처럼 생긴 뾰족한 황금투구를 쓰고 있었다. 그것에 반사된 악의로 가득 찬 빛이 내 지친 눈을 태웠다.

고통스러운 대화는 그 남자가 작업하고 있다는 닥스훈트가 나오는 만화로 모아졌다. 그 사무라이 대본작가는 대본을 꺼내려고 서류가방을 뒤지기 시작했다. 하지만 내가 그를 초조하게 만들었기 때문에 남자는 그것을 잘 찾아내지 못하고 떨리는 손으로 계속 구겨진 종이들을 꺼내 테이블 위에 쌓아 놓다가 급기야 바닥으로 흩뜨리고 말았다. 설상가상으로 무처럼 생긴 황금투구가 테이블에 떨어지며 너무나도 순수하고 도발적인 소리를 내는 바람에 실내 전체가 일순 조용해졌다. 사람들은 얼어붙은 대본작가 앞에서, 빨간 조끼를 입고 꿈꾸듯 미소를 짓는 거만한 신사가 피아노로 연주하고 있던, '소중한 것은 바로 장미'[2]의 곡조에 따라 부드럽게 몸을 흔들면서 그것을 내려다보았다.

왜 우리는 늘 손가방이나 서류가방에서, 밤의 전쟁에서 사용할 무기들과 주황색 벨벳으로 안감을 댄 상자 속에 든 굳은 독의 결정과 메두사의 머리와 용의 위에서 꺼낸 혀와 호문쿨루스의 미이라와 수메르 어로 된 남부끄러운 서신 같은 것들을 끄집어내는 것일까? 왜 우리는 그것들을 두려워하고 거기서 나오는 고름의 냄새를 맡으면서도, 바와 카페와 친구의 아파트에서 무정하기 그지없는 운명의 여신이 테이블 위에 그것들을 쏟아낼 거라는 사실을 너무나 잘 알면서도 무시무시한 과거의 내용물들을 끄집어내는 것일까?

어느 투쟁의 기록

프란츠 카프카

 자정쯤이 되자 몇 사람이 일어나 인사를 하고 악수를 청하며 즐거운 저녁이었다고 말했다. 그리고 외투를 걸치기 위해 널찍한 문간을 지나 현관으로 향했다. 여주인은 방 한가운데 서서 섬세한 치마 주름을 아래위로 나풀거리며 우아한 동작으로 절을 했다.

 나는 작은 탁자―가늘게 휘어져 있는 다리가 세 개 달린―에 앉아 베네딕틴 술[1]을 세 잔째 홀짝거리고 있었다. 술을 마시면서 나는 손수 골라서 쌓아 놓은 작은 과자 더미를 살펴보고 있었다.

 그러다가 새로 알게 된 어떤 이가 옆방으로 통하는 문간에 흐트러진 모습으로 나타난 걸 보았다. 하지만 나와는 상관없는 일이라고 생각했기 때문에 딴 곳으로 눈길을 돌리려 했다. 그런데 그 남자가 내게 다가와 방심한 것 같은 미소를 지으며 말했다. "방해가 됐다면 죄송합니다만, 저는 조금 전까지 옆방에서 여자친구와 단둘이 있었습니다. 열시 반부터 계속이요. 주여, 얼마나 멋진 저녁입니까! 잘 모르는 사이에 이런 얘기를 하는 게 옳지 않다는 건 압니다. 우린 오늘 저녁 계단에서 마주쳐서 같은 집에 온 손님으로 몇 마디 나눴을 뿐이니까요. 허나 부디 절 용서해 주십시오. 지금 저는 행복한 마음을 억누를 수가 없습니다. 어쩔 수가 없어요. 여기서 제가 믿을 수 있는 다른 아는 사람이 없기 때문에—"

나는 그 남자를 슬프게 바라보면서—왜냐하면 입에 넣은 과일 케이크 조각이 별로 맛이 없었기 때문이다—붉게 상기된 남자의 얼굴에 대고 말했다. "믿을 만한 사람이라고 생각해 준 건 고맙지만, 내게 그런 비밀을 털어놔 주었단 사실이 꼭 기쁘게 느껴지지만은 않군요. 댁도 지금 그렇게 흥분한 상태만 아니라면 홀로 독한 술을 마시며 앉아 있는 남자에게 사랑에 빠진 처녀 얘기를 하는 것이 어울리지 않는 일이라고 생각했을 텐데요."

내가 이렇게 말했을 때 그는 갑자기 의자에 주저앉더

니 몸을 뒤로 기대고 두 팔을 축 늘어뜨렸다. 그리고 팔을 다시 끌어당겨 팔꿈치를 세우고는 제법 큰 목소리로 말하기 시작했다. "조금 전 우리, 안네를과 나는 단둘이 방 안에 있었지요. 저는 안네를에게 키스를 했어요. 저는 안네를에게—그 여자의 입에, 귀에, 어깨에 키스를 했어요. 아아, 하느님!"

꽤 활기찬 대화가 오간다고 지레짐작한 손님 몇 사람이 하품을 하며 우리 쪽으로 다가왔다. 나는 일어서서 모든 사람들이 들을 수 있도록 큰 소리로 말했다. "좋아요. 댁이 꼭 그러고 싶다면 함께 가주겠어요. 다시 말하지만 지금 같은 겨울밤에 페트르진 언덕[2]을 오르는 건 웃기는 짓입니다. 게다가 날씨는 춥고 눈이 오기 때문에 길은 스케이트장 같을 거예요. 그럼, 댁이 바라는 대로—"

처음에 그는 놀란 얼굴로 나를 쳐다보았다. 그러나 막 축축한 입술을 벌리려 하다가 가까이 다가온 손님들을 발견하고 웃음을 터트리더니 몸을 일으키며 말했다. "찬바람이 우리한테 좋을 것 같군요. 우리 옷은 열기와 연기로 찌들어 있으니까요. 더구나 전 술을 별로 마시지도 않았는데 조금 취했거든요. 그래요. 작별인사를 하고 나갑시다."

그래서 우리는 여주인한테로 갔다. 그 남자가 손에 키스를 하자 여주인이 말했다. "오늘 당신이 이렇게 행복해 보이는 걸 보니 저도 기쁘군요."

친절한 말에 감동을 받은 그는 여주인의 손에 다시 키스를 했다. 그러자 여주인은 미소를 지었다. 나는 그를 끌고 나오다시피 해야 했다. 현관에는 하녀 한 명이 서 있었는데 그녀는 우리가 처음 보는 사람이었다. 하녀는 외투 입는 걸 도와주고 내려가는 계단 길을 조그마한 등불로 밝혀 주었다. 그녀는 턱 밑에 맨 까만 벨벳 리본 하나를 빼고는 목 부근을 훤히 다 드러내고 있었다. 하녀는 등불을 낮게 든 채 헐렁한 옷을 입은 몸을 앞으로 숙였다 폈다 하며 우리보다 앞서 계단을 내려갔다. 와인을 약간 마신 탓인지 그녀의 뺨은 빨갛게 달아올라 있었다. 계단을 밝히는 등불의 약한 빛을 통해 나는 그 여자의 입술이 떨리고 있는 걸 볼 수 있었다.

계단을 다 내려오자 하녀는 등불을 내려놓고 내 친구에게 바싹 다가서더니 그를 안고 키스를 했다. 그리고 한동안 그를 계속 안고 있었다. 내가 손에 동전을 쥐어 주자 그 여자는 그제야 느릿느릿 팔을 풀고 천천히 현관문을 열어 우리를 밤 속으로 내보내 주었다.

텅 빈 거리에는 커다란 달이 떠서 골고루 빛을 뿌려 주고 있었다. 구름이 거의 없는 하늘은 평소보다 넓어 보였다. 눈길이 꽁꽁 얼어 있었기 때문에 우리는 종종걸음을 쳐야 했다.

밖으로 나오자 난 확실히 기분이 아주 좋아졌다. 나는 다리를 들어 올려 관절에서 우두둑 소리가 나게 해 보았다. 또 아는 친구가 모퉁이를 돌아 사라져 버린 것처럼 큰 소리로 이름을 외쳐 보기도 하고, 펄쩍 뛰어오르며 모자를 하늘 높이 던졌다가 보란 듯이 다시 낚아채기도 했다.

하지만 내 친구는 아무 관심도 보이지 않고 내 옆에서 걷기만 하고 있었다. 그는 머리를 푹 숙인 채 말 한마디 하지 않았다.

나는 놀라고 말았다. 파티에서 데리고 나오기만 하면 그가 마음껏 즐거움을 발산하리라고 생각했기 때문이었다. 나도 그만 기분이 가라앉아 버렸다. 기운을 북돋아 주기 위해 그의 등을 토닥여 주려 했지만 이제 이 남자의 기분을 전혀 이해할 수 없게 되었기 때문에 손을 다시 거두고 필요 없어진 손을 그냥 외투 주머니에 찔러 넣고 말았다.

그래서 우리는 침묵 속에 걷고 있었다. 우리가 내는 발자국 소리를 귀 기울여 듣다보니 내가 왜 이 친구와 발을 맞추지 못하고 있는지 이해할 수 없었다. 공기가 맑고 그의 다리를 똑똑히 볼 수 있었기 때문에 더욱 그런 생각이 들었다. 가끔가다 사람들이 창가에 몸을 내밀고 내다보았다.

페르디난트 거리[3]에 들어섰을 때, 나는 내 친구가 '달러 공주'[4]의 가락을 흥얼거리고 있는 것을 깨달았다. 작은 소리였지만 분명하게 알아들을 수 있었다. 이건 대체 무슨 뜻이지? 날 모욕하려는 걸까? 이 음악은 물론, 산책도 내가 원한 게 아니었다. 그건 그렇다 해도 내게 말을 하지 않는 건 대체 뭣 때문인가? 내가 필요 없다면 왜 베네딕틴 술과 과자가 있는 따뜻한 방에서 그냥 평화롭게 지내도록 내버려 두지 않았나? 산책을 하자고 한 건 분명 내가 아니었다. 나 혼자라면 굳이 산책을 하러 나올 이유도 없었다. 난 그저 파티에 참석했다가 창피를 당할 위기에 처한 배은망덕한 젊은이 하나를 구해 주었을 뿐인데, 그 대가로 지금 달밤에 길거리를 배회하고 있는 것이었다. 그래도 좋다. 낮에는 사무실, 저녁에는 파티, 밤에는 거리, 지나친 것은 아무것도 없다! 오히려 지나칠 정도로 자연스러운 생활방식이 아닌가!

하지만 내 친구는 여전히 나를 따라오고 있었다. 사실

은 뒤처진다 싶을 때마다 걸음을 서두르기까지 했다. 아무런 말도 없었고, 그렇다고 우리가 뛰어가고 있는 것도 아니었다. 하지만 나는 옆길로 빠지는 게 좋지 않을까 생각했다. 결국 딱히 이 남자와 산책을 할 의무가 있는 건 아니었다. 나 혼자 집으로 갈 수도 있었다. 막을 사람은 아무도 없었다. 그럼 이 친구가 내가 사는 거리의 어귀를 지나는 모습을 몰래 지켜볼 수도 있을 것이다. 잘 가라, 친애하는 친구여! 내 방에 들어가면 따뜻함이 느껴질 것이다. 나는 먼저 탁자 위에 있는 철제 스탠드 등을 켠 다음 찢어진 동양 카펫 위에 놓여 있는 안락의자에 몸을 묻을 것이다. 참으로 유쾌한 광경이 아닌가! 그렇게 하지 못할 이유가 어디 있는가? 하지만 그러고 난 뒤에는? 따뜻한 방 안에, 안락의자에 몸을 파묻은 내 가슴 위로 등불빛이 비치겠지. 그리고 페인트를 칠한 벽과 바닥에 둘러싸여 마음을 진정시키고 홀로 시간을 보내겠지.

다리가 점점 무거워졌다. 나는 집에 돌아가서 쉬기로 결심했다. 그러자 가기 전에 이 친구에게 작별인사를 해야 할지 말지 고민되기 시작했다. 하지만 나는 말 없이 떠나기에는 너무 소심했고 큰 소리로 그를 불러 세울 만한 용기도 없었다. 그래서 걸음을 멈추고 달빛이 비치는 어느 집의 벽에 기대 그가 오기를 기다렸다.

내 친구는 마치 내가 붙잡아 주기를 바라는 것처럼 나를 향해 빠르게 보도를 걸어왔다. 그는 내게 눈을 깜빡해 보였는데, 그건 꼭 내가 까먹어 버린 것이 분명한 어떤 약속이 있었다고 암시하는 것처럼 보였다.

"무슨 일이죠?" 내가 물었다.

"오, 아무것도 아닙니다." 그가 말했다. "나는 단지 계단 아래에서 내게 키스한 하녀 아가씨를 어떻게 생각하는지 당신께 묻고 싶을 뿐입니다. 그 아가씨는 누굴까요? 전에 그 아가씨를 본 적이 있나요? 없습니까? 저도 그래요. 그 여자는 정말 하녀였을까요? 사실 아까 그 아가씨가 우리 앞에서 계단을 내려가고 있을 때 당신께 물어보려 했었답니다."

"난 그 여자의 빨갛게 된 손을 보고 한눈에 하녀라는 걸 알아봤는걸요. 더구나 상급 하녀도 아니었어요. 내가 그 아가씨에게 돈을 줬을 때 손이 거칠게 느껴졌으니까."

"하지만 그건 단지 그 아가씨가 얼마간 그 일을 하고 있었다는 걸 증명할 뿐이잖아요. 또 확실한 사실이기도 하고요."

"그 점은 댁 말이 맞을지 모르겠군요. 그 정도 불빛으로 모든 걸 다 알아낼 수 없으니까. 하지만 그 아가씨의 얼굴을 보니 내가 아는 나이 든 장교의 딸이 떠올랐어요."

"난 잘 모르겠어요." 그가 말했다.

"그래도 내가 집에 가는 걸 막을 순 없을 거예요. 시간도 늦었고 난 내일 아침 일찍 출근해야 하니까요. 직장에서는 잠자기 어렵거든요." 나는 작별인사를 하려고 그에게 손을 내밀었다.

"휴, 정말 손이 차네요!" 그가 외쳤다. "나 같으면 그런 손으로는 집에 돌아가기 싫겠어요. 친구, 당신도 키스를 받았어야 했는데. 그만 기회를 놓치고 말았군요. 그래도 아직 그걸 만회할 기회가 있어요. 그런데 잠을 잔다고요. 오늘 같은 밤에? 무슨 생각을 하는 거예요! 침대에 홀로 자는 동안 얼마나 많은 좋은 생각들이 침대보에 눌려 질식되어 버릴지, 반면 그것이 얼마나 많은 불행한 꿈들을 따스하게 보듬을지 한번 생각해 보세요."

"나는 아무것도 질식시키지 않고 아무것도 보듬지 않아요." 내가 말했다.

"그럼 가 보세요." 그가 대화를 끝냈다. "당신은 유머가 있는 분이시군요."

친구는 다시 걷기 시작했다. 나는 아무 생각 없이 그를 따라가고 있었다. 그가 말한 내용을 생각해 보느라고 정신이 팔렸기 때문이었다.

그의 말을 듣고 나는 이 친구가 나의 내면에 뭔가 대단한 것이 있다고 짐작하고 있는 게 아닌가 생각했다. 비록 내 안에 그런 게 없다 해도 그가 그렇게 생각한다면 나에 대한 평가는 높아질 것이었다. 그래서 집으로 돌아가지 않은 것이 무척 다행스럽게 느껴졌다. 추위 때문에 입에서 하얀 김을 내뿜으며 머릿속에 하녀를 생각하고 있는 내 옆의 이 남자가 내가 굳이 애쓰지 않아도 세상 사람들의 눈에 나를 가치 있는 사람으로 만들어 줄지 누가 알겠는가. 그 아가씨들이 이 남자를 버릇없이 만들어 놓지 않기를 기도하자! 무슨 수를 써서라도 그 여자들이 이 남자에게 입을 맞추고 꼭 껴안아 주도록 만들자. 그것이 그녀들의 의무이자 그가 가진 권리이다. 하지만 그 여인들이 이 남자를 아예 가져가 버리도록 놓아 두어서는 안 된다. 결국 그녀들이 그에게 키스를 해줄 때 내게도 살짝—굳이 말하자면 입술 귀퉁이로—입맞춤을 해 줄 테니까. 하지만 만약 그 여인들이 이 남자를 데려가 버린다면 그건 내게서 이 남자를 훔쳐 가는 것이나 다름없는 짓이다. 그는 언제나 나와 함께 있어야 한다, 언제나. 내가 아니면 누가 그를 보호해 줄 것인가? 이 남자는 너무너무 어수룩하다. 2월 달에 누가 페트르진 언덕에 올라가자고 한다고 순순히 따라나설 정도로 말이다. 이 친구가 지금 넘어지기라도 한다면, 행여 감기라도 걸린다면 어쩔 것인가? 우체국 모퉁이에서 질투심에 불타는 남자가 튀어나와 이 친구를 습격한다면 어쩔 것인가? 그땐 나한테 무슨 일이 벌어질까? 세상 밖으로 내쳐지게 될까? 그 꼴을 꼭 한번 보고 싶구나! 아니야, 내 친구는 날 버리지 않을 것이다.

내일 그는 안네를 양에게 이야기하겠지. 처음에는 자연스럽게 일상적인 일들을 말할 것이다. 하지만 그는 갑자기 더 이상 여인에게 이야기하지 않고는 배길 수 없을 것이다. 지난밤에 말이야, 안네를, 당신이 기억하듯 파티가 끝나고 난 당신이 한 번도 본 적이 없는 게 분명한 어떤 남자와 함께 있었어. 그 남자의 모습을 어떻게 설명해야 할까? 그치는 꼭 공중에 매달린 막대기에 검은 머리칼이 덮인 머리통을 꽂아 놓은 것처럼 생겼어. 그 남자는 몸에 여러 개의 작고 누런 천 조각을 걸치고 있었는데, 그것들은 지난밤의 고요한 공기 속에서 그의 몸에 꽉 달라붙어 빈틈없이 그를 감싸 주고 있었어. 허, 안네를, 말만 들어도 입맛이 뚝 떨어진다고? 그럼 그건 내 잘못이야. 내가 너무 나쁘게만 말했나 봐. 내 옆을 소심하게 걸으며 내 얼굴에서 사랑의 열병(그건 별로 어렵지 않았지)을 읽어 내고 나를 방해하지 않기 위해 오랫동안 내 앞에서 걸어가던 그 남자의 모습을 당신이 직접 봤으면 좋았을 텐데. 내 생각에는 안네를, 당신은 그 남자를 약간은 우스워하고 또 약간은 두려워했을 것 같아. 하지만 나는 그가 동행해 주어서 기뻤어. 왜냐하면 안네를, 그때 당신은 어디에 있었어? 당신은 자기 침실에 있었고 당신의 방은 너무 멀었으니까—나한테는 당신 방이 아프리카에 있는 것이나 다름없었어. 하지만 때때로 난 정말 그의 납작한 가슴이 오르락내리락하는 것에 따라 별이 총총한 하늘도 함께 오르락내리락하는 것처럼 느꼈어. 당신은 내가 허풍을 떨고 있다고 생각해? 아냐, 안네를. 내 영혼을 걸고, 아니야. 당신의 소유물인 내 영혼을 걸고 말이야. 절대 허풍이 아니야.

　나는 내 친구가 그런 말을 하면서 느꼈을 창피함을 조금도 경감하지 않았다. 우리는 막 프란티슈코보 나브레제지[5]에 접어들었다. 그 순간 내 생각은 흐려졌다. 왜냐하면 블타바 강과 건너편 동네가 어둠 속에 펼쳐져 있었기 때문이다. 거기서 타오르는 수많은 불빛들이 눈을 따갑게 했다.

우리는 강을 따라 세워져 있는 울타리로 가기 위해 길을 건넜다. 그리고 거기에서 우리는 멈추어 섰다. 나는 몸을 기댈 나무 한 그루를 찾아냈다. 강에서 찬바람이 올라왔기 때문에 나는 장갑을 끼고 밤에 강가에 온 사람들이 흔히 그러듯이 별 이유 없이 한숨을 쉬었다. 하지만 그때 나는 계속 걷고 싶었다. 그러나 내 친구는 강물을 바라보며 전혀 움직일 생각을 하지 않고 있었다. 그는 울타리에 더 가까이 다가갔고, 다리는 이미 철책에 닿아 있었다. 그 남자는 팔꿈치를 울타리 난간에 대고 이마를 손으로 감쌌다. 또 뭐지? 난 결국 몸이 덜덜 떨려서 외투의 깃을 바짝 세워야 했다. 내 친구는 등과 어깨와 목을 차례로 펴고 나서 탄탄한 팔에 의지해 난간 위로 기울이고 있던 상체를 세웠다.

"오, 그래요, 기억들." 내가 말했다. "맞아요. 기억한다는 것 자체가 슬픈 일이지요. 하지만 기억할 일은 또 얼마나 많은가요! 그런 것들을 짊어지고 살진 말아요. 그건 당신을 위해서도 나를 위해서도 좋지 않으니까. 기억이란 과거의 입지를 강하게 만들지도 못하면서 현재의 입지를 약하게 만들 뿐이라는 것보다 자명한 사실도 없어요. 과거의 입지는 강화해 봤자란 사실을 제쳐 두더라도 말입니다. 내게는 기억이 없을 것 같은가요? 아, 당신네들 모두보다 많지요. 자, 예를 들어 나는 L에서 벤치에 앉아 있었던 일을 기억할 수 있어요. 저녁때였고 또 강에 가까운 곳이었지요. 물론 여름이었죠. 그런 저녁 시간이면 습관처럼 팔로 무릎을 감싸 안고 앉아 있곤 했어요. 거기서 나는 머리를 벤치에 기대고 강 건너편의 구름 같은 산들을 지켜보았어요. 강가에 있는 호텔에서는 나지막하게 바이올린을 연주하고 있었지요. 가끔 양쪽 강변에서 기차가 새하얀 연기를 뿜고 칙칙폭폭 소리를 내며 지나갔어요."

내 친구가 갑자기 몸을 돌리는 바람에 나는 말을 중단했다. 그는 내가 아직 있는 걸 보고 놀란 듯 보였다. "아, 난 더 많은 것을 얘기해 줄 수도 있어요." 나는 그것밖에 말하지 못했다.

"생각해 보세요." 그 남자가 말을 시작했다. "일은 늘 이렇게 일어나기 마련이죠. 오늘, 저녁 파티에 오기 전에 잠시 산책을 하려고 계단을 내려오고 있을 때였어요. 전 소매 속에서 팔이 흔들리는 모양새에 깜짝 놀랄 수밖에 없었어요. 너무나 흥겹게 흔들리고 있었거든요. 그래서 바로 이런 생각이 들었지요. 기다려 봐. 오늘 무슨 일인가 생기고 말 거야. 그리고 진짜 그렇게 된 겁니다." 그 남자는 다시 걷기 위해 몸을 돌리면서 이 말을 하고 눈을 크게 뜨고 미소 띤 얼굴로 나를 쳐다보았다.

나는 벌써 여기까지 오고만 것이었다. 그가 웃는 얼굴로 그런 말을 하면서 커다란 눈으로 나를 쳐다보았으니까. 나는, 나는 그가 나의 진가를 전혀 인정하지 않는 것에 대한 보답으로 그의 어깨를 얼싸안고 그의 눈에 키스를 해 줄까 하다가 말았다. 하지만 최악의 일은 그런 짓을 해 봤자 아무것도 변하게 할 수 없기 때문에 아무 해도 끼칠 수 없다는 사실이었다. 왜냐하면 나는 이제 가야, 무슨 일이 있어도 가야 했기 때문이었다.

내가 여전히 내 친구와 아주 잠깐이라도 더 있을 수 있는 방법을 빠르게 생각해 내려고 애쓰는 사이에 문득 나의 길쭉한 몸이 그를 너무 왜소하게 느끼게 해서 기분 나쁘게 했을지도 모른다는 생각이 떠올랐다. 늦은 밤이라 우리와 마주치는 사람은 하나도 없었지만, 나는 그 생각 때문에 괴로운 나머지 손이 무릎에 닿을 정도로 허리를 구부리면서 걸었다. 하지만 왜 그러는지는 모르게 해야 했기 때문에 나는 아주 천천히 자세를 바꾸면서 그가 스트르젤레츠키 섬[6]의 나무들과 다리의 등불들이 강물에 비치는 모습을 가리키며 그의 관심을 다시 강으로 돌리려 애썼다.

하지만 그는 갑자기 몸을 홱 돌려 나를 보았다. 나는 미처 자세를 다 바꾸지 못했다. 그는 나에게 말했다. "어쩐 일입니까? 몸을 완전히 굽히고 계시네요. 대체 왜 그러시는 거지요?"

"맞아요. 관찰력이 아주 좋으시군요." 내가 머리를 그의 바지 솔기 있는 데 두고서 말했다. 그래서 나는 그를 제대로 쳐다볼 수 없었다.

"됐어요! 똑바로 서세요! 이 무슨 우스꽝스러운 짓입니까?"

"아니요." 내가 땅바닥 가까이 얼굴을 대며 말했다. "나는 이대로 있을 거예요."

"당신은 정말 사람을 성가시게 한다고 할 수밖에 없군요. 이런 시간 낭비가 있나! 제발 좀 그만두세요!"

"목소리가 커요! 이런 조용한 밤중에!" 내가 말했다.

"아, 그래요. 그냥 마음대로 하세요." 그리고는 잠시 뒤 덧붙였다. "한 시 십오 분 전이군요." 그는 방앗간 탑의 시계를 본 것이 분명했다.

나는 누가 머리칼을 잡아당기기라도 한 것처럼 곧바로 몸을 일으켜, 흥분이 빠져나가도록 잠시 입을 벌리고 있었다. 나는 눈치채고 말았다. 이 남자는 나를 쫓아내려고 하는 거다. 그의 곁에 내가 있을 곳은 없었다. 혹 있다 해도 찾을 수 없었다. 그런데 왜 나는 굳이 이 사람과 함께 있으려고 안달인가? 아니야, 날 기다리고 있을 나의 친지들에게 지금 당장 돌아가야 해. 혹시 내게 친지가 한 사람도 없다 해도 이제 나 자신을 보살펴야 할 때이니까. (불평한다고 무슨 소용이 있겠는가!) 나는 빨리 여기를 떠나야 한다. 왜냐하면 이 남자의 눈에서 더 이상 나를 붙잡는 것이 아무것도 없었기 때문이다. 내 키도, 입맛도, 내 차가운 손도. 그래도 내가 그와 함께 남아 있어야 한다고 생각한다면 그건 위험천만한 생각이다.

"내게 알려주지 않아도 됩니다." 내가 말했고, 그건 사실이었다.

"하느님께 감사하게도 이제 다시 똑바로 서 계시네요. 난 그저 지금이 한 시 십오 분 전이라고 했을 뿐입니다."

"그건 어쨌든 좋아요." 나는 대답하고 나서 딱딱 부딪치고 있는 이빨 사이에 손톱 두 개를 쑤셔 넣었다. "내게 알려 줄 필요가 없다면, 당연히 설명도 필요가 없겠지요.

사실 난 당신의 자비 말고는 아무것도 필요하지 않아요. 제발 방금 말한 걸 물러 줬으면 좋겠어요!'

"한 시 십오 분 전이라고 말한 거요? 기꺼이 그렇게 하지요. 더구나 한시 십오 분 전은 한참 전에 지났으니까요."

그는 오른팔을 들어 손을 뒤집더니 커프스 단추가 부딪치며 내는 캐스터네츠 같은 소리에 귀를 기울였다.

분명 이제 살인이 벌어질 때다. 내가 이 친구와 함께 계속 있으면 훨씬 전부터 주머니 속에서 쥐고 있던 단검을 외투를 따라 천천히 뽑아서 나를 찌를 것이다. 그가 그 일이 얼마나 쉬운지를 깨닫고 놀라는 일은 아마 없을 것이다. 하지만 그럴지도 모르지. 누가 알랴? 난 비명을 지르지 않을 것이다. 그저 내 눈이 버틸 수 있는 한 오래 그를 바라보기만 할 것이다.

"할 말이 있나요?" 그가 말했다.

멀리 유리창이 캄캄한 다방 앞에서 경찰관이 스케이트를 타는 것처럼 길 위에서 미끄럼질을 하고 있었다. 장검이 방해가 되자 경찰관은 손으로 그것을 붙잡았다. 한참 동안 미끄럼질을 계속하다가 마침내 거의 원을 그리며 멈추었다. 그리고는 머릿속에 들어 있던 가락을 끄집어내어 조그맣게 요들송을 부르며 다시 미끄럼질을 시작했다.

경찰관이 나타나자 나는 오히려 더 큰 두려움을 느끼기 시작했다. 그는 살인현장에서 60미터나 떨어져 있어서 자기 자신이 하는 일밖에 보고 듣지 못할 것이다. 나는 칼에 찔리지 않으려면 도망쳐야 한다는 사실을 깨달았다. 끝장이다. 그렇다면 일단 여기서 도망쳐서 언젠가는 맞게 될 더 힘들고 더 고통스러운 죽음을 기다리는 게 낫지 않을까? 나는 그런 죽음의 형태를 더 선호해야 할 이유를 꼭 집어낼 순 없었다. 하지만 이유를 찾느라고 마지막 남은 몇 초를 허비할 수는 없었다. 달아날 결심을 한다면 나중에 그걸 생각해 볼 시간이 있을 것이다. 그리고 나는 결심했다.

나는 도망쳐야 했다. 그건 꽤나 쉬운 일일 터였다. 왼쪽으로 돌아 카를 다리로 가는 대신 오른쪽 카렐 거리로 뛰어들면 될 것이다. 바람이 불고 있었고, 어두컴컴한 문들이 죽 늘어서 있었다. 술집들은 아직 문을 열고 있었다. 나는 절망할 필요가 없었다.

우리가 제방이 끝나는 곳에서 십자가기사단 광장[7]으로 통하는 아치 밑을 빠져나오자마자 나는 팔을 번쩍 든 채 카렐 거리로 뛰어들었다. 하지만 미처 예상하지 못한 계단이 있었기 때문에 신학교의 작은 문 앞에서 그만 넘어지고 말았다. 그 때문에 약간 큰 소리가 났다. 다음 가로등은 꽤 멀리 떨어져 있었기 때문에 나는 어둠 속에 누워 있었다.

맞은편 술집에서 한 뚱뚱한 여인이 밖에 무슨 일이 벌어졌는지 보려고 등불을 들고 나왔다. 술집 안의 피아노는 연주를 계속하고 있었지만 연주자가 한 손으로만 치고 있었기 때문에 그 소리는 희미했다. 방금 전까지만 해도 조금 열려져 있던 문을 목까지 겉옷 단추를 채운 남자가 활짝 열어 버리는 바람에 연주자가 그쪽으로 고개를 돌렸기 때문이었다. 그 남자가 뚱뚱한 여인을 너무 꽉 안는 바람에 그녀는 등불을 꺼뜨리지 않으려고 높이 치켜들어야 했다.

"아무 일도 아니오!" 그 남자가 술집 안을 향해 소리쳤다. 그래서 두 사람은 몸을 돌려 안으로 들어갔고 문이 닫혔다.

나는 일어서려고 애쓰다가 다시 넘어지고 말았다. "완전 빙판길이로군!" 내가 말했다. 무릎이 아팠지만, 나는 술집에 있는 사람들이 나를 발견하지 못해서 기뻤다. 새벽까지 여기서 평화롭게 누워 있을 수 있으니까 말이다.

내 친구는 내가 없어진 것을 알아차리지 못한 채 다리 있는 데까지 계속 걸어간 것이 분명했다. 그가 내가 있는 곳으로 오기까지 시간이 좀 걸렸기 때문이다. 그 남자가 내게로 몸을 굽혔을 때 놀란 기색은 전혀 보이지 않았다. 그는 목 하나 길이 이상으로 몸을 낮추고 있었는데 그러니까 꼭 하이에나처럼 보였다. 그리고 부드러운 손으로 나를 어루만졌다. 그는 손으로 내 광대뼈를 만져 보고는 손바닥을 내 이마에 갖다 댔다. "다쳤습니까? 흠, 길이 미끄러우니까 조심해야 해요. 당신도 내게 그렇게 말하지 않았습니까? 머리가 아픈가요? 아, 무릎. 흠. 이거 심하군요."

하지만 그는 나를 일으켜 세워 줄 생각은 하지 않았다. 나는 팔꿈치를 판석에 대고 오른손으로 머리를 받치며 말했다. "여기서 우리 다시 만났군요." 두려움이 다시 고개를 들기 시작했기 때문에 나는 두 손으로 그의 정강이뼈를 밀어내며 말했다. "가세요."

그는 주머니에 손을 넣고 텅 빈 거리와 신학교와 하늘을 죽 둘러보았다. 마침내 가까운 거리에서 마차 소리가 들리자 그제야 다시 나를 기억해 냈다. "친구, 말 좀 해 보세요. 아픈가요? 왜 일어나지 않나요? 마차를 찾아볼까요? 괜찮으시다면 술집에서 와인을 좀 얻어 오겠습니다. 어쨌든 이 추운 데서 계속 누워 있을 순 없으니까요. 게다가 우리는 페트르진 언덕에 가려고 했잖아요."

"물론이죠." 내가 대답하며 혼자 힘으로 몸을 일으켰다. 하지만 몹시 아팠다. 나는 비틀거리기 시작했고, 내가 어디쯤 있는지 확인하기 위해 카렐 4세의 동상을 뚫어지게 쳐다보아야 했다. 하지만 그것도 까만 벨벳 리본을 목에 맨 처녀가 비록 열정적이진 않더라도 적어도 충실히 나를 사랑했다는 걸 기억하지 못했다면 도움이 되지 못했을 것이다. 달빛이 나를 비추어 준 것도 참으로 친절한 일이었다. 겸허함을 보이려 교탑(橋塔)의 아치 아래로 막 들어가려다가 달이 세상 만물을 비추는 건 지극히 당연한 일이라는 생각이 떠올랐다. 그래서 나는 행복하게 두 팔을 뻗어 달빛을 흠뻑 즐겼다. 피로한 두 팔을 헤엄치듯이 휘저으니 힘들지 않고 쉽게 앞으로 나아갈 수 있었다. 전에 이런 걸 한 번도 시도해 보지 않았다니! 나는 머리를 차가운 밤공기 속에 눕혔다. 오른쪽 무릎이 가장 잘 날았다. 나는 그걸 톡톡 토닥여서 칭찬해 주었다. 나는 예전에는 내 친구를 그리 좋아하지 않았다는 사실을 기억해 냈다. 그는 아마 아직 저 아래에서 걸어가고 있을 것이다.

유일하게 나를 기쁘게 한 것은 그런 사소한 것까지 기억할 만큼 내 기억력이 좋다는 사실이었다. 하지만 많은 생각을 할 수 없었다. 밑으로 가라앉지 않기 위해서는 계속 헤엄을 쳐 나가야 했다. 하지만 누군가 길바닥에서 헤엄을 칠 수 있는 사람이 있었는데 그건 차마 입에 올릴 가치도 없는 일이더라는 말을 듣지 않으려고 나는 속도를 올려 난간 위로 떠올라 성자들의 입상을 만날 때마다 그 둘레를 한 바퀴 돌았다. 다섯 번째 성상에서—나는 감지할 수 없는 날갯짓으로 보도 바로 위에 가만히 떠 있었는데—내 친구가 내 손을 잡았다. 나는 다시 한 번 길 위에 서 있었고 무릎에 통증을 느꼈다.

"나는 늘 감탄해 왔지요." 내 친구가 한 손으로 나를 붙잡고 다른 손으로 성 루드밀라 상을 가리키며 말했다. "나는 늘 여기 왼쪽에 있는 이 천사의 손을 보고 감탄했어요. 이 손들이 얼마나 섬세한지 보세요! 진짜 천사의 손 같지 않나요! 이런 손을 본 적이 있나요? 당신은 없지만 나는 있어요. 왜냐하면 오늘 저녁 나는 손에 키스를?"

하지만 내게는 이제 사라져 버릴 세 번째 가능성이 있었다. 칼에 찔리지도 않고 달아날 필요도 없었다. 이 친구를 페트르진 언덕으로 가게 하자. 나는 그를 방해하지 않을 것이다. 나는 달아나지도 않지만 그를 방해하지도 않을 것이다.

이제 나는 소리쳤다. "댁의 이야기를 털어놓으시오! 더 이상 감질나게 조금씩 듣고 싶지 않아요. 처음부터 끝까지 모든 걸 이야기해 주시오. 경고하건대 사소한 얘기는 듣지 않을 거요. 하지만 난 모든 얘기를 듣고 싶어 미칠 지경이오." 그가 나를 쳐다보았을 때 나는 고함치는 걸 멈추었다. "당신은 내 분별력에 의지할 수 있어요! 마음속에 있는 모든 걸 이야기하시오. 나만큼 사려 깊게 이야기를 들어주는 사람은 한 번도 만난 적이 없었을 거에요."

그리고 그의 귀에 가까이 대고 아주 낮게 말했다. "나를 두려워할 필요는 없어요. 그건 불필요한 일이에요."

나는 그의 웃음소리를 들었다.

"그래요, 그래요." 내가 말했다. "나는 그걸 믿어요. 나는 그걸 의심하지 않아요." 그리고 그렇게 말하면서 노출되어 있는 그의 허벅지를 꼬집었다. 하지만 그는 그것을 느끼지 못했다. 그래서 나는 혼잣말을 했다. "왜 이 남자와 함께 걷는 거지? 너는 이 사람을 사랑하지도, 미워하지도 않아. 왜냐하면 그의 마음을 사로잡고 있는 건 오로지 한 처녀뿐이고 그 처녀가 하얀 드레스를 입고 있는지 어떤지도 확실하지 않아. 그래서 너에게 이 남자는 아무런 관심이 없어. 되풀이하지. 아무 관심이 없어. 다만 이 사람은 아무 해를 끼치지 않기도 해. 그 역시 증명된 것이지. 그래서 그와 함께 페트르진 언덕으로 가, 왜냐하면 넌 이미 거기로 가는 중이었으니까. 아름다운 밤이지. 하지만 이 남자로 하여금 마음대로 말을 하라고 하고 너는 네 방식대로 즐겨. 왜냐하면 이거야말로—조용하게 말하건대—너 자신을 보호할 최선의 방법이니까."

구유대인 지역 Josefov

골렘 – 구스타프 마이링크

구유대인 지역

―

13세기에 유대인들을 강제로 이주시켜 만든 지역으로 구시청사 북쪽에 있다. 1781년, 신성로마제국의 요세프 2세 황제가 이 지역을 둘러싸고 있던 벽을 허물고 박해받던 유대인들에게 평등권을 부여하는 관용법을 반포한 것을 기리기 위해 요세포프(Josefov)라고 부르고 있다. 골렘의 전설이 내려오는 구신회당을 비롯해 구유대인 묘지, 거꾸로 도는 시계가 있는 유대 구청 등이 있다.

골렘

구스타프 마이링크

좁은 내 방에서 담배 냄새를 내보내기 위해 우리는 창문을 열었다. 차가운 밤바람이 불어 들어와 문에 걸려 있던 털외투 자락을 펄럭이게 했다.

"프로코프의 멋진 머리쓰개가 어디론가 날아가고 싶은 모양이군." 음악가의 모자를 가리키며 츠바크가 말했다. 모자는 검은 날개처럼 넓은 테를 흔들고 있었다.

요수아 프로코프가 유쾌하게 눈을 찡긋했다.

"저건 말이야 아무래도……."

"로이지체크의 주점에 춤추러 가고 싶은가 본데." 프리스란더가 프로코프 대신 말을 끝맺어 주었다.

프로코프가 다시 웃더니 한 손으로 겨울바람이 지붕

위로 날아가며 내는 소리에 박자를 맞추기 시작했다. 그리고는 벽에 걸려 있던 내 낡은 기타를 집어 들고 끊어진 줄을 팅기는 시늉을 하면서 높은 가성으로 강세를 세게 넣어가며 노래를 불렀다. 그것은 도둑들이 쓰는 은어로 된 기괴한 노래였다.

　안 바인–델 폰 아이–젠 알트
　안 슈트란–첸 네트 가르 아 조 칼트
　메시눙, 아로이혀를 운트 론
　운트 임메르 누르 푸첸[1]

"로이지체크의 주점에서 매일 저녁 사람들이 저 옛날 노래를 부른다네." 츠바크가 내게 가르쳐 주었다. "눈에 녹색 가리개를 쓴 정신 나간 네프탈리 샤프라테크가 쉰 목소리로 저 노래를 부르면 화장을 덕지덕지한 여편네 하나가 아코디언을 연주하며 큰 소리로 가사를 읊어 대지. 자네, 마스터 페르나트, 진짜로 언제 저녁때 우리 같이 거기 한번 가 봄세. 펀치를 다 마시면 오늘 밤이라도 가 볼까? 자네 생각은 어떤가? 오늘이 자네 생일인가 그렇지 않나?"

"그래." 창문을 다시 닫으며 프로코프가 말했다. "우리 같이 가세. 그건 직접 눈으로 봐야 하는 거야."

우리는 뜨거운 펀치를 마시며 둘러 앉아 각기 생각에 잠겼다.

프리스란더는 꼭두각시 인형을 깎고 있었다.

"이봐, 요수아." 츠바크가 정적을 깨고 말했다. "정말 제대로 우리를 바깥세상과 끊어 놓았구먼. 자네가 창문을 닫은 뒤에 아무도 말을 안 하니 말일세."

"아까 외투자락이 펄럭일 때," 프로코프가 자신의 침묵에 대해 사과라도 하는 것처럼 서둘러 대답했다. "난 바람이 생명 없는 물체들을 움직이게 하는 게 참으로 신기한 일이라는 생각을 하고 있었네. 생기라고는 한 점도 없이 죽은 듯 있던 사물들이 갑자기 퍼덕이기 시작하는 건 기적이나 다름없는 일이야. 안 그런가? 언젠가 나는 텅 빈 광장에 서서 종잇조각들이 서로를 쫓고 있는 걸 보고 있었네. 난 집이 막아 주는 위치에 있었기 때문에 바람이 부는 걸 느낄 수 없었어. 하지만 저쪽에서 종잇조각들이 서로를 죽일 듯이 쫓고 있는 거야. 다음 순간 종잇조각들은 휴전하기로 결정한 것처럼 보였네. 하지만 갑자기 그것들 모두가 견딜 수 없는 분노에 사로잡힌 것처럼 다시 날뛰기 시작하더니 모퉁이를 돌아 사라질 때까지 저 가까이 있는 놈들을 맹렬히 쫓아가는 거였네. 두툼한 신문 뭉치 하나만 뒤처져 남았지. 그건 독살스럽게 들썩거리며 무력하게 보도에 널브러져 있었네. 물 밖에 나온 물고기가 공기를 찾아 헐떡거리듯 말일세. 나는 마음속에 이런 생각이 떠오르는 걸 억누를 수 없었네. 우리도 결국 저 바람에 휘날리는 작은 종잇조각들과 비슷한 것이 아닐까. 우리가 그저 순진하게 자유의지를 갖고 있다고 생각하는 동안 우리가 볼 수도 이해할 수도 없는 어떤 '바람'이 우리 모든 행동을 명령하면서 우리를 이리저리 몰고 다니는 게 아닐까. 인생이란 정말 성경 말씀의 그 불가사의한 회오리바람에 지나지 않는 게 아닐까. '바람은 불고 싶은 대로 분다. 너는 그 소리는 듣지만, 어디에서 와서 어디로 가는지는 모른다.'[2] 꿈에서 물속 깊이 은빛 물고기를 따라가 잡았는데 깨어나 보면 손 안에 한 줄기 차가운 바람뿐인 경우도 있지 않은가?"

"프로코프, 자네 꼭 페르나트처럼 얘기하는군!" 츠바크가 미심쩍은 눈으로 음악가를 쳐다보았다.

"아까 자네가 오기 전에 우리가 『이부르』라는 책에 대해 이야기하고 있었기 때문이네. 안타깝게도 자넨 늦게

오는 바람에 그 이야기를 못 들었군 그래……. 그 이야기가 프로코프를 저렇게 만들어 놓은 걸세." 프리스란더가 말했다.

"책에 대한 이야기?"

"정확히 말하면 그 책을 가져온 남자에 대한 이야기라고 해야겠지. 무척 이상해 보이는 사람이었다네. 페르나트는 그 남자가 누군지, 어디 사는지, 이름이 뭔지, 뭘 원하는지 아무것도 모른다네. 그 손님의 외모가 몹시 인상적이었는데도 아무리 애를 써도 그 생김새를 설명할 수 없다고 하네."

츠바크는 주의 깊게 경청했다.

"그 참 이상한 일이로군." 잠시 침묵한 뒤 그가 말했다. "그 낯선 남자가 혹시 면도를 깨끗이 하고 눈꼬리가 치켜 올라가 있지 않던가?"

"그런 것 같네요." 내가 대답했다. "그러니까, 그래요……. 맞아, 틀림없습니다. 혹 아는 사람인가요?"

그 꼭두각시 인형술사가 고개를 저었다. "얘기를 들으니 왠지 골렘이 생각나서 그랬을 뿐이네."

"골렘이라고요? 저도 들어본 적이 있습니다. 츠바크, 골렘에 대해 좀 아는 게 있나요?"

"어느 누가 골렘에 대해 뭘 안다고 말할 수 있겠나?" 츠바크가 어깨를 으쓱하면서 대꾸했다. "사람들은 늘 골렘을 전설로만 여기고 있네. 무슨 일이 벌어져서 그놈이 다시 세상에 출현할 때까지 말이야. 그러면 또 한동안 사람들은 골렘에 대해 이야기하지. 소문은 점점 덧칠되어 더욱 환상적인 이야기가 되고, 결국 모든 일이 너무 과장되고 부풀려진 나머지 우스꽝스러운 이야기로 치부되어 사그라지고 마는 걸세.

사람들이 말하기로는 최초의 골렘 이야기는 16세기로 거슬러 올라간다고 하네. 오랫동안 잊혀진 카발라[3]의 주술을 사용해서 어떤 랍비[4]가 유대교 회당의 종을 치는 일을 비롯한 온갖 잡일들을 시키기 위해 인조인간을 만들었다고 하네. 그게 바로 골렘이지.

하지만 랍비는 온전한 인간을 만든 게 아니었어. 골렘은 식물처럼 반쪽 생명밖에 가지지 못했네. 전하는 말에 따르면 그것조차 매일 이빨 뒤에 붙이는 마술부적에서 나오는 것일 뿐이었는데, 그 부적은 우주의 자유로운 별들의 힘을 끌어당겨 주는 것이었다고 하네.

어느 날 저녁 그 랍비는 저녁기도를 올리기 전에 골렘의 입에서 부적을 빼는 걸 깜빡 잊어버렸네. 골렘은 폭주

해서 어두운 거리를 날뛰며 앞을 막는 건 뭐든지 부숴 버렸네. 랍비가 쫓아와서 부적을 빼내서 없애 버릴 때까지 말일세. 그러자 골렘은 생명력을 잃고 허물어져 버렸지. 남은 것은 작은 진흙 형상뿐이었네. 아직 구신회당[5]에 가면 그걸 볼 수 있다네."

"바로 그 랍비가 황제의 부름을 받고 궁에 가서 마술로 죽은 자들의 영혼을 불러내 보여준 사람이지." 프로코프가 끼어들었다. "근래의 학설은 그가 환등기를 사용했을 거라고 하네."

"그래, 맞아." 츠바크가 차분하게 말했다. "현대인들에게 잘 먹히는 멍청한 설명이지. 환등기라고! 평생 그런 것들을 쫓아다닌 루돌프 황제가 그렇게 뻔한 속임수를 한눈에 간파하지 못했을 것 같은가. 골렘 이야기가 어떻게 생겨났는지는 나도 모르네. 하지만 이건 알지. 이 동네에는 무언가가, 죽지 않는 무언가가 있어서 우리 가운데 존재하고 있어. 내 조상들은 대대로 이곳에서 살아왔네. 골렘에 대해 직접 경험한 것과 전해 내려오는 이야기를 나보다 많이 접한 사람은 아무도 없을 걸세."

츠바크는 갑자기 말을 멈추었다. 그의 생각이 과거 속으로 빠져 들어간 것이 분명했다.

츠바크는 손으로 턱을 괴고 테이블에 앉아 있었다. 그의 젊어 보이는 발그스름한 뺨과 눈처럼 하얀 백발이 기묘한 대조를 이루고 있었다. 그때 나는 츠바크의 얼굴을 그가 너무나 자주 내게 보여주었던 작은 꼭두각시 인형과 비교하지 않을 수 없었다. 신기하게도 저 늙은 친구는 그 인형들을 닮았다! 똑같은 생김새와 똑같은 표정.

세상에는 결코 떨쳐 버릴 수 없는 것들이 많이 있다고 나는 생각했다. 츠바크의 소박한 인생을 마음속에 떠올리니 자신의 조상들보다 더 좋은 교육을 받은 (츠바크는 사실 배우가 되려고 했었다.) 그와 같은 사람이 갑작스레 초라한 꼭두각시 인형놀이 일로 돌아오겠다고 고집하며, 자기 조상들이 빈곤한 생계를 위해 연기를 시켰던 낡은 인형들을 다시 장터로 싣고 와 그 몸에 밴 서툰 몸짓을 되풀이하게 했다는 사실이 참으로 괴이하다는 생각이 들었다.

나는 그 이유를 이해했다. 츠바크는 인형들과 떨어지는 것을 견딜 수 없었던 것이다. 그들의 삶과 그의 삶은 하나로 묶여 있었다. 츠바크가 그들에게서 멀어졌을 때, 인형들은 그의 머릿속에서 하나의 상념이 되어 그가 자신들에게 돌아올 때까지 그를 불안하게 만들었던 것이다. 그 때문에 츠바크는 인형들을 사랑했고 그것들을 화려하게 꾸미는 것이었다.

"츠바크, 좀 더 얘기해 주지 않겠나?" 프로코프가 동의를 구하듯 나와 프리스란더를 흘낏 보며 노인에게 부탁했다.

"어디서부터 시작해야 할지 잘 모르겠네." 노인이 주저하며 말을 꺼냈다. "골렘 이야기들은 하나같이 얘기하기가 쉽지 않네. 여기 페르나트는 방금 그 낯선 남자가 어떻게 생겼는지 잘 알고 있지만 우리에게 그 모습을 설명해 줄 순 없었다고 말했네. 대략 삼십삼 년마다 한 번씩 우리가 사는 거리에 반복해서 벌어지는 일이 있다네. 그 사건 자체로는 아주 이상하거나 놀랄 만한 일이 아니지만 설명이나 해명이 불가능한 만큼 큰 두려움을 주는 사건이지.

그건 바로 유령이 출몰하는 일이었다네. 말끔히 면도를 한 누런 얼굴의 동양인처럼 아주 이상하게 생긴 남자가 고풍스러운 낡은 옷을 입고 구신회당 거리 쪽에서 나타나, 꼭 넘어지지 않으려고 애쓰는 것처럼 손으로 앞을 더듬으며 비틀거리는 기묘한 걸음걸이로 성큼성큼 유대인 지구를 걸어가다가 갑자기 자취를 감춰 버리는 거야.

보통 그놈은 길모퉁이를 돌아 사라져 버리곤 했네. 때

로는 한 바퀴를 빙 돌아 처음 출발했던 곳, 그러니까 유대교 회당 근처에 있는 낡은 집으로 다시 돌아온 적도 있었다고 해.

어떤 사람들은 그놈이 자기들을 향해 거리를 내려오는 것을 봤다고 말했네. 하지만 그들이 용기를 내어 그놈을 똑바로 보기 위해 다가갔을 땐 그놈은 보통의 사물이 멀어질 때처럼 점점 작아지다가 끝내는 완전히 사라져 버렸네.

육십육 년 전엔 특히 더 무서운 일이 벌어졌던 게 분명해. 그 당시 난 작은 꼬마였는데 사람들이 구신회당 거리의 그 집을 샅샅이 뒤진 기억이 나니까. 창살이 달린 창문이 있지만 입구가 없는 방이 하나 있다는 얘기가 돌았다네. 사람들이 창문마다 빨래를 내다 걸어서 그 방을 찾아냈지. 그 방을 조사할 방법은 지붕에서 밧줄을 타고 내려가 안을 들여다보는 것뿐이었네. 하지만 그 창문에 가까이 다가가자마자 밧줄이 끊어지는 바람에 그 불쌍한 사람은 길바닥에 떨어져 머리가 깨지고 말았지. 나중에 사람들은 다시 시도해 보고 싶어 했지만 그 창문이 어디 있었는지 의견이 분분한 바람에 포기하고 말았네.

나도 삼십삼 년 전쯤 난생처음이자 마지막으로 골렘과

마주친 적이 있었지. 나는 그놈을 좁은 골목길에서 만났네. 우리는 정면으로 부딪쳤지. 내가 그때 무슨 생각을 했었는지 지금 자세히 기억나지 않네. 하나님께선 사람이 매일매일을 골렘과 만날 기대로 평생을 허비하는 걸 엄격히 금지하고 계시니까. 그때 내가 뭘 보기도 전에 뭔가가 내 속에서 크고 날카롭게 '골렘이다!'라고 고함을 질렀네. 바로 그 순간 누군가 문간에서 구르듯 튀어나오더니 이상한 형체가 나를 스쳐 갔어. 다음 순간 나는 하얗게 겁에 질린 얼굴들에 둘러싸였네. 모두 내게 그놈을 봤냐고 물어보는 거야.

대답을 하면서 나는 혀가 마비상태에서 풀렸다는 것을 가장 먼저 깨달았네. 그리고 내가 사지를 움직일 수 있는 걸 알고 적지 않게 놀랐다네. 왜냐하면 아주 짧은 순간이지만 너무 놀란 나머지 온몸이 마비상태에 빠졌었던 것을 그제야 확실히 깨달았기 때문이지.

나는 그 일에 대해 많이 생각해 봤네. 내가 가장 진실에 가까운 것 같다고 생각한 설명은 이런 거네. 한 세대에 한 번씩 어떤 정신적인 동요가 벼락처럼 이 유대인 지구를 뚫고 지나가면서 우리가 알지 못하는 모종의 목적을 위해 살아 있는 사람들의 혼령을 사로잡고 우리의 감각에 옛날, 아마도 몇 백 년 전에 여기 살았을 인간의 탈을 쓴 망령의 모습으로 나타나 어떤 형상으로 체현되고 싶은 갈망을 표현하고 있는 거라고.

어쩌면 그놈은 늘 우리 사이에 숨어 있는데도 우리가 그걸 모르고 있는 것일 수도 있지. 우리 귀도 소리굽쇠가 나무통에 접촉해서 공명을 일으키기 전에는 그 소리를 알아차리지 못하는 법이니까.

수정을 생각해 보게. 그것은 어떻게 하는지 방법을 몰라도 자기 속에 내재한 불변의 법칙에 따라 아무 형태도 없는 것으로부터 매우 정연한 형태로 자라나지 않는가. 영혼의 세계도 그렇지 않다고 누가 말할 수 있겠나? 천둥 치는 날 대기 속의 전압이 한계지점까지 상승하여 결국 번개를 치게 하는 것처럼, 이 유대인 지구의 공기를 오염시키는 그 모든 정체된 사고의 덩어리도 때때로 신비한 폭발 같은 것을, 그 내적 작용 속에 잠재한 무언가에 의해 정화되는 것을 필요로 하는 것이 아닐까? 뭔가가 무의식의 꿈들을 한낮의 빛 속으로 몰아넣어 우리가 그것을 해석할 능력만 갖고 있다면 겉보기로나 뭐로나 여러 모로 대중의 영혼을 상징적으로 보여주는 물체가 생겨나도록 하는 것이지. 꼭 번개가 발생하는 것처럼 말이야.

그래서 자연이 번개가 칠 징조들을 미리 보여주는 것과 똑같이 그 유령이 우리가 사는 현실세계에 모습을 드러낼 것을 예고하는 꺼림칙한 징조들이 나타나곤 한다네. 낡은 벽에서 벗겨진 회반죽이 달리는 사람 모양을 하고 있다든가, 유리창에 딱딱한 표정으로 쳐다보는 사람의 얼굴 모양으로 성에가 낀다든가 하는 것 말이야. 지붕에서 모래가 평소와 다른 식으로 떨어져 눈치 빠른 행인이라면 어떤 보이지 않는 영혼이 자신의 은신처에 숨어 온갖 괴상한 모양을 그리려고 애쓰며 모래를 뿌리고 있다는 느낌을 받기도 하지. 그게 온통 한 가지 색으로 된 버드나무 돗자리든, 울퉁불퉁한 사람의 피부 표면이든, 뭘 보든지 우리는 여전히 모든 곳에서 이런 불길하고 의미심장한 형상들, 우리의 꿈속에서 거대한 것으로 확대되어 나타나는 그러한 형상들을 찾아내는 괴로운 재능에 강박적으로 사로잡혀 있는 걸세. 그리고 항상 현실의 벽에 구멍을 파내고 그것을 뚫고 나오려 애쓰는 망상들의 유령 같은 노력 때문에, 우리가 아무리 저항하려 애써 봤자 우리의 올바른 정신은 천천히 빨려나가 말라 버리고 그만큼 더 그 유령이 뚜렷한 형체를 갖춰 가고 있을지도 모른다는 고통스러운 확신이 주홍색 실 한 가닥처럼 뻗어 나오는 거야."

"자, 이제 머리를 만들어야지." 갑자기 프리스란더가 유쾌하게 말했다. 그는 주머니에서 작은 나무막대기를 꺼내 조각을 시작했다.

나는 밝은 곳에서 물러나 뒤쪽으로 안락의자를 옮겼다. 피곤해서 눈꺼풀이 무거웠다.

펀치를 만들 뜨거운 물이 주전자에서 부글부글 소리를 내고 있었다. 요수아는 우리들의 잔을 차례로 다시 채워 주기 시작했다. 나직한, 아주 나직한 무도곡 소리가 닫힌 창문을 뚫고 들어왔다. 그 소리는 바람의 변덕에 따라 가물가물 들렸다 안 들리다 했다.

건배하지 않으려나? 잠시 뒤 음악가가 물어 왔다.

그러나 나는 대답하지 않았다. 꼼짝도 하기 싫어서 입술조차 달싹하지 않았다. 난 거의 잠이 들었던 건지도 모르겠다. 완전한 고요의 감각이 내 영혼을 휘어잡고 있었다. 내가 진짜 깨어 있는지 확인하기 위해 프리스란더가 나뭇조각들을 베어 내고 있는 주머니칼의 반짝거리는 칼날을 가끔씩 넘겨보아야 했다.

꼭두각시 인형에 얽힌 신기한 이야기들과 인형극 줄거리를 설명하는 츠바크의 왱왱거리는 목소리가 아련하게 들렸다.

주머니칼로 나무를 깎는 소리가 들리는 걸 보니 프리스란더는 여전히 인형머리를 조각하고 있었다.

왠지 그 소리가 귀에 거슬려 나는 그 일이 언제 끝날 건지 보려고 고개를 들었다.

조각가의 손에서 이리저리 몸을 비틀고 있는 그 인형은 마치 살아 있는 것처럼 보였다. 그것은 방을 구석구석 염탐하고 있는 것 같았다. 드디어 그 눈길이 내게 와 닿았다. 그것은 마침내 나를 찾아내서 기뻐하는 것처럼 보였다.

나 역시 그것에서 눈을 뗄 수 없었다. 나는 돌처럼 굳은 채 그 작은 나무인형의 얼굴을 뚫어져라 쳐다보았다.

조각가의 주머니칼이 잠시 멈칫, 하는 듯하더니 돌연 힘껏 단호하게 칼질을 가했다. 그것은 갑자기 나무머리에 무시무시한 개성을 불어넣었다. 나는 그것에서 내게 책을 갖다주었던 낯선 남자의 누런 얼굴을 보았다.

내 식별능력은 거기까지였다. 아주 짧은 순간뿐이었지만 나는 심장이 멎었다가 다시 고통스럽게 박동치는 것을 느꼈다.

그럼에도 불구하고 그 얼굴은 내 머릿속에 남아 있었다. 전에 그랬던 것과 똑같이.

그것은 바로 나 자신이었다……. 나와 다른 누구도……. 나는 입을 벌린 채 프리스란더의 무릎을 베고 누워 있었다.

내 눈은 방을 이리저리 둘러보고 있었고 낯선 손이 내 머리 위에 놓여 있었다.

나는 츠바크의 얼굴이 갑작스레 흥분으로 일그러지는 것을 보았다. 그의 목소리가 들렸다. "맙소사! 이건 골렘이잖아!"

잠깐 다툼이 이어졌다. 다른 사람들이 프리스란더의 손에서 그의 작품을 뺏으려고 했기 때문이었다. 하지만 프리스란더는 그들을 밀쳐내고 웃으며 큰 소리로 외쳤다. "그래! 내가 그만 인형을 망쳐 버리고 말았군." 그리고는 창문을 열고 그 머리를 바깥으로 던져 버렸다.

나는 의식을 잃고 희미하게 반짝이는 금빛 실들이 뻗어 있는 깊은 어둠 속으로 떨어졌다. 아주, 아주 오랜 시간이 지난 것 같았다. 하지만 다시 정신이 들었을 때 나는 나무인형의 머리가 길바닥에 부딪치는 소리를 들었다.

카를 다리 Karlův Most

정신의학의 신비 – 야로슬라프 하셰크

카를 다리
___

같은 자리에 있던 목조 다리가 홍수로 유실되자 1357년, 카렐 4세의 명으로 만들기 시작하여 1407년에 완성된 길이 515미터, 폭 10미터의 석조 다리다. 15세기에 예수 수난 십자가상이 세워진 뒤, 200여 년이 지난 1683년부터 성 얀 네포무츠키 조각상을 시작으로 다리 양쪽 난간에 모두 30개의 거대한 조각상이 세워졌다. 카를 다리의 조각상들은 대개 성서나 체코 역사 속에 등장하는 성인들로 성 얀 네포무츠키 조각상에는 손을 대면 소원이 이루어진다는 전설이 내려온다.

정신의학의 신비

야로슬라프 하셰크

I

새벽 두 시쯤 되었을 때였다. 후리흐 씨는 전날 저녁 말라스트라나의 한 식당에서 열린 금주모임에 참석했다가 귀가하는 중이었다. 추문에 연루된 회장의 사임 문제 때문에 모임이 많이 길어졌다. 회장은 모처에서 필젠 맥주[1]를 한 잔 마시다 들켰다. 그는 명예를 아는 사람으로서 자진 사퇴했다.

그때 후리흐 씨는 카를 다리를 건너 집으로 가고 있었다. 그는 자신이 인류에 유익한 일을 하고 있다고 확신하며 더없이 행복한 마음으로 걷고 있었다. 아직 뱃속에서 싸한 소다수의 냉기를 느껴졌지만 따스하고 열정적인 그의 심장은 평소보다 조금 더 빨리 뛰고 있었다. 의사가 맥주를 금하지 않았다면 그 심장은 쉽게 혈전증에 희생되고 말았을 것이다. 후리흐 씨가 금주를 한 지는 이제 반년이 되었다. 그는 단호하게 알코올과 전쟁을 시작했다. 후리흐 씨는 금주협회의 서기였고 「인류의 이익」을 정기 구독했으며 에스페란토 어를 배우고 채식을 했다.

강에서 들려오는 외침소리가 그의 생각을 방해했다. 그것은 젊은 시인들에게 큰 사랑을 받는 그런 밤의 외침들 중 하나였다. 고요한 밤에 강에서 솟아오르는 이유 모를 신비한 외침소리가 들어 있는 시 한 줄을 위해서라면 16헬러[2]도 아깝지 않을 것이다.

후리흐 씨는 불길한 예감에 젖어 난간에 몸을 숙이고 블타바 강을 향해 외쳤다. "도움이 필요합니까?" 그는 그 순간 보다 나은 행동을 생각해 낼 수 없었다.

후리흐 씨가 강물을 살피고 있는 사이 이발사인 빌레크 씨가 말라스트라나 쪽을 향해 다리를 건너고 있었다. 빌레크 씨는 결코 금주가가 아니었고 그날은 특히 더 그랬다. 하지만 빌레크 씨는 후리흐 씨의 고귀하고 헌신적인 마음 못지않게 인간에 대한 진정한 사랑으로 넘치는 고결한 마음씨를 가진 사람이었다.

빌레크 씨의 날카로운 눈은 후리스 씨가 난간 위로 몸을 기울이고 있는 수상스런 모습을 포착했다. 그는 말보다 행동이 앞서는 사람이었다. 빌레크 씨는 고양이처럼 조용하고 살쾡이처럼 빠르게 후리흐 씨의 뒤로 다가가 그를 잡고 바닥에 쓰러뜨렸다. 하지만 후리흐 씨는 자신을 공격한 정체불명을 인물의 목을 붙잡았다. "경찰관!"이라고 소리 지르며 두 고귀한 인물들은 엎치락뒤치락 실랑이를 벌였다. 그 사이 이발사가 외쳤다. "진정해요. 세상에 진정으로 절망할 만한 일은 없는 거요."

순찰 경관 한 조가 빠른 걸음으로 다가왔다. 죽을힘을 다해 후리흐 씨를 붙잡고 있던 빌레크 씨가 숨 가쁜 목소리로 말했다. "나리들, 이 양반이 강물에 뛰어들려고 하는 걸 내가 구했습니다."

이제 네 개의 숙련된 손이 후리흐 씨의 양팔을 붙잡았다. 경관 한 명이 자상한 목소리로 자살하려는 생각을 버리라고 후리흐 씨를 설득하기 시작했다.

후리흐 씨는 이 같은 상황에 깜짝 놀랐다. "이건 몽땅 끔찍한 실수요, 나리들!" 후리흐 씨가 신경질적으로 외쳤다. 그는 어색하게 억지웃음을 지으며 말을 이었다. "경관 나리들은 완전히 잘못 안 겁니다. 나는 강물에 뛰어들 마음이 전혀 없었단 말입니다."

그들을 뒤따르고 있던 고결한 이발사가 후리흐 씨의 말을 가로막았다. "난 저 강물에 뛰어들려는 사람들을 벌써 여럿 구해냈소. 하지만 아무도 선생처럼 그렇게 덤비지 않았소. 선생은 몹시 화가 난 것이 틀림없어요. 여기 선생이 찢어 버린 내 조끼를 좀 보세요."

그러자 두 번째 경관이 끼어들었다. "맙소사. 사소한 문제가 생길 때마다 모두 죽으려고 든다면 세상이 어떻게 되겠습니까? 모든 게 다 잘 될 겁니다. 뭐가 선생님을 화나게 했든 다 잘 될 거예요. 아침에 정신이 들면 세상이 결국은 꽤 좋은 곳이라는 걸 알게 될 겁니다."

"세상은 아름다운 곳입니다." 후리흐 씨 오른편에 있던 경관이 말했다. "사람들이 죽고 싶은 마음이 들 때마다 물에 뛰어든다면 벌써 세상 사람들의 반은 물에 빠져 죽었을 겁니다."

빌레크 씨가 후리흐 씨의 외투를 잡아당기며 더욱 힘주어 말했다. "선생의 목숨을 구해 준 사람이 누구인가만 알려주겠소. 정신이 들었을 때 기억하시오. 내 이름은 빌레크이고 스미호프[3]에 사는 이발사요."

후리흐 씨는 신경질적으로 소리를 지르기 시작했다. "나리들, 제발, 날 좀 놔 주시오! 난 죽을 생각이 없었단 말입니다. 그저 밑에서 누가 소리를 지른 것 같아서 난간 밑을 내려다봤을 뿐이요."

"이봐요." 이발사가 말했다. "선생은 지금 강물에 뛰어들려 하지 않았다고 말하는 거요? 나리들, 난 경험이 많은 사람입니다. 척 보기만 해도 강물에 뛰어들 사람인지 아닌지 알 수 있어요. 선생, 당신이 자살을 원치 않았다면 그렇게 심하게 저항하지 않았을 거요. 내일 아침에 지금 일을 생각해 본다면 선생의 수호천사가 날 보내 목숨을 구해 준 데 대해 주님께 감사기도를 드리게 될 거요."

후리흐 씨의 인내심은 바닥나고 말았다. 그는 몸을 돌려 그 고결하고 헌신적인 남자의 얼굴에 대고 심한 욕설을 퍼부었다.

"친절한 행동의 보답이 기껏 이런 대접이라니." 빌레크 씨가 슬프게 말했다. "이 신사 양반이 아침에 정신이 들면 생명의 은인에게 어떻게 보답했는지 기억하고는 부끄러워서 어쩔 줄 모를 겁니다."

후리흐 씨는 이발사에게 덤벼들려고 했지만 경관들이 죄수 호송차를 불러야겠다고 위협하는 바람에 그만두고 말았다.

그들이 경찰서에 거의 다 왔을 때 후리흐 씨는 다시 한 번 해명을 시도했다. "그럼 내 말을 믿지 않는 겁니까? 맹세코 전부 오해라니까요."

"자, 진정 좀 하세요." 경찰관들이 달래듯이 말했다. "하룻밤 푹 자고 머리에서 어리석은 생각들을 몰아내고 나면 인생이 많이 달라 보일 겁니다."

"하느님, 맙소사." 후리흐 씨가 탄식했다.

II

진행성마비[4], 편집증, 우울증, 다양한 유형의 조광증[5], 히스테리, 정신이상 등 자살 기도와 관련된 정신질환들은 아주 많다.

그래서 자살을 기도한 사람들을 돕기 위해 대개 경찰 의사들이 불려 왔다. 의사들이 제공하는 가장 중요한 정신의학적인 지원 중 한 가지는 일련의 질문과 응답을 주고받는 것이었다.

자살 시도자들의 대답은 그것에 연관된 정신병이 뭔지

판단하는 데 도움을 주었다. 정신병의 변치 않는 증상 중 하나는 환자의 정신이 특정 관념과 개념의 의미에 대해 혼란을 일으키는 것이기 때문이다.

그래서 후리흐 씨의 정신 상태를 감정하기 위해 경찰 의사 한 사람이 불려 왔다.

그러나 의사가 오기 전에 당직 경관은 먼저 애타심이 넘치는 이발사에게 질문을 하고 조서를 작성해야 했다.

이 경관 역시 후리흐 씨에게 이 세상의 기쁨을 환기시킴으로써 우울한 생각을 덜어 주려는 유혹을 참지 못했다. "모든 게 다 잘 될 겁니다, 선생님. 혹 불행한 사랑이 이유였다 해도 잘 해결될 거예요. 사람들이 뭐라고 하는지 아시죠. 세상의 반은 여자라고요. 아침에 정신이 들면, 선생님, 곧장 빌레크 씨에게 가서 목숨을 구해 줘서 고맙다고 하세요. 집안 문제라면 언제라도 해결할 수 있어요. 문제를 너무 진지하게 받아들일 필요가 없거든요. 경제적인 문제라면—선생님 사정을 잘 알 순 없지만—정직하게 살기만 하면 뭘 해도 먹고 살 수 있어요. 노동은 사람을 더욱 귀한 존재로 만들어 주죠."

후리흐 씨가 뭐라고 대답했을까? 그는 손으로 얼굴을 감싼 채 부르짖었다. "예수님께 맹세코 난 일이 이렇게

정신의학의 신비

되는 걸 원하지 않았다니까요!"

그러자 빌레크 씨가 다시 후리흐 씨에게 말했다. "나는 스미호프에 사는 이발사 빌레크라는 사람이요. 뭐가 선생을 이렇게 힘들게 만들었는지 내게 이제 그만 툭 털어놨으면 좋겠소."

후리흐 씨는 흐느껴 울기 시작했다.

III

"저를 보게 데리고 들어오세요." 후리흐 씨가 도착하자 경찰의가 말했다.

경관들이 후리흐 씨를 데리고 안으로 들어갔다. 그의 얼굴은 겁에 질린 표정을 하고 있었다. 입술은 하얗게 질렸고 머리카락은 헝클어져 있었다.

"왜 강물에 뛰어들려 하셨습니까?"

"맹세코 강물에 뛰어들려 한 게 아닙니다."

"부인하지 마세요. 빌레크 씨와 여기 경관들이 모두 선생님이 그랬다고 증언하고 있어요. 선생님을 구하려 했을 때, 호랑이처럼 날뛰셨다고 하더군요."

"정말 끔찍하군." 후리흐 씨가 탄식했다.

"대답해 보세요. 태양이 지는 이유는?"

"제발, 제발, 의사 선생."

"아시아에 있는 자유국가들의 이름을 대 보세요."

"제발, 선생."

"육 곱하기 십이는 얼마죠?"

후리흐 씨는 더 이상 참을 수 없었다. 그는 "72"라고 대답하는 대신 온 방 안이 울리도록 힘차게 의사의 따귀를 갈겼다.

다음 날 아침 경관들은 후리흐 씨를 정신병원에 데려갔다. 그는 현재 그곳에서 반년째 보호감호를 받고 있다. 지금까지 의사들은 그에게서 자기가 정신병을 앓고 있다는 인정을 전혀 받아내지 못하고 있다. 정신의학에 따르면 그런 인정이야말로 환자가 회복하고 있다는 징조라는 것이다.

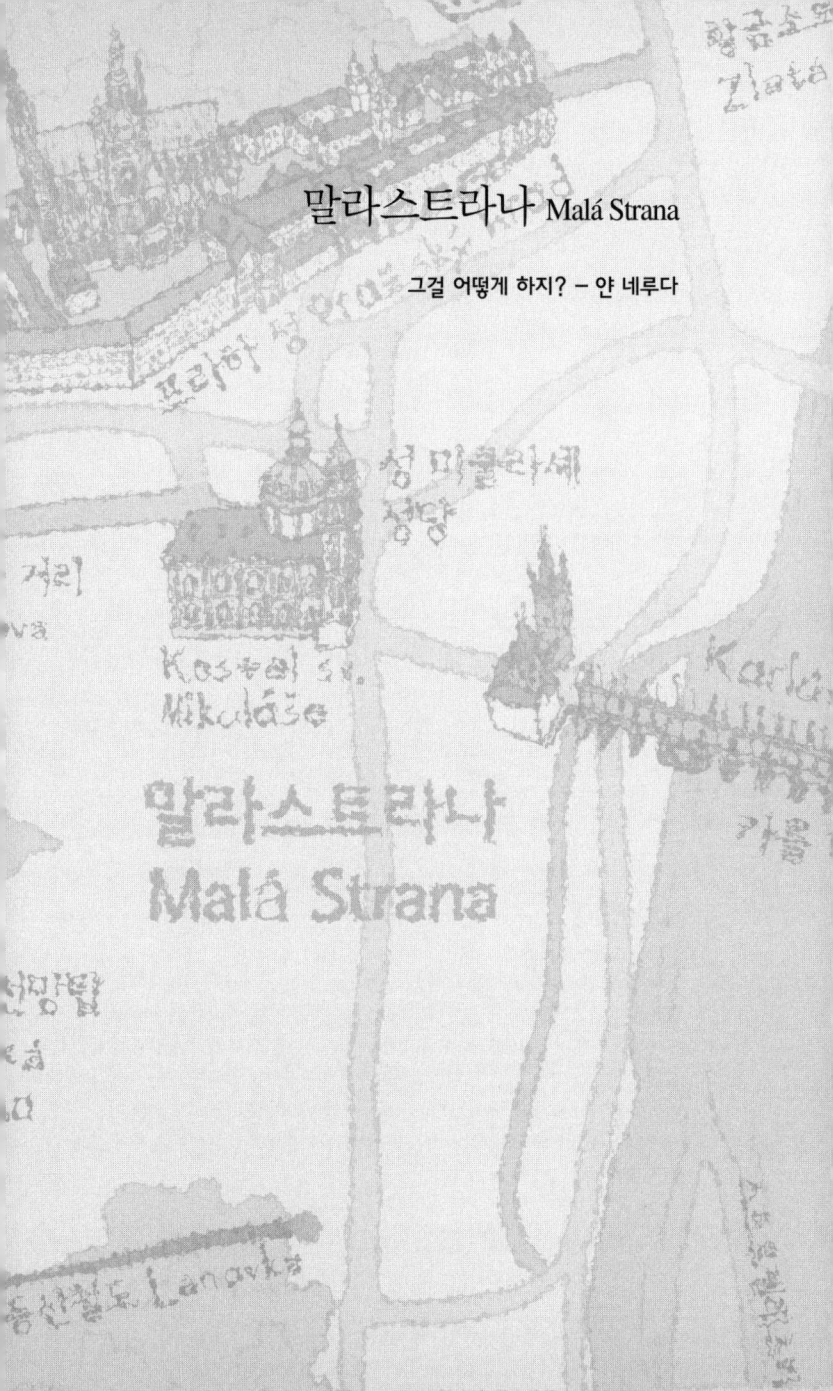

말라스트라나 Malá Strana

그걸 어떻게 하지? – 얀 네루다

말라스트라나
—

'말라스트라나'라는 지명은 카를 다리 동쪽의 넓은 구시가지와 대비하여 서쪽에 위치한 '소(小)지구—작은 쪽, 작은 마을, 작은 지역'이라는 뜻이다. 프라하에서 구시가지 다음으로 오랜 역사를 자랑하는 지역으로 블타바 강과 흐라드차니 사이에 자리 잡았다. 말라스트라나에서 프라하 성으로 오르는 비탈길 네루도바 거리는 체코의 국민작가 얀 네루다의 생가가 있는 곳으로 그를 기념하여 거리 이름을 붙였다. 성 미쿨라셰 성당, 발트슈타인 궁을 비롯해 유서 깊은 건물이 많다.

그걸 어떻게 하지?

얀 네루다

작가의 시작 기도

"전지전능하신 하나님! 부디 제 생각과 익살이 힘 센 높은 분들의 심기를 건드리거나 동료 시민들의 감정과 도덕성을 거슬리게 하지 않게끔 지켜 주시옵소서. 또 내일 신문 판매에도 손해를 끼치지 않도록 해 주옵소서. 뭐니 뭐니 해도 일요판 아니옵니까, 아멘!"

그렇다!

독자들께서는 혹시 이른 아침 길거리에 나가 본 적이 있는가? 언짢게 하려는 건 절대 아니다. 우리 독자들은 진짜 신사들인지라 아홉 시 전에 일어날 필요가 없으리란 건 나도 잘 안다. 허나 우연이란 것도 있는 법. 혹시라도 우연이란 놈이 평소보다 일찍 집에서 나오도록 꾀어 냈다면 분명 우리 독자 제현들께서는 보통 때라면 거기서 볼 수 없는 사람들과 물건들을 발견하고 그것들을 눈여겨볼 만큼 날카로운 눈을 가졌을 것이다. 그리고 그런 물건들과 사람들, 그중 특히 물건들에 대해 한번 곰곰이 생각해 볼 만큼 예리한 지성을 가졌을 것이다. 집 앞에 놓인 낡은 주전자, 길가에 내놓은 철사가 감긴 우유통, 대로 한복판에 있는 빵 굽는 쟁반. 이런 물건들이 대체 어떻게 그런 곳에 있게 되었을까? 감시자가 없는 찬장에서 탈출했다가 어두컴컴한 새벽에 그만 집으로 돌아오는 길을 잃어버린 걸까? 아니면 요리사가 아침에 장을 보러 다니는 동안 주인을 잃어버려서 잘 훈련된 개처럼 거기서 기다리기로 마음먹은 걸까? 그런 개들은 아무리 길 한복판이라 해도 주인이 찾으러 올 때까지 그 자리에 앉아 이리저리 사방을 둘러보기 마련이니 말이다.

여하튼 요즘 부쩍 콜레라에 대한 말들이 많다. 독자 제현들께서는 부디 그게 지금까지 하던 얘기와 무슨 상관이 있냐고 추궁하지 않았으면 좋겠다. 그러니까 나 좋을 대로 계속 쓰게 내버려 두어 달라는 거다. 왜냐하면 끝에 가서는 여러분이 생각한 것보다 내가 불성실하지 않다는 것을 알게 될 것이기 때문이다. 다시 되풀이하자면 요즘 부쩍 콜레라에 대한 말들이 많다. 특히 콜레라를 예방할 수 있는 방법에 관해서 말이다. 집만 깨끗하게 유지하기만 해도 그 싸움은 대략 반은 끝난 거나 다름없다고 한다. 나머지 반은 공기가 오염되지 않도록 하는 것이란다. 신선하고 건강한 고기들을 가려 먹는 것도 똑같은 효과를 가진다고 한다. 물론 좋은 맥주를 마시는 것도 결코 빼놓을 수 없다. 이 모든 걸 다 엄수할 경우, 게임을 시작하기도 전에 도합 두 번 반은 이기고 들어가는 것이다. 즉, 필요한 것보다 두 배 반은 더 건강해지는 것이라 할 수 있다. 그래서 첫째로 이런 규칙들이 사람들의 건강을 목적으로 하고 있고, 둘째로 관청의의 지시를 따르는 게 사람을 아주 기쁘게 만드는 경우라면, 안 지킬 이유가 대체 어디 있겠는가?

그런 연유로 나는 제일 가까운 모퉁이에 붙어 있는 시 당국의 포고문을 읽자마자 곧장 집으로 돌아갔다. 그래, 그래. 난 곰곰이 생각해 보았다. 우리 집은 아주 아주 깨끗해. 가구와 바닥은 우리 안차가 늘 꼼꼼하게 돌보고 있지. 책들은 내가 직접 관리하고 있고. 하지만 사실 먼지가 약간 있다고 해서 책에 해가 되진 않잖아. 그래봤자 허세를 부리는 것 같아서 좀 우습게 보일 뿐이겠지. 그 밖에는, 글쎄, 그 외에는 진짜 별 게 없는데. 침대밖에는. 독신 남자의 침대보다 깨끗한 게 뭐가 있겠나. 두 마리 백조 같은 베개, 백합꽃밭 같은 이불, 눈처럼 하얀 침대보, 갓 구운 빵처럼 빵빵한 매트리스, 지푸라기로 속을 채워 넣은 매트리스, 지푸라기…….

"안차!"

"네, 주인님?"

"마지막으로 매트리스 속 지푸라기를 갈아 넣은 게 언제지?"

"잘 모르겠네요. 제가 있는 동안에는 갈지 않았어요. 지금은 완전 가루가 돼 있겠네요."

안차는 우리 집에 6년 있었다. 그 전의 일을 기억해 내려고 해 봤지만 전혀 생각이 나지 않았다.

"안차!"

"네, 주인님?"

"칠십오 크레이차루[1]를 줄게. 지푸라기 세 묶음만 사와. 지금 당장!"

안차는 바람처럼 뛰어나갔다. 그녀는 즉시 지푸라기 세 묶음을 끌고 돌아왔다. 그녀는 매트리스를 잡고 지푸라기를 채워 넣으려고 꿰맨 데를 뜯어내다가 동작을 딱 멈추더니 물었다.

"헌 지푸라기는 어떡하죠?"

여자는 남자보다 두뇌회전이 빠르다. 난 평생 걸려도 생각지도 못할 일이다! 당연한 일이다. 새 지푸라기를 넣기 전에 헌 것을 먼저 없애야 한다. 그럼, 그걸 어디다 버리지? 창밖으로 던져야 하나? 누군가의 머리 위로?

"다른 사람들은 헌 지푸라기를 어떻게 하지?"

"잘 모르겠네요."

"흠." 내가 말한다. "육 크레이차루를 더 주지. 쓰레기 구덩이가 있는 큰 집을 찾아가. 이 돈을 관리인에게 주고 지푸라기를 구덩이에 버리게 해 달라고 해." 그러니까 결국 남자들의 머리가 더 쓸모 있는 법이다!

안차가 나갔다 오더니 관리인이 허락하지 않았다고 말했다. 하녀들이 뜨거운 재를 구덩이에 버리는 통에 지푸라기에 불이 붙을지도 모른다는 거였다. 게다가 구덩이는 거의 꽉 차 있고 그걸 치우는 농부는 바빠서 겨울까지 올 수가 없다고 했다.

"그럼 어떡하지?"

"잘 모르겠는데요."

"그래, 난 알았어!" 잠시 뒤 내가 소리쳤다. 남자의 머리는 놀랄 만큼 창의력이 풍부하다. "내일이 수요일이지. 수요일은 쓰레기를 비우는 날이고. 그 육 크레이차루를 가지고 반은 쓰레기 치우는 사람에게 주고 반은 마부한테 줘. 그럼 그걸 마차에 실어 갈 거야."

"좋아요. 하지만 주인님은 어디서 주무시게요? 매트리스를 침대에 놓을 수 없는데요. 꿰맨 곳을 뜯어 놨으니까요. 침대 판 사이로 지푸라기가 떨어져 내릴 텐데요."

"그렇군. 그러면 난…… 그럼 난…… 그냥 바닥에서 자야겠군. 소파에서 긴 쿠션을 가지고 와서 바닥에 놓고 침대처럼 만들면 될 거야. 최고의 잠자리가 될걸. 난 왕처럼 잘 수 있을 거야."

그리고 나는 왕처럼 잠을 잤다.

다음 날 아침 안차가 매트리스를 복도에 내놓았다. 그리고 우리는 기다렸다. 쓰레기 치우는 사람이 나타나자마자 나는 창밖으로 고개를 내밀고 일이 어떻게 되어 가는지 지켜보았다. 마차 소리가 나자 안차가 매트리스를 들고 뛰어나갔다.

"천금을 준대도 그걸 가져갈 순 없어요." 채찍으로 말을 때리며 쓰레기 치우는 사람이 말했다. "그건 엄하게 금지되어 있거든요."

"이거 일이 점점 우습게 돼 가는데." 내가 말했다.

"벌써 우습게 됐죠." 안차가 한술 더 떠 맞장구를 쳤다.

"그래, 그럼 뭔가 생각을 좀 내놓는 게 어때! 다른 사람들은 어떻게 하는지 좀 알아보고 와."

안차가 뛰어나갔다. 한 시간이 못 돼 그녀가 돌아왔다.

"사람들이 난로에 넣고 태우라고 하는데요."

"그래, 그렇군. 우리가 왜 그 생각을 못했지? 자넨 왠지 알아? 집에 누구 빵을 만들려고 오븐을 데우려는 사람이 없는지 찾아봐. 난로를 길들이고 싶어 하는 사람이나. 무슨 말인지 알겠지?"

안차는 다시 한번 뛰어나갔다. 하지만 빵을 만들거나 난로를 길들이고 싶은 사람은 아무도 없었다. 게다가 안차는 장보러 가야 했기 때문에 저녁까지 지푸라기에 신경 쓸 시간이 없었다. 안차가 온종일 빈둥대고 있을 수만은 없지 않은가?

뭐, 하는 수 없는 일이었다.

저녁이 됐고, 우리는 저녁밥을 먹었다. 안차는 지푸라

기로 새끼를 꼬아서 화로에 찔러 넣기 시작했다. 나는 난로가 타닥타닥 하는 소리를 들으면서 책상 앞에 앉아 버지니아 담배를 피웠다. 나는 연통이 윙윙 울리는 소리를 좋아했다.

갑자기 거리에서 왁자지껄한 소리가 들렸다. 사람들의 목소리와 초인종 소리. 나는 벌떡 일어나 무슨 일인지 알아보려고 복도로 뛰어나갔다. 우리 집 굴뚝에서 불꽃을 내뿜고 있는 게 또렷이 보였다. 불꽃은 이웃집 지붕으로 번지고 있었다.

"그만 해, 안차! 제발, 그만! 빨리! 매트리스를 다시 침실로 끌고 가. 누가 문을 두드리면 아무것도 모르는 거야. 난로 뜨거워?"

"저 새끼줄 몇 개 태웠다고요? 금방 식을 거예요."

고맙게도 문을 두드리는 사람은 없었다. 불길은 잦아들었다. 거리에 나와 있던 사람들은 곧 흩어졌다.

나는 크게 절망해서 천장을 쳐다보았다. 그리고 절망 속에서 다시 바닥에 누웠다.

하지만 아침이 되자 나는 원기를 되찾았다. 그래서 곧바로 밖에 나가 탐문을 시작했다. 경찰관에게도 물어보고 짐꾼에게도 물어보았다. 아는 여자들마다 붙잡고 물어보고 다녔다.

경찰관이 경례를 하며 말했다. "잘 모르겠군요." 짐꾼은 모자를 들어 올리며 말했다. "정말 잘 모르겠네요." 부인네들은 입을 모아 맞장구를 쳐주었다. "맞아요, 맞아. 그건 언제나 골칫거리죠."

"안차, 이제 우리 어떻게 하지?" 집에 돌아와서 내가 말했다. "이걸 이렇게 놔둘 수는 없어. 혹시 종이로 고깔을 만들 줄 알아? 자, 그럼 내가 가르쳐 주지. 보라구."

그래서 우리는 종이 고깔을 만들고 또 만들었다. 그리고 거기다 지푸라기를 담았다. 그런 걸 한 무더기 만들어 놓고 난 다음 몇 개를 주머니에 쑤셔 넣고 산보를 나가 걸어 다니면서 지푸라기를 뿌렸다. 그날 나는 산보를 여섯 번 나갔다. 다음 날은 열두 번 나갔다.

나흘 동안 그렇게 했지만 우리는 아직 매트리스 한 귀퉁이를 비워 냈을 뿐이었다. 계산해 보니 그런 속도로는 반 년 동안 산보를 다녀야 했다.

내가 강박증에 걸릴 지경이 되었다는 걸 굳이 밝힐 필요는 없을 것이다. 나는 그 밖에 아무것도 생각할 수 없었고, 아무것도 볼 수도 없었다. 내 머리는 지푸라기로 가득 차 있었다. 방 한구석에는 지푸라기 세 묶음이 놓여 있었다. 다른 구석에는 속이 빠져 쭈글쭈글해진 불쌍한 매트리스가 놓여 있고, 방 한가운데 긴 소파 쿠션이 놓여 있었다. 내가 어떻게 다른 생각을 할 수 있겠는가? 매일 밤 나는 방바닥에 몸을 눕히며 악담을 퍼부었다. 그 일을 생각하니 부끄러울 따름이다. 나는 한잠도 못 자다가 날이 새기도 전에 일어나 일찌감치 산책을 시작했다.

머리 좋은 독자라면 기억하겠지만 내가 이 기사의 서두에서 말한 주전자와 우유통, 빵 굽는 쟁반을 보게 된 것은 사실 그런 산책들을 하는 도중이었다. 이것이 바로 프라하에서 주전자, 우유통, 빵 굽는 쟁반이 처한 현실이다.

모든 프라하 시민은 주전자나 우유통, 빵 굽는 쟁반을 가질 권리가 있다. 멀쩡하기만 하다면야 아무 문제가 생기지 않는다. 하지만 주전자가 망가지면 희한한 일이 시작된다! 그걸 대체 어디다 버려야 하는 거지?

정원에 버리면 관리인이 제발 가져가 달라고 말할 것이다. 거리에 버리면 경찰관이 잡아갈 것이다. 청소부 수레에 버리면 청소부가 다시 돌려줄 것이다. 팁을 아무리 많이 주어도 소용없는 짓이다. 그건 엄하게 금지된 일이니까. 그럼 좋다. 밤에 주전자를 갖고 나가, 보는 사람이 없는 걸 확인하고 아무 데나 그걸 놓고 와 보라. 그럼 다음 날 청소부가 아무 대가 없이 가져갈 거다. 그럼 끝이다.

창피하기 짝이 없는 생각이 떠올랐다. 밤에 몰래 안차와 매트리스를 길모퉁이 너머로 끌고 가서 지푸라기를 몽땅 쏟아버리고 오면 어떨까? 나쁜 생각이었다. 부도덕한 생각이었다. 게다가 불법이었다. 하지만 그런 생각이 떠올랐다는 걸 시인할 수밖에 없다. 나쁜 사람이 되는 건 그렇게 쉬운 일인 것이다.

하지만 난 지지리도 운이 없는 놈이다. 어디선가 경찰관이 튀어나와 그 지푸라기를 주워 가라고 이야기할 것이다. 나는 괜한 고집을 피우다가 입방정의 죄를 저지르고 말 것이다. 결국 체포되어 감옥으로 끌려 갈 것이다. 흠잡을 데 없는 평판이여, 안녕! 하지만 나는 아랑곳하지 않을 것이다. 나는······.

"실례합니다, 주인님! 주인님!" 안차가 내 방으로 뛰어들어오며 외쳤다. "그 지푸라기들을 처리할 방법을 찾았어요! 우유 아줌마, 우리 동네에 우유 배달하는 아줌마가 가져가겠대요! 자기 집 소한테 먹이겠대요! 내일 그 아줌마한테 지푸라기를 주면 돼요!"

"확실해?"

"그럼요!"

무슨 말이 더 필요하겠는가? 그제야 밤에 두 발 뻗고 푹 잘 수 있었다. 다음 날 아침 안차와 나는 매트리스를 우유 아줌마에게 끌고 갔다. (안차는 그녀가 이 선물을 받아 갈 것이라고 확답을 받아 두었다.) 정말 황홀한 순간이었다. 우유 아줌마가 내게 빈 매트리스를 건네주었을 때, 나는 너무 감동해서 그녀의 손에 키스를 하고, 그녀의 노새를 껴안아 주었다. 그리고 촉촉하게 젖은 눈으로 집으로 향했다.

집에 돌아와서 우리는 새 지푸라기로 매트리스를 채워 넣었다. 일이 끝난 다음 나는 안차를 붙잡고 '오, 싱그러운 초록 들판이여'를 휘파람으로 불면서 머리가 핑핑 돌 때까지 매트리스 주위를 발을 구르고 춤을 추며 돌았다.

자, 이게 내 이야기다. 이건 내가 말한 그대로 벌어진 실화다. 훌륭한 이야기인 동시에 시기적절한 이야기이기도 하다. 나는 지금 행복하고 그래서 끝을 맺는다.

작가의 마무리기도

"전지전능하신 하나님! 제 생각과 익살이 힘 센 높은 분들의 심기를 건드리거나 동료 시민들의 감정과 도덕성을 거슬리게 하지 않게 지켜 주셔서 감사하옵니다. 무엇보다 내일 신문 판매에도 손해를 끼치지 않도록 해 주셔서 감사하옵니다. 뭐니 머니 해도 일요판 아니겠습니까, 아멘!"

흐라드차니 Hradčany

첫 번째 환상 – 구스타프 마이링크

흐라드차니

카를 다리 북서쪽에 위치한 고지대로 세계 최대의 중세 고성인 프라하 성이 있는 곳이다. '흐라드차니'라는 지명은 '성(城)이 있는 지구'라는 뜻이다. 길이 570미터, 너비 128미터를 자랑하는 프라하 성은 1918년 체코슬로바키아공화국이 수립되면서부터 대통령 관저로 사용되고 있다. 성 한가운데 성 비트 대성당이 서 있고, 북동쪽에는 '여름궁전'이라고 불리는 푸른 지붕의 벨베데르 궁이 있다. 성 오른편으로 짧고 좁은 길인 황금소로에는 루돌프 2세와 연금술에 대한 전설이 전해진다. 카프카가 작업실로 썼던 여동생의 집도 이곳에 있다.

첫 번째 환상

구스타프 마이링크

내게 닥친 그 모든 경험과 환상들을 필설로 다 묘사하기란 불가능한 일이리라. 나는 조용한 밤 시간을 골라 나한테 벌어진 일들을 전부 기록해두려 한다.[1]

나는 존 디의 〈라피스 사케르 에트 프라이키푸우스 마니페스타티오니스〉[2]를 집어 들고 글자가 새겨진 받침대를 자세히 살펴보고 있었다. 내 눈은 점차 금빛 장식물에서 본체인 검은 돌의 번들거리는 표면으로 옮겨 가기 시작했다. 나중에 생각해 보니 그 뒤에 벌어진 일은 리포틴의 피렌체 거울을 들여다보다가 역에서 내 친구 가르트너를 기다리는 꿈을 꾸었을 때와 비슷했던 것 같다.

여하튼 얼마간 수정의 번들거리는 검은 표면을 바라보

다 보니 이제 그것에서 눈을 뗄 수 없게 됐다는 사실을 깨달았다. 나는 내가 검푸른 파도 위를 마구 질주하고 있는 희뿌연 말 떼 가운데 있는 걸 보았다. 아니, 보았다기보다는 느꼈다고 해야 할 것이다. 처음에 나는 '아하, 요한나가 말한 녹색 바다로군!' 하고 생각했다. 내 정신은 아주 말짱했다. 하지만 곧 주위가 좀 더 자세히 보이기 시작하자 보덴[3]의 사냥여행처럼 사람을 태우지 않은 말들이 칠흑같이 어두운 숲과 들판 위를 달리고 있는 거란 걸 알았다. 그와 동시에 나는 이 말들이 침대에 누워 잠자고 있는 수백만 사람들의 영혼이라는 사실을 깨달았다. 이 영혼들은 주인도 태우지 않은 채 머나먼 미지의 고향을 찾으려는 어두운 본능에 따라 달리고 있었다. 이들은 자신들의 목적지가 어디인지도 모른 채 단지 자신들이 그곳을 잃어버렸고 다시 찾을 수 없다는 사실만을 알고 있을 뿐이었다.

나는 다른 말들보다 더 생생하고 현실처럼 보이는 새하얀 준마를 타고 있었다. 폭풍 치는 바다에 일렁이는 하얀 물마루처럼 미친 듯이 날뛰며 콧김을 뿜어 내는 야생마들 밑으로 숲이 우거진 언덕들이 몇 개나 긴 물결을 그리며 사라져 갔다. 저 멀리 가느다란 은빛 리본처럼 구불구불 흐르는 강물이 나타났다.

나지막한 산등성이들로 둘러싸인 넓은 분지가 펼쳐졌고, 말들은 강을 향해 맹렬히 질주를 계속했다. 멀리서 도시가 모습을 드러내기 시작했다. 주위를 달리던 말들의 형체가 회색 안개구름 속으로 사라지는 것처럼 보이더니, 갑자기 나는 8월의 찬란한 아침 햇살을 뚫고 난간 위에 성자들과 왕들의 높다란 석상들이 늘어서 있는 석교 위를 달려가고 있었다. 강 건너 기슭에 옹기종기 모인 낡고 소박한 집들이 빠르게 눈앞에 다가왔다. 위풍당당한 궁전 몇 채가 집들을 한쪽으로 밀어내며 우뚝 솟아 있었다.

하지만 이런 오만무례한 건물들마저도 탑과 지붕과 성루와 첨탑들이 삐죽삐죽 튀어나온 성벽을 왕관처럼 쓰고 있는 나무로 덮인 거대한 언덕의 위용에 비하면 하찮아 보일 뿐이었다. 내 안의 목소리가 외쳤다. "흐라드차니! 프라하 성이다!"

그럼 여기가 프라하란 말인가? 프라하에는 누가 있지? 나는 대체 누구인가? 대관절 나한테 무슨 일이 벌어지고 있는 것인가? 내가 말에 타고 있는 건 알 수 있었다. 나처럼 블타바 강에 놓인 석교를 건너 말라스트라나 쪽으로 가려고 성 네포무츠키[4] 상을 지나고 있는 시민과 농민들은 내게 거의 눈길을 주지 않았다. 나는 내가 벨베데르 궁[5]에 있는 루돌프 황제, 즉 합스부르크 왕가의 루돌프[6]앞에 나오라는 명을 받았다는 사실을 알고 있었다. 회색 얼룩 암말을 탄 동행이 내 곁에 따라오고 있었다. 새파란 하늘과 이글거리는 태양에도 불구하고 그는 약간 빛이 바랜 멋진 모피 망토를 몸에 두르고 있었다. 옷장에서 제일 좋은 걸 골라 온 것이 분명했다. 그 남자는 황제 폐하 앞에서 모종의 쇼를 벌이려고 특별히 그 옷을 골라 입은 것이었다. '떠돌이의 멋내기'란 생각이 내 마음을 스쳐 지나갔다. 나는 내가 옛날 옷을 입고 있는 것을 깨닫고도 놀라지 않았다. 당연한 일이 아닌가! 오늘은 서기 1583년 8월 10일 성 로렌스 축일이었다. 나는 "과거로 온 거로구나"라고 혼잣말을 했다. 이상할 건 하나도 없었다.

내 옆의 이마가 좁고 턱이 쑥 들어간 얼굴에 쥐새끼 눈깔을 한 사내는 에드워드 켈리[7]였다. 나는 켈리가 〈마지막 초롱불〉이라는 간판을 단 여관에 방을 얻는 걸 힘들게 말렸다. 그 여관은 엄청나게 부유한 고관대작들이 입궁할 때 묵는 곳이었다. 우리 지갑은 켈리가 갖고 있었다. 그는 시골장터의 약장수처럼 언제나 자신만만한 사람이었다. 보통 사람이면 자기 손을 자르거나 도랑에 누워 죽는 걸 기다리는 편이 더 나았을 상황에서 그는 뻔뻔스러운 방식으로 우리 돈궤를 어떻게든 항상 다시 채워 넣는 데 성공하고 있었다. 난 내가 지금 나의 조상인 존 디이며 엘리자베스 여왕이 루돌프 황제에게 보내는 소개장을 갖고 있다는 사실도 알고 있었다. 나는 지금 프라하에서 아내와 아이와 켈리와 함께 학식 있는 황제의 시의[8] 토마쉬 하예크 박사의 넓은 집에서 살고 있었다.

그리고 오늘은 내게 매우 중요한 날로 비술가들 중의 왕이며 왕 중의 비술가, 불가해한 인물이자 공포와 증오와 경외의 대상인 루돌프를 처음으로 알현하는 날이었다. 에드워드 켈리는 내 옆에서 자신만만한 태도로 말의 속도를 가벼운 구보로 줄였다. 하지만 내 마음은 불길한 예감 때문에 무겁기만 했다. 나는 우리의 머리 위로 번쩍번쩍 빛나는 성의 정면을 지나가고 있는 검은 구름처럼 내 위에 걸려 있는 황제의 음산한 성격을 느끼고 있었다. 우리는 말발굽 소리를 울리며 다리 끝에서 입을 벌리고 있는 음산한 석문을 통과했다. 그러자 뒤에 있는 쾌활한 일반 백성들의 밝은 세계와 마치 벽이 쳐진 것처럼 단절된 느낌이 들었다. 가파르고 재미없는 좁은 길들이 겁에 질린 듯 산기슭에 잔뜩 움츠린 집들 사이를 조용히 기어오르고 있었다. 흐라드차니 성을 둘러싼 불길한 비밀을 지키는 문지기처럼 검은 궁전들이 길을 막고 서 있었다. 하지만 이제 넓은 빈터가 우리 앞에 펼쳐졌다. 그것은 황제의 대담한 건축가가 숲으로 덮인 좁은 협곡에서부터 언덕을 억지로 깎아 내어 만들어 낸 것이었다. 멀리 언덕 꼭대기에 수도원 탑들이 도전적으로 솟아 있었다. "스트라호프 수도원!" 내 안의 목소리가 말했다. 스트라호프 수도원은 그 말 없는 벽 안에 살기 어린 황제의 안광을 맞고 산 채로 묻힌 많은 사람들을 감추고 있었다. 비록 영원히 별빛을 볼 수 없게 되었다 해도 그들은 달리보르카 탑[9]으로 가는 다른 좁은 오솔길을 밤중에 내려가진 않아도 되었기 때문에 아직은 운이 좋다고 생각할 수 있는 사람들이었다. 황제의 종복들이 사는 집들은 절벽 위의 제비둥지들처럼 각기 아래에 있는 집을 버팀목으로 삼아 서로의 꼭대기 위로 겹겹이 쌓여 있었다. 막대한 비용에도 불구하고 합스부르크 왕족은 반드시 독일인 경비병들을 쓰길 원했다. 그들은 블타바 강 저편에 우글우글 살고 있는 이민족[10]에게 결코 자신의 안전을 맡기지 않았다. 흐라드차니 성은 빽빽이 들어선 방어시설들과 함께 도시 위로 우뚝 솟아 있었다. 모든 문들에서 딸랑거리는 박차 소리와 완전 무장된 무기들이 부딪치는 소리들이 메아리쳤다. 우리는 천천히 말을 몰고 올라갔다. 위쪽의 작은 창문들로부터 의심의 눈길들이 우리 뒤를 좇고 있었다. 우리는 어딘가에서 갑자기 튀어나와 용무를 묻는 경비병들에게 벌써 세 번이나 제지를 당했다. 알현을 허락한다는 황제의 편지는 몇 번씩 다시 조사를 받았다. 그리고 나서야 우리는 화려한 출입구로 나올 수 있었다. 프라하 시가 우리 아래에 펼쳐져 있었다. 나는 자유로운 세상을 내다보는 죄수처럼 그 풍경을 바라보았다. 이 위에서는 모든 것이 보이지 않는 손에 꽉 쥐어져 있는 것 같았다. 여기 언덕의 꼭대기는 감옥이 돼 있는 것이었다! 저 밑의 도시는 은빛 먼지 바다 속에 잠겨 있는 것처럼 보였다. 위로는 태양이 베일 같은 안개를 뚫고 불타고 있었다. 갑자기 은색 빛줄기가 먼지로 희뿌연 하늘에 나타났다. 비둘기 떼가 빛을 반사하며 고요한 대기 속을 맴돌다가 틴 성당의 첨탑 뒤로 아무 소리 없이 사라졌다 …… 무척 비현실인 풍경이었지만 난 프라하 하늘의 비둘기를 길조로 받아들이기로 했다. 저 아래 둥근 지붕이 높이 솟은 성 미쿨라쉬 성당의 종이 열 시를 알렸다. 우리 앞의 성벽 안 어딘가에서 날카롭고 단호한 시계가 빠른 북소리로 시간을 반복해서 알렸다. 시간이 됐다! 열광적인 시계 수집가인 군주는 시간을

첫 번째 환상

정확하게 지켰다. 늦게 오는 자에겐 화가 있을진저! 앞으로 15분 뒤면 루돌프 앞에 서 있을 것이다, 라고 나는 생각했다.

우리는 꼭대기에 도착했다. 미늘창을 든 병사들이 매 걸음마다 우리를 가로막지 않았다면 전속력으로 말을 달렸을 것이다. 검문은 끝이 없었다. 마침내 우리는 우렁찬 말발굽 소리를 내며 사슴 해자 위의 다리를 지나 은둔한 왕의 조용한 정원을 빠른 걸음으로 지나갔다.

가장 먼저 내 눈길을 끈 것은 섬세한 아치로 만들어진 벨베데르 궁전의 바깥복도 난간을 장식하고 있는 석조 부조였다. 한쪽에는 사자와 씨름을 하는 삼손이 있었고 반대편에는 네메아의 사자[1]를 제압하고 있는 헤라클레스가 있었다. 그것들은 황제가 자신의 마지막 은둔지의 입구를 지키는 상징으로 직접 고른 것이었다. 황제가 제일 좋아하는 동물이 사자라는 것은 널리 알려진 사실이었다. 그는 커다란 아프리카 사자 한 마리를 애완동물로 길들여 그놈을 갖고 가까운 사람들마저 재미로 겁을 주곤 한다고 했다. 사방은 사람 하나 없이 조용했다. 우리를 맞이하는 사람은 아무도 없는 건가? 크리스털 술잔 같은 음색의 종이 15분이 지났음을 알린다. 여기에도 시계가 있었다!

마지막 타종 소리와 함께 평범한 나무문이 열렸다. 반백의 시종이 말 없이 우리를 안으로 안내했다. 갑자기 모습을 드러낸 마구간 소년들이 우리의 말을 끌고 갔다. 우리는 벨베데르 궁전의 길고 서늘한 홀에 서 있었다. 고약한 장뇌 냄새 때문에 숨이 막힐 지경이었다. 이상야릇한 짓을 하려고 이상야릇한 자세를 하고 있는 실물 크기의 야만인 모형, 무기, 거대한 동물, 온갖 도구, 중국과 인도의 깃발, 구세계와 신세계에서 가져온 수많은 진기한 물건 등 기묘하고 이국적인 표본들이 들어 있는 유리 상자들이 홀에 한가득 쌓여 있었다. 안내자의 신호로 우리는 사악한 미소를 짓고 있는 얼굴을 한 털이 수북한 숲 속 생물의 악몽같이 거대한 몸체 옆에 멈추어 섰다. 켈리의 용맹무쌍함은 모피 망토 깊숙이 쪼그라들었다. 그는 사악한 영혼들에 관한 헛소리들을 속삭였다. 양심에 대해서는 눈 하나 깜짝하지 않으면서 박제 고릴라 따위를 무서워하는 떠버리에게 나는 미소를 지을 수밖에 없었다.

하지만 바로 그 순간 나는 공포의 충격으로 내장이 조여드는 것을 느꼈다. 검은 유령이 원숭이가 들어 있는 유리상자의 모퉁이를 돌아 소리 없이 나타났다. 그리고 뼈빼 마른 사람의 형상이 우리 앞에 섰다. 낡은 검은색 가운을 꽉 잡은 노란 두 손은 무기 때문에 잡힌 주름 아래 안절부절못하고 있었다. 짧은 단검으로 보이는 물체의 윤곽이 선명히 드러나 있었다. 새처럼 생긴 창백한 머리를 노란 독수리 눈이 밝히고 있었다. 황제였다!

이빨이 거의 없는 잇몸을 덮고 있는 윗입술은 얇고 주름져 있었지만 푸르스름한 두꺼운 아랫입술은 단단한 턱 위로 늘어져 있었다. 육식동물의 구슬 같은 눈이 우리를 살펴보고 있었다. 황제는 아무 말도 하지 않았다.

나는 무릎을 꿇었다. 아주 짧은 순간이지만 조금 늦은 듯했다. 우리가 무릎을 꿇고 머리를 숙이자 황제는 물리치는 손짓을 했다. "쓸데없는 짓. 너희가 정직한 자들이라면 일어나라. 아니면 시간 낭비 않게 당장 꺼져 버려라."

그런 것이 숭고한 황제의 인사방식이었다.

나는 오래전에 사려 깊이 생각해 둔 인사말을 읊기 시작했다. 내 조국의 강력한 여왕의 관대한 주선에 대해 미처 언급하기도 전에 황제가 조급하게 내 말을 끊었다.

"네가 뭘 할 수 있는지 짐에게 보여라! 다른 군주들의 인사말이라면 내 사신들이 가져오는 것만으로 충분하다. 네가 그 묘약을 가지고 있다면서?"

"그 이상입니다, 폐하."

"뭐라, 그 이상이라고?" 루돌프가 버럭 소리를 질렀다. "오만으로 얻을 건 아무것도 없다!"

"우리가 고결한 비술사의 지혜에서 위안을 찾도록 이끄는 건 오만이 아니라 헌신입니다……"

"나도 그것에 대해 약간은 알고 있지. 너희들에게 감히 날 속이려 들지 말라고 경고할 정도로는."

"폐하, 신은 자신을 풍요롭게 하기 위해서가 아니라 오직 진리를 찾을 뿐이옵니다."

"진리라고?" 늙은이의 얼굴에 심술궂은 웃음이 스쳤다. "짐은 빌라도처럼 네게 진리가 뭐냐고 물을 만큼 바보가 아니다. 짐이 알고 싶은 건 정녕 네가 그 약을 갖고 있는가이다."

"그렇습니다, 폐하."

"가지고 나와라!"

켈리가 앞으로 나섰다. 그는 가죽 조끼 깊숙이 숨겨 둔 가죽 가방에서 성 데이니올의 무덤에서 가져온 희고 둥근 물체를 꺼냈다.

"가장 관대한 폐하께서는 단지 우리를 시험하려 하실 뿐이올진저!" 켈리가 노골적으로 아첨의 말을 던졌다.

"저놈은 누구냐? 보아하니 네놈의 조수나 영매 같은데?"

"제 동료이자 친구인 에드워드 켈리입니다." 나는 속에서 짜증이 솟구치는 걸 느끼며 대답했다.

"척 보기에도 돌팔이로구나." 황제가 소리를 질렀다. 너무 많은 것을 봐서 지친 늙은 독수리의 눈은 약사를 거들떠보지도 않았다. 약사는 야단맞은 꼬마처럼 바짝 엎드려 입을 다물었다.

나는 다시 한 번 시도해 보았다. "폐하께서 제 말을 들으실 의향만 계시다면."

놀랍게도 루돌프가 늙은 시종에게 신호를 보냈다. 시종은 딱딱한 접이의자를 가지고 왔다. 황제는 의자에 앉아 짧게 고개를 끄덕여 우리에게 계속할 것을 허락했다.

"폐하는 금을 만들어 내기 위해 그 묘약에 대해 알고 싶어 하십니다. 저희는 묘약을 갖고 있습니다. 하지만 저희는, 저희는 더 큰 것을 위해 노력하고 있사옵니다. 저는 저희에게 그럴 자격이 있기를 하느님께 빌 뿐입니다."

"무엇이 현자의 돌보다 더 귀중할 수 있느냐?" 황제가 날카롭게 말했다.

"지혜이옵니다, 폐하!"

"너희는 성직자 나부랭이인가?"

"저희는 비술가의 존엄을 위해 싸우고 있사옵니다. 저희는 황제 폐하께서도 그 가운데 계신다고 알고 있사옵니다."

"그럼 너희는 누구와 함께 싸우고 있는 것이냐?" 황제가 조롱조로 물었다.

"저희들에게 명령을 내리는 천사이옵니다."

"그건 어떤 천사인가?"

"그분은 …… 서쪽 문의 천사이옵니다."

유령 같은 표정이 황제의 덮인 눈꺼풀 뒤로 사라졌다. "그 천사가 너희에게 뭘 시키더냐?"

"이중의 연금술[12], 필멸의 것을 불멸의 것으로 변성하는 것, 엘리야의 길이옵니다."

"그 늙은 유대인처럼 불타는 전차를 타고 천국으로 가는 걸 말하는 거냐? 전에도 그걸 시도한 놈이 하나 있었지. 그놈은 목이 부러지고 말았다."

"폐하, 그 천사는 저희에게 시골장터의 속임수를 가르치지 않았사옵니다. 천사는 죽음 이후에도 육체를 보존하는 법을 가르쳐 주었사옵니다. 저는 황제 폐하의 비술가 협회에 증빙자료를 제출할 수 있사옵니다."

"너희가 할 수 있는 건 그뿐이냐?" 황제가 지루한 기색을 보였다. 켈리가 성급하게 나섰다.

"저희는 그 이상을 할 수 있사옵니다. 저희가 가진 그 돌은 어떤 금속이라도……."

황제가 고개를 번쩍 들었다. "증명해 보아라!"

켈리가 가죽 가방을 꺼냈다. "하명만 해 주시옵소서. 저는 준비됐사옵니다."

"네놈은 물불 못 가리는 불한당 같지만 네 동료보단 눈치가 빠르구나."

나는 치솟는 분노를 억눌렀다. 루돌프 황제는 결코 비술가가 아니었다. 그는 금 만드는 걸 보고 싶어 할 뿐이었다! 천사의 통찰력과 선물—불멸의 비밀—은 황제에게 아무 의미도 없었다. 아니, 실은 조롱거리일 뿐이었다. 황제는 정녕 왼손의 길[13]을 따르려 하는 것일까? 황제가 갑자기 말했다. "우선 누가 보통의 금속을 금으로 바꾸어서 내 손에 쥐어 준다면 짐은 그자에게 천사에 대해 말하도록 하겠노라. 하느님도 악마도 공론가를 원하진 않는다."

이유를 모르겠지만 나는 기분이 몹시 상했다. 황제는 그런 늙고 병약한 몸으로 어떻게 그럴까 싶을 만큼 빠른 동작으로 벌떡 일어섰다. 앞으로 쑥 내민 목 위에서 독수리 같은 머리가 먹이를 찾듯이 한쪽에서 다른 쪽으로 홱홱 움직였다.

갑자기 우리 눈앞에서 감춰진 문이 열렸다.

잠시 뒤 우리는 황제의 작은 연구실에 와 있었다. 온갖 종류의 장비들이 잘 갖춰진 곳이었다. 잘 지핀 불 위에 도가니가 올려져 있었다. 곧 모든 준비가 끝났다. 우리의 도움을 무뚝뚝하게 거절하며 황제가 직접 숙련된 손놀림으로 조수의 업무를 수행했다. 황제의 의심은 끝이 없었다. 그의 면밀한 경계심은 그 어떤 사기꾼도 좌절하게 만들 것이었다. 황제를 속이는 건 불가능했다. 갑자기 희미하게 무기들이 부딪치는 소리가 들렸다. 숨겨진 문 뒤에 죽음이 도사리고 있는 걸 느낄 수 있었다. 루돌프는 감히 자신을 속이려 드는 떠돌이 사기꾼들을 즉석에서 처리해 버렸다.

켈리가 하얗게 질려 도와달라는 눈길을 보냈다. 나는 켈리가 무슨 생각을 하고 있는지 알 수 있었다. 혹시라도 이 가루가 지금 말을 안 들으면 어떡하지? 그는 뜨내기 특유의 공포심에 사로잡혀 있었다.

도가니 속에서 납이 부글부글 끓어올랐다. 켈리는 둥근 물체를 돌려서 열었다. 의심하는 황제의 눈초리가 그를 계속 지켜보고 있었다. 켈리는 그 둥근 물체에 손을 갖다 댄 채 머뭇거렸다.

독수리의 부리가 날카롭게 쪼아 왔다. "짐은 도둑이 아니다. 약장수! 그걸 내게 다오."

루돌프는 둥근 물체 속의 회색 가루를 오랫동안 면밀히 조사했다. 입술의 비틀린 조롱기가 서서히 풀어지더니, 푸르스름한 아랫입술이 턱 쪽으로 축 늘어졌다. 독수리 얼굴에 생각에 잠긴 표정이 떠올랐다. 켈리가 약을 얼마나 넣어야 할지 가르쳐 주었다. 황제는 숙련된 연구실 조수처럼 성실하고 정확하게 모든 지시를 따랐다.

납은 액체가 되었다. 황제가 그 약을 넣자 금속은 거품을 내기 시작했다. 황제는 차가운 욕조에 '모체'를 부었다. 황제가 자기 손으로 직접 그 덩어리를 집어 들고 빛에 비추어 보았다. 순은이 반짝이고 있었다.

나와 켈리가 들뜬 기분으로 의기양양하게 말을 몰고 지나가는 동안 이파리 무성한 정원은 오후의 열기로 아른거리고 있었다. 켈리의 목에는 오늘 오전 황제가 직접 둘러 준 은 목걸이가 딸랑거리고 있었다. 황제는 이렇게 말했다. "은에는 은, 금에는 금이다, 돌팔이 박사 양반. 다음에는 그대가 그 가루를 만들었는지, 그대가 그 가루를 다시 만들어 낼 수 있는지를 시험할 것이다. 명심해라. 왕관은 오직 비술가를 위한 것. 쇠사슬은―속박을 의미하는 것이다."

페트르진 언덕 Petřín

종 - 이르지 카라세크 제 르보빅

페트르진 언덕
___

프라하를 둘러싼 높은 언덕 가운데 하나로 카를 다리 남서쪽에 있다. 해발 327미터의 페트르진 언덕은 대부분 나무와 잔디로 덮인 공원으로 프라하 시민들이 매우 즐겨 찾는 곳이다. 에펠탑을 5분의 1로 축소한 형태로 1891년에 만들어진 페트르진 전망탑이 있으며, 언덕 아래의 시내와는 등산열차로 연결되어 있다.

페트르진 언덕은 이 책에 실린 이르지 카라세크 제 르보빅의 「종」, 프란츠 카프카의 「어느 투쟁의 기록」 외에도 밀란 쿤데라의 『참을 수 없는 존재의 가벼움』 등 프라하를 배경으로 하는 수많은 체코 작품에 등장한다.

종

이르지 카라세크 제 르보빅

  그는 페트르진 언덕에 올라가서 도시를 내려다보았다. 도시의 풍경에선 흐릿하고 혼란스런 공간이라는 인상만이 느껴졌다. 모든 것에서 커다란 권태의 기운이 피어오르고 있었다. 모든 것이 헛되고 공허해 보였다. 화려한 색깔과 무채색이, 어두운 것과 밝은 것이, 빛과 그림자가 한데 뒤엉켜 있었다. 남자는 거기 한참 동안이나 서 있었다. 멍하니 한 곳을 바라보며……

  누군가 다가와 갑작스럽게 그를 방해했다. 자신처럼 고독하게 보이는 사람이었다. 낯선 남자는 가까운 벤치에 앉았다. 두 사람은 자기도 모르게 서로를 쳐다보았다. 그 즉시 뭔가가 그들을 끌어당기는 것 같은 느낌이 들었다.

하지만 그들은 아무 말도 하지 않았다. 사실 그들은 서로를 다시 쳐다보지도 않았다.

하지만 그 순간부터 계속 그는 새로 온 사람에게 끌림을 느꼈다. 저 사람과 친구가 될 수 있을까?

아, 산다는 것이란, 단지 살아간다는 것이란……. 이런 김빠진 존재, 반쪽짜리 삶 이외에는 아무것도 없다. 충만한 것도, 구체적인 것도 아무것도 없다. 진정한 열정도, 진정한 감정도, 진정한 지루함조차 없다. 단지 반쪽짜리 감정, 반쪽짜리 열정, 반쪽짜리 지루함이 있을 뿐. 누군가 지나가며 그를 보고 웃어 준다. 하지만 사람들이 왜 웃는지 그는 모른다. 누군가 그에게 함께 가자고 말한다. 그러면 그는 따라간다. 왜 가야 하는지, 어디로 가는지 모른 채. 그뿐이다. 그것이 삶이다. 이 모든 게 다 무슨 소용인가? 이룰 수 없는 꿈을 위한 순전한 어리석음, 순전한 자학일 뿐인 것이다.

저물어 가는 한 줄기 햇살이 허공을 떠도는 금빛 먼지 소용돌이를 일으키고 사라져 갔다. 황혼이 베일처럼 도시의 표면에 드리워졌다. 주황색 그림자가 기와가 덮인 지붕과 오래된 마당과 산사나무꽃이 핀 정원에 내려앉았다.

그는 갑자기 낯선 남자의 눈을 들여다보았다. 짙어지

는 어스름 속에서 본래의 푸르스름한 빛은 부드럽고 생기 없는 노란색으로 빛이 바래 어둠 속에서 빨아들인 것 같은 따스함을 내뿜고 있었다. 그 남자의 눈은 한순간 예민한 광채로 사람을 매혹시켰다가 다시 철저한 무관심으로 그들을 조롱하는, 감은 것도 뜬 것도 아닌 그런 눈이었다. 그는 낯선 사람에게 거북스러운 애정이 이는 것을 느꼈다. 그 남자의 비밀을 알아내고 싶었다. 그는 남자의 입술 움직임과 손가락의 신경질적인 떨림을 관찰했다. 이상하게도 갑자기 그 남자가 낯익어 보였다. 그의 입술은 이제 낯선 타인의 입술이 아니라 바로 자신의 입술이었다. 그 손은―다름 아닌 자신의 손이었다. 그는 남자와 자신을 동일시했다. 그 남자에게 홀린 듯한 기분이 들었다. 두 사람 주위의 모든 것은 지치고 생기를 잃은 것 같아 보였다…….

저녁 종소리가 프라하에 울려 퍼지기 시작했다. 그 다채로운 소리들에서 금속성의 음울하고 처연한 생명 없는 무게가 떨어져 내렸다. 갑자기 하늘 가득 장막이 펼쳐졌다. 잠자고 있는 그림자들이 지붕을 덮었다. 저녁 하늘엔 새 한 마리 날지 않았다. 갑자기 모든 것들이 종들의 이야기가 시작된다는 걸 알려주려고 하는 것 같았다. 첨탑과 종루의 창에서 뎅뎅 소리가 거침없이 터져 나왔다. 대기 속으로 쏟아져 나온 종소리의 여운은 갈수록 점점 희미해지며 지붕 꼭대기를 맴돌았다. 지붕을 덮은 기와, 구부러진 굴뚝, 썩어 가는 창틀, 캄캄한 유리창, 거무튀튀해진 지붕밑 벽, 무너지는 처마, 모든 것들이 이제 기억 속에서 자기 목소리를 되찾은 것 같았다. 노을이 깔리는 가운데 프라하, 이 도시의 과거가 종소리로 말을 걸기 시작했다……

그는 먼 옛날에 살았던 죽은 자들이 종소리를 통해 이야기하고 있음을 느꼈다. 보이지 않는 무수한 망령의 부대가 되살아와 이 도시의 거리를 가득 메우고 집 안을 떠돌고 있는 것 같았다.

모든 것이 그에게 예전에 이곳에 살던 사람들, 자신과 똑같은 갈망을 가졌다가 결국 흙으로 돌아가 버린 사람들에 대해 이야기하고 있었다. 그 사람들의 손도 불만의 열병으로 떨리고 있었다. 비밀에 다가갈수록 그들의 맥박은 빨라졌다. 그들은 사랑하고 싶었으나 대신 아픔을 주었다. 그들은 사랑받길 원했으나 대신 냉정함을 느꼈다. 그들의 영혼 앞에는 풍요롭고 깊이 있는 삶이 펼쳐져 있었으나 결국 자신들의 좁은 세계밖에 알지 못했다.

그는 죽은 자들의 후예였다. 이곳에 살고 있는 모든 이들은 과거의 후예들이었다. 그들은 앞서 죽은 자들의 눈과 목소리와 손을 갖고 있었다. 그들은 그 사람들의 욕망과 열정을 갖고 있었다. 이 나라의 모든 역사는 아무도 전체를 보지 못한 채 각자 은밀한 사업에 말려들어 서로의 자비를 구하는 완전히 똑같은 세대들의 영원한 반복에 지나지 않았다.

종소리가 계속 울렸다.

종소리는 이 땅의 빛바랜 영광과 왕공들의 영지와 도시의 성벽에 쏟아진 적들의 공격에 대해 이야기하고 있었다. 종소리는 이 땅의 콧대 높은 주민들과 방탕한 사제들과 나약한 왕들과 불충한 신하들에 대해 이야기하고 있었다.

하늘도 눈을 돌릴 만큼 많은 피가 뿌려졌다. 그의 눈앞에 불타는 교회들과 무너진 수도원들의 환영이 거대한 주마등처럼 펼쳐졌다. 붉은 하늘을 배경으로 거대한 성배[1]가 또렷이 나타났다. 비셰흐라드[2]가 무너졌다. 흐라드차니의 성벽이 무너졌다. 말라스트라나는 불꽃 속으로 사라졌다.[3] 우예스트에 있던 카르투지오 수도원[4]은 대화재의 연기에 휩싸였다. 지진이 일어난 것처럼 대지가 크게 들썩였다.[5]

그 뒤 프라하에 다시 평화가 깃들었다. 성당들이 다시 세워지고 궁궐의 떠들썩한 활기가 흐라드차니를 가득 채웠다. 하지만 그때 새로운 재앙들이 끔찍한 참사들을 가득 실은 먹구름처럼 찾아들었다. 스트라호프 수도원의 문은 전장에서 패주한 군대를 보았다. 구시가 광장은 반란자들의 피를 빨아들였다. 이방의 혼이 흘러들어와 이 땅의 생명을 짓눌렀다.[6]

성 비트 대성당의 종소리가 가장 잘 들렸다. 거대한 지크문트 종은 죽은 왕들이 잠든 성당 가장 깊은 지하 밀실까지 자신의 목소리를 전하기라도 하려는 듯 비장한 종소리를 묵직하게 울렸다.[7] 스트라호프 수도원과 로레타 성당의 종들이 단조로운 선율로 그에 화답했다. 그 종소리들은 어스름한 황혼에 잠겨 소리가 줄어든 것처럼 멀리서 들리는 희미한 방울소리같이 들렸다. 아래쪽에서는 깊은 어둠 속에서 목소리를 잔뜩 낮춘 것 같은 성 미쿨라쉬 성당의 종소리가 울려 퍼졌다. 말테세 광장의 종들은 첨탑의 돌조각 속에 영원히 갇히기라도 한 것처럼 가장 음울한 소리를 냈다.

강 건너편에서 틴 성당의 종소리가 새삼스럽게 처형장의 끔찍한 기억을 불러일으키며 울고 있었다.[8] 인드르지슈스카 탑의 종들은 옛날 스웨덴과 프로이센의 포탄이 쏟아질 때와 같이 신음소리를 내지르고 있었다.[9] 프란체스코 수도원의 종들은 폐허가 된 성당과 살해당한 수도사들의 기억을 불러냈다. 그것들의 목소리는 숨 막히도록 무거웠다. 카렐 거리에서는 종들의 합주소리가 돔 지붕을 흔들고 있었다. 마치 옛날 그것을 뒤흔들고 지나간 폭풍의 기억을 회상하는 것처럼. 비셰흐라드의 종소리는 오래전에 사라진 성당[10]에서 들려오는 것처럼 한없이 먼 곳으로부터 희미하게 들렸다. 스테판스카 거리의 종들은 대가 끊겨 사라진 가문들이 남긴 묘석을 애도하며 울고 있었다.

오랫동안 침묵을 강요당한 폐지된 교회들의 들리지 않는 종소리는 성가단의 합창소리에 묻어 있는 것처럼 느껴졌다. 이미 오래전에 집이나 창고로 바뀐 건물들이 황혼 속에서 갑자기 성당과 수도원이라는 옛 모습을 뒤집어썼다. 음침하고 어두컴컴하고 구불구불한 거리를 걷고 있던 사람들이 돌연 예기치 못한 모습으로 변모했다. 사람들의 걸음은 느려지고, 한층 키가 커 보이게 하는 길게 늘어뜨린 망토를 몸에 둘렀다. 챙 넓은 모자가 빳빳한 주름 칼라 사이로 드러난 딱딱하고 창백한 얼굴에 그늘을 드리웠다.

고요히 늘어선 집들 사이를 바싹 붙이며 좁아진 거리의 어둠 속에서 중세가 되살아왔다. 밤은 도시의 옛 모양을 되찾아 주고 일순 옛 영광의 추억을 현실로 바꾸어 놓았다.

그는 못 박힌 듯 서서 도시를 바라보았다.

그는 자신에 앞서 너무나 많은 사람들이 보아 왔던 모든 것들을, 오랜 상실의 시간으로부터 되살아난 무수히 많은 삶들을 눈으로 보았다. 그는 곰팡이가 낀 축축한 벽에서 육신을 잃어버린 그들의 존재를 느꼈다. 그는 돌과 문과 창문에 들러붙어 있는 그들의 손길을 느꼈다. 그는 죽은 자들의 영혼과, 그들이 내뱉는 숨결의 리듬과 자신의 존재를 하나로 융합시켰다. 그는 그들을 불러와 다시 생명을 주었다. 하지만 죽은 자들은 이제 이름 없는 먼지로만 남아 있을 뿐이었다. 한바탕 바람이 일면 그 먼지들은 온 도시로 날려 길거리의 포석과 지붕을 덮고 골목길 구석에 쌓일 것이다.

그는 백일몽에서 깨어나 힘겹게 현실로 돌아왔다. 모든 것이 낯설고 모호한 느낌이 들었다. 그가 사물과 맺고 있는 관계와 여타 세상과 자신을 구분하는 의식 속에는 단단하고 완고한 무언가가 있었다.

먼 과거의 것이지만 냉혹한 유령처럼 배후에 도사리고 있는 모든 것을 그는 이제 고통스러운 실제 삶의 근간만큼이나 또렷하게 인식했다. 그는 여기서, 이 도시에서 이런 느낌을 떨쳐내기란 불가능하리라고 느꼈다.

그는 일어섰다. 그리고 자신이 완전히 홀로 되었다는 사실을 깨달았다. 낯선 남자는 가고 없었다. 죽음 같은 침묵이 도시를 뒤덮고 있었다. 하늘은 짙은 남색이 되어 있었다. 그는 이제 갑작스레 그 낯선 남자에 대해 후회 비슷한 감정을 느꼈다…….

프라하 Praha

영수증 – 카렐 차페크
멘델스존은 지붕 위에 있다 – 이르지 바일
워싱턴에서 온 테너색소폰 솔로 – 요세프 슈크보레츠키
기차역에 가다 – 야힘 토폴

프라하
___

체코공화국의 수도로 유럽의 한가운데 위치하고 있어 '유럽의 심장'이라고 불린다. 유럽 어느 도시보다도 역대 건축 양식이 온전하게 보존되어 있어 '건축의 박물관'이라고도 불리며, '백탑의 도시', '황금의 도시' 등의 별칭도 있다. 시내를 관통하여 흐르는 블타바 강을 중심으로 동쪽으로 구유대인 지역, 구시가지, 신시가지 등이 있고, 서쪽으로 흐라드차니, 말라스트라나, 페트르진 언덕 등이 위치한다.

영수증

카렐 차페크

그 무더운 8월 밤, 스트르젤레츠키 섬의 옥외 카페는 사람들로 꽉 차 있었다. 그래서 민카와 페파는 텁수룩한 콧수염을 축 늘어뜨린 신사가 이미 앉아 있는 자리에 합석할 수밖에 없었다. "저희가 좀 앉아도 될까요?" 페파가 말하자 그 신사는 그저 고개를 끄덕했을 뿐이었다. (민카는 속으로 늙은 방해꾼, 우리 테이블에서 조용히 앉아 있어야 할 거야, 라고 생각했다.) 그래서 일단 민카는 공작 부인 같은 분위기를 풍기며 페파가 그녀를 위해 손수건으로 닦아 놓은 자리에 사뿐히 앉았다. 그리고 수선 떨기를 그만두고 이런 더운 날씨 속에서도 절대 번들거리지 않도록 분갑을 꺼내 콧등을 두들겼다. 민카가 분갑을 꺼낼 때

지갑에서 구겨진 종이 한 장이 떨어졌다. 콧수염 신사가 곧바로 허리를 숙여 그것을 집었다. "조심하시오, 아가씨." 신사가 침울한 목소리로 말했다.

민카는 얼굴이 빨개졌다. 첫 번째는 낯선 남자가 말을 걸었기 때문이고, 두 번째는 얼굴이 빨개진 게 화가 났기 때문이었다. "고맙습니다." 그녀가 말했다. 그리고 즉시 페파에게 다시 고개를 돌렸다. "내가 스타킹을 산 가게에서 받은 영수증이에요."

"그렇군요." 침울한 남자가 말했다. "아가씨는 잘 모르겠지만, 이런 게 언젠가 필요한 날이 올 수도 있다오."

페파는 아무래도 끼어드는 게 신사의 의무라고 생각했다. "저런 바보 같은 종잇조각을 갖고 있다고 무슨 소용이 있을지 모르겠군요?" 페파가 그 남자를 쳐다보지도 않고 물었다. "얼마 안 가 주머니가 꽉 차고 말 텐데요."

"그래도 마찬가지요." 콧수염을 기른 신사가 의미심장한 어조로 말했다. "때론 아무것도 모르는 것보다 그런 거라도 있는 편이 유용한 경우도 있으니까 말이오."

민카의 얼굴에 긴장된 표정을 떠올랐다. (저 늙은 방해꾼이 대화에 끼어들려 하고 있잖아. 맙소사, 하필이면 여기에 앉아 가지고!) 페파는 대화를 그만 끝내려고 마음먹었다. "더 유용한 경우란 무슨 말이죠?" 그가 이마를 찌푸리며 냉담한 목소리로 물었다. (저 표정은 저이한테 너무나 어울리는데, 민카가 감탄하며 쳐다보았다.)

"단서로 말이오." 늙은 방해꾼이 중얼거렸다. "내 말은, 나는 경찰이오. 경관 소우체크, 알겠소? 우리는 얼마 전에 그런 사건을 접했었소." 그가 손을 내저으며 말했다. "댁들은 자기 주머니에 뭐가 들어있는지 결코 모를 거요."

"어떤 사건이었는데요?" 페파는 물어보지 않을 수 없었다. (민카는 옆 테이블의 젊은 남자가 자신을 곁눈질하는 걸 보았다. 기다려 봐, 페파. 나를 버려둔 데 대해 단단히 버릇을 고쳐 줄 테니까.)

"에, 저기 로즈틸리 근처에서 발견된 여자에 관한 사건이었소." 콧수염 남자가 말했다. 그리고 입을 다물었다.

민카는 여자가 관련되어 있단 얘기를 듣고 갑자기 흥미를 느꼈다. "어떤 여자 말이죠?" 그녀가 불쑥 물었다.

"그야 뭐, 거기서 발견된 여인 말이오." 소우체크 경관은 웅얼웅얼 말을 얼버무리며 조금 당황해서 주머니에서 담배를 꺼냈다. 그때 전혀 예상치 못한 일이 벌어졌다. 페파가 서둘러 자기 주머니를 뒤지더니 라이터를 꺼내 그

영수증

남자에게 불을 붙여 주는 것이었다.

"고맙소." 소우체크 경관이 말했다. 페파의 행동에 기분이 몹시 좋아진 기색이 역력했다. "그러니까 로즈틸리와 크르치 사이에 있는 옥수수 밭에서 일꾼들이 수확을 하다가 죽은 여인의 시체를 발견했지요." 그는 호의에 대한 보답으로 설명을 계속해 나갔다.

"전 아무것도 듣지 못했어요." 민카가 눈을 동그랗게 뜨고 말했다. "기억나? 페파, 우리도 그 무렵에 크르치에 있었잖아? 그래서 그 여자에게 무슨 일이 일어났죠?"

"목이 졸렸소." 소우체크 경관이 사무적으로 이야기했다. "여자의 목에는 줄이 그대로 감겨 있었소. 여기 젊은 숙녀분 앞에서 그 여인이 어떤 상태였는지 자세히 말할 필요는 없겠지요. 알다시피 7월인데다가 그 여자는 거의 두 달 동안이나 거기 있었거든?" 소우체크 경관은 메스꺼워하는 표정을 지으며 담배 연기를 훅 뿜어냈다. "그런 상황에서 사람이 어떻게 보이는지 당신들은 절대 믿지 못할 거요. 글쎄, 모친이 와도 알아보지 못할 지경이니까. 그리고 파리들이―" 소우체크 경관은 우울한 얼굴로 고개를 저었다. "피부가 없어지면 아름다움은 찾을 길이 없지요. 그런 뒤에 시체의 신원을 확인하는 건 몹시 어려운 일이오. 눈과 코가 남아 있다면 그나마 다행이지요. 하지만 그런 날씨에서 한 달 이상 방치된 뒤라면—"

"하지만 시체 어딘가에 머리글자 같은 게 분명 있었을 텐데요." 페파가 전문가 같은 의견을 제시했다.

"머리글자 같은 건 잊어버려요." 소우체크 경관이 툴툴거리며 말했다. "이봐요, 미혼 여성들은 자기 머리글자를 아무데도 써 넣지 않아요. 대개 어차피 곧 결혼할 텐데 왜 그런 귀찮은 짓을 하냐고 생각하니까 말이오. 그 여성의 시신에는 머리글자 같은 건 전혀 발견되지 않았소. 잊어버려요!"

"몇 살쯤 된 여자였나요?" 민카가 점점 흥미를 느끼며 이야기에 끼어들었다.

"의사 말로는 스물다섯쯤 됐을 거라더군요. 그러니까 이빨이나 뭐 그런 걸로 봐서 말이오. 옷차림으로 볼 때 그녀는 여공이나 하녀처럼 보였소. 하지만 하녀일 가능성이 가장 높았어요. 그 여자는 시골 아가씨들이 흔히 입는 종류의 속치마를 입고 있었기 때문이오. 더구나 여공이라면 아마도 사람들이 벌써 찾으러 다녔겠지요. 여공들은 대개 같은 일자리나 같은 지역을 오가기 마련이지요. 하지만 하녀들이 일자리를 옮길 때는 아무도 모르고 아무도 주의

하지 않소. 이상한 얘기지만 사실이에요. 그래서 우리는 두 달이 지났는데도 아무도 찾지 않았다면 하녀가 분명하다고 생각했소. 하지만 역시 주요한 단서는 그 영수증이었소."

"무슨 영수증이었습니까?" 페파가 열띤 목소리로 물었다. 그는 자기 안에 숨어 있던 탐정이나 모험가의 소질을 발견한 게 분명했다. 그의 얼굴은 이런 상황에 잘 어울리는 진지하고 심각한 표정을 짓고 있었다.

"글쎄, 이 영수증과 비슷한 것이었소." 소우체크 경찰관이 침통한 표정으로 바닥을 바라보며 말했다. "우리는 시신에서 아무것도 찾아내지 못했소. 아무것도. 그 여자를 죽인 놈은 단서가 될 만한 건 몽땅 다 가져가 버렸소. 왼손에 꼭 쥐고 있던 지갑 끈 조각만 빼고 말이오. 끈이 떨어진 지갑은 옥수수 밭에서 좀 떨어진 곳에서 발견됐소. 범인이 여자의 지갑도 빼앗으려 했지만 끈이 끊어지는 바람에 쓸모가 없어지자 들판에 던져 버렸을 거요. 하지만 그놈은 그러기 전에 지갑 속에 있는 내용물들을 모두 꺼내 가 버렸소. 그래서 그 속에 남아 있는 건 안감에 끼여 있던 7번 시내 전차표 한 장과 어느 도자기 가게에서 끊은 55크라운짜리 영수증뿐이었소. 우리가 발견한 건 그게 전부였어요."

"하지만 목에 감겨 있던 줄이 있잖습니까." 페파가 말했다. "그건 틀림없이 뭔가 단서가 됐을 텐데요!"

소우체크 경관은 고개를 저었다. "그건 그냥 빨래줄 조각일 뿐이었소. 아무 소용이 없었지. 우린 전차표와 영수증밖에 가진 게 없었소. 물론 우리는 25세 정도로 추정되는 회색 치마와 줄무늬 블라우스를 입은 여성의 시신을 발견했고, 두 달 전 쯤 실종된 하녀가 있다면 즉시 경찰에 알려달라고 언론에 이야기했소. 우리는 전화를 백여 통이나 받았소. 이유는 모르겠지만 하녀들은 대개 5월 달에 일자리를 옮기지요. 하지만 그것들은 모두 잘못된 신고로 밝혀졌소. 그래도 그 모든 것들을 일일이 확인하느라고 할 일은 엄청 많았었지." 소우체크 경관이 침울하게 말했다. "이를 테면 전에 데유비체에서 일했던 어떤 변덕쟁이 아가씨가 브르쇼비체나 코슈이르제 어딘가에서 다시 발견되는 거요. 그럼 이리저리 뛰어다니느라고 하루가 몽땅 날아가 버리지. 얻은 건 아무것도 없고. 그 멍청한 수다쟁이 아가씨는 멀쩡하게 살아 있을 뿐 아니라, 우리를 보고 비웃기까지 하는 거요. 아, 지금 아주 좋은 곡을 연주하는군." 그는 카페의 밴드가 전력을 다해 연주하고 있던 바

그녀의 〈발퀴레〉 가락에 박자를 맞춰 흥겹게 머리를 까딱거리며 말했다. "하지만, 구슬픈 가락이로군. 그렇지 않소? 나는 슬픈 음악을 아주 좋아해요. 내가 성대한 장례식이 있을 때마다 거기 가서 소매치기를 감시하는 데는 그런 이유도 있지."

"하지만 살인범은 분명 단서를 남겼을 텐데요" 페파가 추측했다.

"저기 카사노바 타입의 남자가 보이나요?" 소우체크 경관이 갑자기 눈빛을 번뜩이며 물었다. "보통 저놈은 교회의 헌금함을 노리지요. 여기서 대체 무슨 꿍꿍이를 하고 있는지 궁금하군. 아니오, 살인범은 아무 단서도 남기지 않았소. 하지만 이건 말할 수 있지. 어떤 처녀가 살해됐을 때 사람들은 남자친구가 범인이라고 생각하기 마련이오. 보통 그런 법이니까." 그가 차갑게 말했다. "하지만 젊은 아가씨, 그 점에 대해서는 걱정 마시오. 우리는 누가 그 여자를 살해했는지 알아내기 전에, 먼저 그 여자가 누군지를 밝혀내야만 했소. 그게 어려운 일이었지요."

"하지만 분명," 페파가 자신 없이 말했다. "경찰한테는 자기만의 방법이 있었겠죠."

"사실 그렇소." 소우체크 경관이 서글픈 목소리로 동

의했다. "쌀자루에서 보리 한 톨을 찾아내는 그런 방법이지요. 끈기가 필요해요, 친구, 끈기 말이오. 뭐, 나도 확대경 따위가 나오는 추리소설들을 즐겨 읽소. 하지만 그 불쌍한 여자를 확대경으로 봐서 뭘 하겠소? 어느 통통하고 행복한 구더기가 아내와 아이들을 데리고 산보하는 걸 보고 싶은 게 아니라면 말이오. 미안하오, 아가씨. 하지만 방법에 대해 이야기하는 사람을 볼 때마다 나는 짜증이 난다오. 그건 책을 읽고 앞으로 어떻게 될까 추측하는 것과는 전혀 다른 일이요. 차라리 책을 한 권 주고 이렇게 말하는 것과 비슷할 거요. 좋아, 소우체크. 이 책을 한 단어 한 단어 꼼꼼하게 읽고 '하지만'이라는 단어가 나올 때마다 그 쪽수를 적어 놓게. 이것이 진짜 이 직업의 현실이오. 어떤 특별한 방법도, 어떤 놀라운 수법도 도움이 되지 않아요. 우리가 해야 하는 일이란 책을 끝까지 읽은 끝에 '하지만'이라는 단어가 한 번도 나오지 않는다는 걸 알아내는 것에 가깝소. 형사 일이란 그처럼 온 프라하를 뛰어다니며 수백 명의 안나와 마르카들이 어디에 있는지 일일이 추적해서 그들 중 살해된 사람이 한 명도 없다는 사실을 발견해내는 일이란 말이요. 이거야 말로 누군가 책으로 써야 할 현실이란 거요." 그가 못마땅한 듯이 말했다. "시바의 여왕의 도둑맞은 진주목걸이에 관해서가 아니라. 왜냐하면 친구, 그것이야말로 진짜 형사의 일이기 때문이오."

"음, 그럼 경관님은 어떻게 수사를 시작하셨습니까?" 그가 아주 다른 방식으로 수사를 시작했을 거라고 짐작하면서 페파가 물었다.

"우리가 어떻게 수사를 시작했냐고." 소우체크 경관이 깊은 생각에 잠겨 그 말을 되풀이했다. "우선 우리는 무언가로부터 출발해야 했소. 글쎄, 첫 번째로 시내 전차표가 있었소. 이 아가씨가 진짜 하녀라면 전차노선 근처에 있는 집에서 일하고 있다고 가정할 수 있을 거요. 그건 사실일 필요가 없어요. 그 아가씨는 그냥 우연히 그 차를 탔을 수도 있으니까. 하지만 어딘가에서는 시작할 필요가 있는 거요. 그렇지 않소? 7번 전차가 프라하의 한쪽 끝에서 다른 쪽 끝까지 운행한다는 사실을 빼면 말이오. 브르제브노프에서부터 말라스트라나와 노베메스토를 거쳐 지슈코프까지. 그래서 우리가 그걸로 할 수 있는 건 별로 없었소. 그럼 그 영수증이 남지요. 그걸로, 적어도 우리는 언젠가 그 아가씨가 그 도자기 가게에서 55크라운을 주고 뭔가를 샀다는 사실을 알고 있어요. 그래서 우리는 그 가게로 갔소."

"거기 사람들이 그 아가씨를 기억했군요." 민카가 불쑥 끼어들었다.

"완전히 틀렸소, 아가씨." 소우체크 경관이 투덜거렸다. "그들은 그 여자를 전혀 기억하지 못했어요. 하지만 메이즐리크 박사, 그분은 우리 대장이요. 그 양반이 직접 가서 55크라운으로 무엇을 살 수 있는지 물어보았소. '온갖 걸 다 살 수 있지요.' 가게 사람들이 말했소. '몇 개나 사는가에 달려 있죠. 하지만 딱 55크라운짜리 물건이라면 이 영국제 찻주전자밖에 없어요. 한 사람이 쓰기에는 충분한 크기죠.' '그럼 내가 이걸 가져가겠소.' 우리 메이즐리크 박사가 말했소. '하지만 내게는 도매가격으로 해주시오.'

그리고는 우리 대장은 나를 불러서 말했소. '이봐, 소우체크. 여기 자네가 할 일이 있어. 그 아가씨가 하녀라고 가정해 보세. 그런 아가씨들은 늘 물건들을 깨뜨리기 마련이지. 하지만 그런 일이 세 번째쯤 되풀이되면 그 집 안주인이 말하지. 넌 정말 구제불능이구나. 이번에는 네 돈으로 갚아. 그래서 그 아가씨가 뭘 깼는지는 몰라도 그걸 대신할 딱 한 개의 물건을 사러 갔던 걸세. 그리고 그 가게에서 한 개의 가격이 55크라운인 것은 이 찻주전자뿐이라네.' '그 참 터무니없이 비싼 물건이군요.' 내가 대장에게 말했지. 그러자 대장이 말했소. '그게 바로 중요한 점이야. 우선 그건 왜 그 하녀가 영수증을 간직하고 있었는지를 말해 주네. 그건 하녀에겐 아주 큰돈일 테지. 그래서 그 아가씨는 언젠가 안주인이 주전자 값을 줄지도 모른다고 생각했을 걸세. 두 번째로, 자 보게. 이건 일인용 찻주전자네. 그러므로 그 아가씨도 한 사람을 위해 일했을 걸세. 아니면 집주인이 한 사람에게 세를 주고 있었고, 그 아가씨는 한 사람의 아침식사를 시중드는 하녀였을지도 모르네. 그리고 그 사람은 아마도 여자였겠지. 왜냐하면 독신남자는 자기 혼자 쓸려고 이런 비싸고 멋진 찻주전자를 사는 법이 거의 없으니까. 남자들은 무엇으로 차를 마시든 별로 신경 쓰지 않아. 그렇지? 그래서 그 사람은 독신여성일 가능성이 매우 높네. 셋방살이를 하는 노처녀들은 으레 좋은 물건을 가지고 싶어 하지. 그래서 그런 여자들은 이런 사치스럽고 가격이 비싼 물건을 산단 말이야."

"맞아요." 민카가 외쳤다. "알지, 페파. 내가 멋진 작은 꽃병을 갖고 있는 것처럼 말이야!"

"거 보시오." 소우체크 경관이 말했다. "하지만 아가씬 지금 그 영수증을 갖고 있진 않겠지요. 어쨌든 그리고 나서 대장이 말했소. '자, 소우체크, 이제 다른 걸 추측해 보세. 모래성처럼 허약하지만 어딘가에선 출발해야 하니까. 보세, 찻주전자에 55크라운이나 쓰는 사람이라면 지슈코프에 살진 않겠지. (메이즐리크 박사는 7번 노선을 다시 생각하고 있었소. 그 전차표 말이오.) 프라하 중심부에는 셋방살이 하는 사람들이 많지 않네. 말라스트라나에 사는 사람들은 커피만 마시지. 나는 그게 아마도 7번 전차가 흐라드차니와 데유비체 사이를 지나는 구간일 거라고 생각하네. 난 장담할 수 있네.' 대장이 말했소. '이런 영국제 찻주전자로 차를 마시는 숙녀는 정원이 딸린 작은 주택이 아닌 곳에서는 살 수가 없다고. 소우체크, 자네도 알다시피 요즘에는 영국에서 나온 거라면 뭐든지 유행이라네.' 우리 메이즐리크 박사가 가끔 이런 엉뚱한 생각을 해내곤 한다는 걸 이해해 줘야 하오. '그래서 자네가 했으면 싶은 일이 뭐냐 하면, 소우체크.' 대장이 말했소. '저 찻주전자를 들고 유복한 계층의 숙녀들이 세 들어 사는 동네에 가서 탐문조사를 해 보라는 걸세. 그리고 정말 이런 찻주전자를 가지고 있는 사람이 있다면 5월쯤에 그만둔 하녀가 없는지 알아보게. 굉장히 희미한 단서이긴 하지만 한번 시도는 해 봐야지. 가 보게, 소우체크. 이건 이제 자네 사건일세.'

 잘 들어보시오. 난 이런 식의 어림짐작을 별로 좋아하지 않소. 진짜 탐정은 점성술사나 점쟁이 같은 게 아니오. 탐정은 탁상공론하기를 좋아하지 않아요. 아, 사실이오. 간혹 가다 우연히 정답을 맞힐 때도 있지만 그건 단지 우연일 뿐, 내가 정직한 탐정의 일이라고 부르는 것이 아니오. 그 전차표와 찻주전자, 적어도 그건 눈으로 보고 손에 쥘 수 있는 것이지요. 하지만 그 나머지는 단지…… 상상의 산물일 뿐이오." 소우체크 경관은 그런 유식한 말을 쓴 것을 약간 쑥스러워하며 말했다. "그래서 나는 내 방식대로 일을 하기 시작했소. 나는 그 동네를 집집마다 다니며 주변에 이런 찻주전자를 가진 사람이 없는지를 물었소. 그리고 놀랍게도 전차노선을 따라 마흔네 번째로 방문한 집에서 그 집 하녀가 말하는 거였소. '아, 맞아요. 우리 집에 세 들어 사는 숙녀분이 꼭 이렇게 생긴 찻주전자를 갖고 있더라고요!' 그래서 나는 하녀가 집주인을 데려오는 걸 기다렸소. 집주인은 장군의 미망인이었는데, 숙녀 두 사람에게 방을 세놓고 있었소. 그중 하나가 영어 선생인 자코우브코바 양이었소. 그런 찻주전자를 갖고 있는 건 바로 자코우브코바 양이었소. '부인.' 내가 물었소. '혹시 5월쯤에 그만둔 하녀가 있지 않았나요?' '맞아요.' 집주인이 대답했소. '우리는 그 애를 마르슈카라고 불렀지요. 하지만 성이 뭐였는지는 기억나지 않아요.' '그만두기 얼마 전에 그 아가씨가 찻주전자를 깨뜨리지 않았나요?' '그랬어요.' 집주인이 말했소. '그래서 자기 돈으로 새것을 사다 놓아야 했지요. 세상에, 어떻게 그런 걸 다 아시죠?' '글쎄요, 부인.' 내가 말했소. '우리는 모든 얘기를 다 듣고 있답니다.'

그 뒤는 쉬웠소. 우선 나는 이 마르슈카라는 아가씨와 가장 친하게 지냈던 하녀가 누군지를 찾았소. 하녀들은 늘 여자친구가 있는 법이지요. 딱 한 명이지만 모든 것을 털어놓는 친구 말이요. 나는 그 친구에게서 그녀의 이름이 마르슈카 파트르지슈코바이고 드르제비체 출신이라는 사실을 알아냈소. 하지만 무엇보다도 마르슈카가 사귄 젊은 남자가 누구인지를 알고 싶었지요. 마르슈카의 친구는 그 남자의 이름이 프란타인 것 같다고 말했소. 이 프란타가 누구인지는 그 친구도 몰랐지요. 하지만 그 아가씨는 에덴 댄스홀에 그 두 사람과 함께 간 적이 있고 거기서 어떤 젊은 바람둥이가 이 프란타라는 친구를 보고 '이봐, 페르다!' 라고 불렀었다는 사실을 기억해 냈소. 뭐, 그런 다음에 우린 우리 부서의 프리바 경관에게 자문을 구했지요. 그 친구는 이런 가명을 쓰는 자들이 전문이었소. 그러자 곧바로 프리바가 말했소. '프란타, 일명 페르다. 그건 자칭 크로우틸이라는 코슈이르제 출신의 녀석일 겁니다. 하지만 그놈의 본명은 파스티르지크입니다. 대장님, 제가 가서 그놈을 잡아 오겠습니다. 하지만 두 사람은 있어야 합니다.' 그래서 내 계통의 일은 아니었지만 내가 직접 그 친구와 함께 갔소. 우리는 이 파스티르지크를 여자친구 집에서 붙잡았소. 꽤 위험한 일이었소. 그놈이 총을 쏘려고 했거든. 그리고 나서 경찰서에 와서 마티치카 대장이 그놈을 심문했소. 아무도 마티치카 대장이 어떻게 했는지 모르오. 하지만 열여섯 시간 뒤에 마티치카 대장은 파스티르지크로부터 범행 일체를 자백 받았소. 마르슈카 파르지슈코바가 일을 마치고 난 뒤 그놈이 어떻게 그녀를 옥수수 밭으로 유인해서 살해한 다음 몇 크라운의 돈을 훔쳐 갔는지 말이오. 물론 그놈은 그 아가씨에게 결혼을 약속했었소—그런 놈들은 다 그러기 마련이니까." 소우체크 경관이 우울하게 덧붙였다.

민카가 몸을 떨었다. "페파." 그녀가 속삭였다. "정말 끔찍해!"

"이건 아무것도 아니오." 소우체크 경관이 엄숙하게 말했다. "정말 끔찍한 것은 우리가 찾아낸 것이라곤 그 영수증과 전차표밖에 없이 허허벌판에서 그 아가씨의 시체 옆에 서 있을 때였소. 작은 쓸모없는 종잇조각 두 장— 하지만 그럼에도 우리는 불쌍한 마르슈카의 복수를 해 줄 수 있었소. 내가 말한 대로 아무것도 함부로 버리지 마시오, 아무것도. 아주 사소한 물건이라도 단서나 증거가 되는 걸로 판명날 수 있으니까 말이오. 아니오, 선생, 당신은 자기 주머니 속에 들어 있는 것이 중요한 것이 될 수도 있다는 사실을 결코 모를 거요."

민카는 꼼짝도 않고 앉아 있었다. 그녀의 눈에는 눈물이 고여 있었다. 그리고 따뜻한 애정이 솟구치는 것을 느끼며 갑자기 자기의 페파에게 고개를 돌렸다. 그녀의 촉촉한 손에서 구겨진 영수증이 떨어졌다. 그것은 그녀가 이야기를 듣는 내내 초조하게 손에 꼭 쥐고 있던 것이었다. 페파는 그것을 보지 못했다. 그는 별들을 바라보고 있었다. 하지만 소우체크 경관은 보았다. 그리고 그는 다 알고 있다는 듯한 슬픈 미소를 지었다.

멘델스존은 지붕 위에 있다

이르지 바일

독일 영토가 되어 가고 있는 점령지를 다스리는 일이란 지루하고 맥 빠지는 일이었다. 옛날 권력을 잡기 전 제국의 적들과 직접 드잡이질을 하던 때가 차라리 더 좋은 시절이었다. 그땐 집회장에서 적들을 이리저리 쫓아다니다가 턱에 주먹을 꽂아 넣을 수 있었다. 적의 얼굴에서 피를 줄줄 흘리는 모습을 눈앞에서 보며, 광이 번쩍번쩍 나게 잘 닦은 군홧발로 짓뭉개던 때가 훨씬 좋은 시절이었다. 콜룸비아 하우스[1]의 사무실에서 하얀 벽을 적시는 피를 보며 장검의 밤 사건[2]의 주모자들을 심문하던 때가 좋은 시절이었다. 폴란드 작전 당시 비행기를 타고 직접 마을을 폭격할 때가 좋은 시절이었다. 폴란드에는 대공포도 없었기 때문에 그는 땅에 닿을 만큼 저공비행을 하며 불타는 오두막들과 겁에 질려 우왕좌왕하는 인간 버러지들과 불길에 휩싸인 채 쓰러진 시체들을 생생하게 볼 수 있었다.

그 시절에는 적들과 얼굴을 맞대고 싸웠다. 지금은 적을 없애기 위해 명령만 내리면 되었다. 그는 수백수천의 부하들을 거느리고 복잡한 기계를 작동시키고 있었다. 그가 맡은 일은 그 기계가 잘 돌아가는지 확인하고 부품들을 점검하며 그것들을 개선하여 더욱 완벽하게 만들고 기술적인 혁신을 도입해 주는 것이었다. 그 자신은 눈에 보이지 않는 위치에서 수치들과 보고서들과 도표들을 받아 보거나 죄수를 보지도 않고 사형선고서에 결재를 하면서 가끔씩 결과만 점검하고 있을 뿐이었다.

하지만 이 땅을 다스리는 것은 영도자가 그에게 부여한 과업이었다. 그것은 개인적인 것을 모두 포기해야 한다는 것을 의미했다. 그것은 그가 철저히 혼자가 되어야 한다는 것을, 친구도 없어야 할 뿐 아니라, 집에서 가족들과 함께 있을 때나 파티와 만찬 때에조차 신비하고 가까이 하기 어려운 사람이 되어야 한다는 것을 의미했다. 그에게 남은 것은 음악뿐이었다. 피로할 때는 언제나 음악이 도움이 되었다. 음악은 평화와 만족감을 제공했고, 그 속에서는 하루의 긴장이 녹아 사라졌다. 그는 장검의 밤이 끝나고 나서 베토벤의 4번 교향곡을 들었을 때를 생생히 기억하고 있었다. 그 음악은 그에게 적들을 심문하여 그들에게서 자백을 쥐어짜내는 일을 계속할 새로운 활력을 주었다. 그때 그것은 모든 것을, 피조차도 말끔하게 씻어내 주었다.

하지만 이제 그는 음악도 마음대로 들을 여유가 없었다. 하이드리히[3]가 살고 있는 파넨스케 브르제자니[4]에는 지멘스사[5]의 중역이 개인적인 선물로 준 어디에서도 살 수 없는 훌륭한 축음기와 거의 완벽하게 갖추어진 클래식 레퍼토리가 있었지만 그는 잘 듣지 않았다. 아무리 잘 만들어진 것이라 해도 녹음된 음악을 듣는 것은 탐탁지 않았다. 이젠 솜씨가 너무 녹슬어 버린 탓에 아마추어 4중주단에서 바이올린을 연주하는 일도 그만두었다.

연주회나 오페라 공연에 가는 것? 요즘은 그것들도 낙이 되지 못했다. 음악 연주는 주로 중요한 사건을 기념하거나 손님을 축하하기 위한 공식행사의 배경음악으로 연주되었다. 발트슈타인 궁전[6]에서 열리는 작은 실내악 음악회도 실제로는 '작은' 음악회가 아니라 장군, 나치스 친위대의 거물, 게슈타포 고위 관리, 우연하게 방문한 손님 등 온갖 종류의 사람들을 초대해야 하는 사회행사였다. 이런 손님들은 대개 클래식 음악에 취미가 없었다. 그들은 희가극이나 마리카 뢰크[7]가 나오는 영화를 더 좋아했다. 그들은 그런 자리를 피할 적당한 요령을 몰랐기 때문에 참석하는 것이었고, 반면 그는 주인으로서 의무를 수행하기 위해 그들을 초대하는 것뿐이었다.

이런 손님들이 지루해하고, 하품을 하고, 손톱을 살피고, 재채기를 하거나 목을 가다듬고, 외알 안경을 닦고, 꾸벅꾸벅 조는 일들은 지극히 당연한 일이었다. 그리고 그런 환경에서 음악을 즐기는 것은 불가능한 일었다. 의무적으로 아무 열정 없이 박수를 치는 교양 없는 청중을 위해 연주하는 데 제국 최고의 음악가와 지휘자들을 프라하로 불러 봤자 무슨 소용이 있을 것인가? 청중의 수준에 대해 잘 발달된 감각을 갖고 있는 예술가들은 금세 눈치를 챘다. 때문에 그들은 그다지 힘들이지 않고 건성으로 연주하거나 노래하는 것이었다. 자신들의 예술적 기교가 가진 힘을 증명하려고 노력하는 대신 그들은 도시를 돌아다니며 온종일 쇼핑을 하거나 먹을거리들을 사는 데 시간을 보냈다. 그리고 베이컨, 닭고기, 모직물 등을 집으로 가져갈 수 있는 특별 배급을 요구했다.

오늘 밤에도 그는 오페라 공연에 갈 예정이었다. 역시 스타보브스케 극장에서 상연하는 모차르트의 '돈 조반니'였다. 스타보브스케 극장은 '돈 조반니'가 초연된 곳이었는데 오늘 또 다시 그 오페라를 공연하게 된 것이었다. 어찌 보면 체코인들에게 빼앗긴 극장이 오늘 독일인의 품으로 돌아온 것이라고 할 수 있었다. 영도자께서 총애해 마지않는 제국의 장관[8]을 초대하기에 이보다 더 좋은 오페라가 어디 있겠는가? 그는 이 귀중한 손님을 비밀경찰 중앙국의 우두머리에게 맡기기 전에 한나절 동안 직접 수행했다. 국장은 장관에게 유대인 기념물들을 보여주기로 되어 있었다. 제국 총독의 친절은 몸소 장관에게 유대인들을 보여줄 정도까지는 아니었다. 게다가 국장이 그 일에 더 어울리는 인물이었다. 하이드리히는 유대인을 말살하라는 영도자의 명령 이외에 유대인들에 대해 아는 것이 없었을 뿐 아니라 알고 싶은 생각도 없었다. 영도자의 명령은 확실히 수행되겠지만 실제 생활에서 유대인들을 만나는 대신 그들을 단지 숫자로만 생각한다면 더 쉽게 임무를 수행할 수 있을 것이 분명했다.

그들은 함께 차를 타고 제방을 따라 드라이브를 했다. 하이드리히는 도시를 더 잘 살펴 볼 수 있도록 자동차 지붕을 열었다. 그들은 강과 왕성을 보았다. 이 제방에서 보는 경치가 가장 아름다웠다. 제방은 프라하가 독일 도시였던 백 년 전에 완성되었다. 하이드리히는 장관의 옆자리에 앉아 그에게 기념비들과 프라하를 방문한 음악가와 작곡가들에 대해 설명해 주었다. 장관은 이 도시에 대해 아주 잘 알고 있었다. 그는 베를린에서 많은 화보들을 보고 온 것이 분명했다. 베를린 재건축을 위한 웅장한 계획과 린츠의 예술센터로 유명한 이 전직 건축가가 이 도시에서 그런 재미를 느끼는 것을 보니 이상한 생각이 들었다. 베를린이나 빈에 비하면 그에게 이 도시는 작은 지방 도시처럼 보일 것이 틀림없기 때문이었다. 장관이 말했다. "돌의 음악이라." 예술서적의 저자들이 자주 언급하는 이 말은 진실로 프라하를 잘 묘사하는 말이었다. 이 도시는 실로 음악에 흠뻑 젖어 있는 도시였고, 그것으로 조화를 이루고 있었다. 손님은 독일예술의 집을 보고 싶어 했고 오페라 공연에도 참석하고 싶다고 말했다. 마침 스타보브스게 극장에서 '돈 조반니'가 상연되고 있었다. 그것은 훌륭한 공연이 될 것이고 충분히 자랑거리가 될 만한 것이었다.

그들은 카를 다리를 건너 성으로 향했다. 하이드리히

는 특히 프라하가 항상 독일의 것이었다는 반박할 수 없는 증거로 롤란트[9]의 상을 꼽았다. 손님은 예술적 이유로 그 상에 감탄했지만 그 상징적 의미에까지 생각이 미친 것 같진 않았다. 그는 조각이 손에 쥐고 있는 검을 눈여겨보지도 않았다. 장관은 동상의 얼굴에 더 관심을 보였다. 하지만 이 전직 건축가는 영도자의 핵심 측근들 중에서 보기 드문 지식인이었다. 그는 군 경력이 전혀 없었고, 군복을 입지도 않았다. 프라하에도 민간인의 코트와 모자를 쓰고 왔다.

그들은 말라스트라나라고 불리는 오래된 동네를 지나 프라하 성을 향해 언덕을 올라갔다. 장관은 궁전들을 감상하기 위해 자주 차를 멈춰 달라고 부탁했다.

"여기는 확실히 독일인 건축가들의 손으로 세워진 독일의 도시로군요." 장관이 자기 생각을 큰 소리로 말했다. "하지만……."

"하지만이라니요." 주인이 날카롭게 말을 끊었다. "체코인들은 언제나 이곳에 손님으로 살았습니다. 프라하는 뼛속까지 독일의 도시입니다."

"맞습니다. 맞아요. 결국 영도자께서도 프라하에서 돌아오신 후에 같은 말씀을 하셨으니까요. 이곳의 건축은

멘델스존은 지붕 위에 있다 **203**

영도자께 빈의 건축보다 더 독일적으로 보였나 봅니다. 하지만…… 독일인 건축가들은 체코인 장인들을 고용했지요. 우리 건축가들은 훈련된 눈을 갖고 있습니다. 우리는 체코인 장인들이 작업에 이질적인 요소를 집어넣었다는 것을 알 수 있지요. 그 사람들은 자기들 방식으로 일을 했습니다. 뉘렌베르크를 한번 생각해 본다면……."

"하지만 프라하는 바로크 양식의 도시입니다." 주인은 약간 역정을 내며 손님의 말을 잘랐다.

"물론입니다. 하지만 결국 프라하의 바로크 양식은 다른 도시들, 예를 들어 뮌헨이나 드레스덴의 바로크 양식과는 다르니까요."

그들은 성까지 차를 타고 올라가 뜰을 거닐었다.

"저건 무슨 군대죠?" 장관이 성의 수비대를 보고 물었다. "저런 카나리아 색 옷깃의 군복은 한 번도 본 적이 없는데."

"체코 국민방위군입니다. 진짜 웃음거리죠. 대통령[10]은 이곳의 부속 건물에서 지내고 있습니다."

"우리가 그 사람을 방문할 필요가 없었으면 하군요."

"아닙니다. 대통령이 저를 방문하러 올 겁니다. 아니, 그자가 온다기보다 프랑크[11]가 데려고 온다는 게 정확하겠군요. 저 깃발은 그냥 보여주기용일 뿐입니다. 체코인들에게도 뭔가를 남겨 주어야 했으니까요."

그들은 성 비트 성당 앞에서 걸음을 멈추었다.

"체코인들한테는 늘 과대망상적인 면이 있지요. 들어가 보시겠습니까? 이곳의 지하에는 체코 국왕들의 무덤과 왕실의 패물들이 있습니다. 패물실 열쇠는 제가 보관하고 있지요. 물론 갖고 다니지는 않습니다만." 그가 미소를 지으며 말했다. "들어가 볼까요?"

"시간이 없을 것 같군요." 장관이 말했다. "그리고 공무를 보실 시간을 너무 오래 뺏고 있는 것 같기도 하고요."

"천만의 말씀입니다." 그가 정색했다. "장관님께 프라하의 아름다움을 소개할 수 있어서 저로서는 영광입니다." 하지만 사실 하이드리히는 대성당에 들어가지 않게 되어서 기분이 좋았다.

그는 이 성당에 좋지 않은 기억을 갖고 있었다. 패물실의 열쇠를 넘겨 줄 때 안 그래도 키가 하이드리히의 어깨밖에 오지 않는 대통령은 허리를 잔뜩 굽히며 세 가지 보물을 되돌려준 데 대해 황송하게 감사의 말을 했다. 그 노인이 자기 나라에 자비를 베풀어 주기를 비는 것처럼 성 바츨라프[12]의 해골에 입을 맞추는 것을 보면서 그는 혐오감을 느꼈다.

다른 한편 그는 장관에게 성 이르지 상을 가리키면서 기쁨을 느꼈다. 영도자는 이 땅을 점령하기 위해 독일군의 선봉대가 도착한 뒤 그 동상에 대해 몹시 감탄했다. 동상은 제국 자체를 상징하는 것 같았다. 바닥에는 뱀과 도마뱀들이 기어 다니고 사나운 용이 진창에서 고개를 꼿꼿이 세우고 있는데, 갑옷을 입은 영웅이 깃발 달린 창으로 용을 찌르고 있었다. 적들에 대한 제국의 승리도 이와 같을지어다! 영도자는 처음엔 그 동상을 신제국궁전[13]으로 옮겨 오려고까지 했다. 하지만 그걸 다시 찬찬히 살펴보고 나서 영도자는 마음을 바꾸었다. 결코 틀린 적이 없는 영도자의 예술적, 정치적 본능이 무언가를 경고했던 것이다. 그는 프라하 전문가인 독일 대학[14]의 미술사 교수를 불러와 자신의 본능이 옳았음을 확인했다. 그 상은 원래 독일의 것이었다. 동상을 만들도록 명한 사람은 실제로 신성로마제국의 카렐 황제였다. 그것은 고딕양식의 동상이었다. 하지만 16세기에 와서 어떤 솜씨 없는 체코인이 동상을 다시 주조했다. 그것 때문에 그것은 참된 게르만적인 비례를 가질 수 없었다. 영웅은 말보다 작았고 그의 얼굴은 게르만 영웅의 극히 엄격하고 절제된 성마른 얼굴을 하고 있지 않았다. 동상의 얼굴은 평범한 체코인의 넓적한 얼굴과 비슷했다. 때문에 변질된 동상은 독일 총통의 집무실을 장식하는 물건이 되지 못하고 프라하 성의 뜰에 남아 있게 되었다.

"영도자께서 프라하를 바라보신 장소를 보여드리겠습니다. 사실 이층 창문에서 보셨지만 아마 보이는 경치는 똑같을 겁니다."

그들은 한동안 말 없이 경치를 감상했다.

"독일 학생들이 프라하를 '황금의 도시'라고 부른 것은 올바른 일이었습니다. 괴링이 이곳을 폭격하지 않아서 정말 다행입니다. 그랬다면 우린 지금 폐허를 보고 있었을 겁니다."

"폐허라면 베를린에서 신물 나게 보았습니다." 장관이 씁쓸하게 말했다.

하이드리히가 눈살을 찌푸렸다. 그는 독일 도시에 대한 폭격 이야기를 별로 듣고 싶어 하지 않았다.

장관이 말을 이었다. "전쟁이 끝나면 우리는 새로운 베를린을 건설할 겁니다. 넓고 쾌적한 공원, 커다란 광장과 현대식 건물을 가진 베를린 말입니다. 정복지 주민들이 그것을 위한 비용을 댈 겁니다. 그래서 우리 돈은 한 푼도 들이지 않게 될 겁니다. 하지만 이 도시는 아마 박물관으로 남게 되겠지요."

"맞습니다, 박물관." 하이드리히는 갑자기 기억을 떠올렸다. "국장이 체르닌스키 궁전[15]에서 당신을 기다리고 있습니다. 제 운전기사가 모셔다 드릴 겁니다. 전 이제 가 봐야 될 것 같군요. 하지만 이따 저녁에 오페라 극장에서 뵙게 될 겁니다."

장관은 다시 자동차 좌석에 등을 기댔다. 그는 하이드리히와 위험한 대화를 나눈 것에 대해 자신에게 화가 났다. 저런 군인 타입과 말할 때는 특히 신경을 써야 했다. 그는 베를린 폭격에 대해 말했을 때 하이드리히가 보인 반응에 신경이 쓰였다.

비밀경찰 중앙국의 수장은 장관을 위해 공손히 차문을 열어 주었다. 그들은 다시 시내로 돌아왔다.

"장관님께서는 완전히 다른 동네를 보시게 될 겁니다. 옛날 유대인 게토였던 곳이죠. 여기가 아니었으면 우린 바르샤바에서처럼 유대인들을 임시 수용해야 했을 겁니다. 그러나 흥미로운 역사적 명소들이 있습니다. 구유대인 묘지[16], 거꾸로 가는 시계가 있는 유대인 시청사[17], 그리고 우리의 큰 비밀인 유대인 박물관이 있습니다."

국장은 확실히 하이드리히보다 나은 동행이었다. 그는 자기 앞에서 모든 말을 조심할 수밖에 없게 만드는 하이드리히와 달리 군대 격식을 차리지도 무표정한 얼굴을 하고 있지도 않았다. 그리고 그 관광여행은 정말 장관의 흥미를 자아냈다. 우울하고 어두컴컴한 박물관에서 그 이상한 뿔나팔을 부는 것마저도 그를 즐겁게 했다. 그들은 주기차역 근처에 있는 호텔에서 작별인사를 나누었다. 장관은 극장에 가기 전에 약간의 휴식을 취한 다음 목욕을 하고 옷을 갈아입어야 했다.

"저도 극장에 갈 겁니다." 국장이 말했다. "막간에 장관님을 찾아뵙는 영광을 누려도 될까요?"

스타보브스케 극장은 제국 장관의 방문을 축하하기 위해 특별하게 조명이 되어 있었다. 그는 특별석에서 하이드리히의 영접을 받았다. 하이드리히는 장관에게 자신의 아내와 국무장관인 프랑크의 아내, 그리고 국무장관 본인을 차례로 소개했다. 하이드리히는 장관에게 자기 아내의 옆자리를 권했다. 그들 뒤에 정중하게 차렷 자세로 서 있는 것은 하이드리히의 부관들이었다. 예복을 입은 장관은 그 속에서 매우 두드러져 보였다. 위에서 내려다본 관객들은 온통 제복 입은 남자들과 화려한 드레스를 차려입은 여자들뿐이었다. 이런 무수한 장식술, 커프스 단추, 견장 따위의 물건들은 금박을 입힌 로코코 풍의 천사들로 장식된 사랑스럽고 우아한 극장에 어울리지 않아 보였다. 통통한 천사들과 발을 조금만 움직여도 삐꺽거리는 소리를 내는 긴 부츠를 신고 훈장을 단 군인 타입의 남자들은 절대 조화될 수 없는 것들이었다. 사실 모차르트 음악 자체가 제복과는 어울리지 않았다. 하지만 관객들은 음악이 시작되자 조용히 주의 깊게 경청했다. 아마도 그 음악은 살인과 알코올에 찌들어 둔해진 두뇌에도 스며 들어갈 만큼 강력한 모양이었다. 그들은 적어도 잠시 동안만은 자신들이 얽혀 있는 피의 거래에 관해 잊은 것 같았다. 이러한 뛰어난 공연을 비명 같은 사이렌 소리에 방해받지 않고 즐기는 것도 기분 좋은 일이었다.

휴식시간 동안 하이드리히의 아내는 장관과 대화를 시작했다. 그녀는 제국의 수도로 몹시 돌아가고 싶어 하는 사람처럼 베를린에 대해 꼬치꼬치 물었다. 그녀는 이곳의 야만인들 사이에 유배되어 있는 인상을 주고자 애썼지만 영양상태가 좋은 그녀의 둥글둥글한 몸매는 보호령의 생활이 몸에 잘 맞는다는 걸 은연중에 보여주고 있었다. 이번에는 폭격에 대한 말이 튀어나오지 않도록 장관은 각별히 신경을 썼다. 그는 신제국궁전 내부 사정에 대해, 영도자가 이끄는 내각에 대해, 카린할레[18]에서 괴링이 연 환영회에 대해 이야기했다. 그리고 물론 프라하에 대해……그는 프라하의 아름다움을 찬미하고, 자신을 안내해 준 가장 뛰어난 안내인에게 감사를 표했다. 프라하에 대한 대화에는 프랑크도 끼어들어 자신이 도둑놈 같은 체코 의회에 맞서 싸우던 공화국 시절 프라하가 어땠었는지 이야기했다.

"놈들은 이 극장을 우리한테서 빼앗아 갔지요. 그놈들은 독일 예술만을 위해 만든 극장을 빼앗아 가서 프랑스의 응접실희극이나 체코 작가들이 쓴 촌스러운 잡동사니들로 품격을 떨어뜨렸지요."

증오와 악의가 프랑크에게서 쏟아져 나왔다. 그의 말은 하이드리히 같은 통치자나 지배자가 아니라 복수할 날을 기다리며 이 땅에 참고 살던 독일인들의 정서를 반영하는 것이 분명했다.

부관들이 마실 것을 가져왔다. 남자들에게는 프랑스 와

인, 숙녀들에게는 진짜 오렌지에이드였다. 그들은 모두 미소를 머금은 채 편안한 특별석에서 가볍게 담소를 나누었다. 하이드리히만이 무표정한 얼굴로 외따로 서 있었다.

음악으로 기분이 들뜬 듯한 젊고 선량해 보이는 비밀경찰 간부가 갑자기 나타났다. 그러자 하이드리히가 손님에 대한 배려 없이 명령조의 목소리로 대화를 중단시켰다. "자네 보고서를 읽을 틈이 없었네. 테레진[19] 건은 진행 중인가? 체코인들은 모두 이주시켰고?"

"예!" 국장이 큰소리로 대답했다. "명령은 수행됐습니다. 체코 주민들은 이주했고, 수송대가 정기적으로 파견되었습니다. 그들 일부는 잠시 멈추었다가 즉시 동부로 떠났습니다. 작전을 더 쉽게 하기 위해 테레진-보후쇼비체 간 특별노선 건설이 고려되고 있습니다. 하지만 유대인들은 자기 손으로 그 철로를 건설해야 할 겁니다!"

"좋아." 하이드리히가 말했다. 그리고 다른 것을 생각해냈다. 그는 돌아섰다. "기에쎄가 그 유대인, 멘델스존[20]의 동상을 철거했나?[21] 자네는 그에 대해 보고하는 걸 깜빡한 것 같군."

"보고할 시간이 없었습니다, 총독 각하. 하지만 모든 게 다 잘 처리되었습니다. 그 동상은 오늘 오후에 철거됐습니다."

하이드리히는 다시 입을 다물었다. 하지만 이미 분위기를 망쳐 놓고 말았다.

그의 아내가 장관에게 불평을 늘어놓았다. "남자들은 극장에 와서도 일 얘기를 멈추지 않는군요! 더구나 유대인이라니! 상류사회에서는 절대 유대인에 대해 말해선 안 되는 법이에요." 그 비난은 국장을 향한 것이었다.

"아주 가까운 미래에 어떤 사회에서든 유대인에 대해 말할 필요가 완전히 없어질 것이라고 확신하실 수 있을 겁니다, 부인." 비밀경찰은 장관이 끊긴 대화를 계속할 수 있도록 미소를 지으며 물러났다. 국장은 다시 사람들이 들어차기 시작한 홀을 둘러보았다. 제복들의 금장과 여인들의 귀금속이 사방에서 번쩍거리고 있었다. 어떤 사람들은 음악 때문에 즐거운 기색이 역력했고, 어떤 사람들은 그저 조용히 즐기고 있었다. 마치 전혀 전시가 아닌 것처럼, 모두 승리를 축하하기 위해 이곳에 모인 것처럼, 예식용으로 군복을 입고 아내들에게 가장 비싼 보석을 걸치라고 명령한 것처럼 말이다. 이 얼마나 기묘한 일인가…… 그 순간 그는 최근 동부에 갔다 온 일을 생각했다. 국장은 겨우 이틀 전에 거기서 돌아왔다. 그가 지금 서 있는 제국의 최고 권력을 상징하는 문양으로 장식된 특별석과 그곳은 완전한 별세계나 다름없었다.

비가 내리는 황량한 시골, 연기와 안개에 덮인 검고 메마른 광야, 기차역의 선적장, 굶주림으로 반쯤 숨이 막힌 사람들, 짐과 여행 가방을 든 남자, 여자, 아이들이 비틀거리며 나오는 가축운반차. 친위대 요원들이 그들을 몽둥이로 두들겨 패서 걸쭉한 진창으로 몰아넣고 징 박힌 무거운 군홧발로 그들을 짓밟아 댔다. 울부짖음과 피, 비명을 지르는 아이들, 구타와 권총, 수용소까지 길은 멀었고 길가에는 시체들이 널려 있었다. 밤낮을 가리지 않고 연기를 뿜어내는 굴뚝들, 안개와 진창, 철조망과 기관총이 설치된 망루. 진창과 피, 욕실처럼 타일을 바른 방에 가스가 스며드는 소리, 땅을 뒤덮은 재들, 소각된 수천 명의 시신이 뿌려진 들판.

국장은 만족스럽게 미소를 지었다. 그들은 모두 아무것도 모르는 척하고 있다. 그들은 아무것도 알고 싶어 하지 않는다. 그들은 유대인에 대한 말은 한 마디도 들으려 하지 않는다. 그는 동부에서 무슨 일이 벌어지고 있는지 알고 있어서 행복했다. 물론 하이드리히도 알고 있다. 하지만 총독은 자기 부하들이 훌륭히 작업을 수행하고 있다는 데 자신이 만족하고 있다는 사실을 결코 밖으로 드러내지 않았다.

오케스트라가 악기들의 음을 맞추기 시작했다. 이제 인사를 고할, 무엇보다 그날 밤 베를린으로 돌아갈 특별한 손님에게 인사를 고해야 할 시간이었다. 잠시 뒤 모차르트의 달콤한 음악이 다시 한번 극장 가득 울려 퍼졌다.

워싱턴에서 온 테너색소폰 솔로

요세프 슈크보레츠키

대통령[1]은 색소폰을 연주하기 위해 10시에 레두타 재즈클럽에 도착할 예정이었다. 하지만 9시 15분인데도 그는 아직 나타나지 않았다. 미리 와 있어야 할 경호원들도 보이지 않았다. 단지 군용 헬기 한 대가 프라하 도심을 선회하면서 혹시 있을지 모를 저격수들을 찾아 바로크 양식 건물들의 지붕밑 벽에 스포트라이트를 비추고 있었다. 나치 점령 기간 동안 「O.K」라는 지하 스윙잡지를 발행한 적 있는 체코의 원로 재즈 평론가 루보미르 도루슈카는 우리가 고도[2]를 기다리는 게 아니길 바란다고 침울하게 말했다. 모여 있던 재즈 연주가들 사이에서는 소문이 하나 돌고 있었다. 사실 그 소문은 두 가지 버전이 있었다.

대통령이 프라하 성에서 나와 『엄중히 감시받는 열차』와 『너무 시끄러운 고독』을 쓴 전설적인 체코 소설가 보후밀 흐라발[3]을 만나려고 황금호랑이 호프집으로 갔지만 대통령과 만남을 앞둔 보후밀이 마음을 가라앉히기 위해 다른 호프집 몇 군데를 돌아다니며 기운을 북돋다 길을 잃는 바람에 허탕을 치고 말았다는 것이었다. 소문의 두 번째 버전에 따르면 프라하에서 대통령의 동선을 책임지는 사람들이 황금호랑이를 검정황소와 혼동해서 워싱턴에서 온 남자와 불확실한 수의 그 경호원단이 검정황소 술집에 가서 보후밀 흐라발이 아니라 그곳 단골손님인 카렐 페츠카[4]와 맥주를 마시게 되었고, 그래서 박학다식한 대통령이 예순여섯 살 먹은 소설가에게 팔십대 노인치고는 젊어 보인다고 덕담까지 건넸다는 것이었다. 그것이 늦어지는 이유에 대한 설명이었다.

수십 년 동안 음악가들과 어울린 덕분에 난 그들이 거짓말을 하진 않지만 진실을 말하지도 않는다는 사실을 잘 알고 있었다. 음악가들은 그냥 수다를 좋아할 뿐이었다. 그래서 나는 대통령의 도착이 지연되는 것에 대한 그들의 초현실적인 설명을 믿지 않았다. 그리고 그건 현명한 일이었다. 그 소문인지 이야긴지 모를 것이 마른 들판에 불길처럼 휩쓸고 지나가자마자 미국과 체코 양국의 대통령들이 안으로 들어왔기 때문이다.

레두타 클럽은 프라하에서 가장 오래된 재즈클럽들 중 하나였다. 스탈린이 죽고 얼마 뒤 그 클럽들은 이르지 수히와 이반 비스코칠의 '텍스트 어필'[5]을 공연했다. 이 공연은 말과 재즈의 결합을 특징으로 하는 체코의 명물이었다. 60년대 초 재즈 사중주단 'S+H 크바르테트'[6]가 여기서 정기연주를 시작했다. 이 그룹은 고인이 된 비브라폰[7] 연주자 카렐 벨레브니와 바리톤색소폰 연주자 얀 코노파세크가 만든 것이었다. 내가 프라하에서 마지막으로 코노파세크를 본 것은 재즈 가수 에바 올메로바의 결혼식에서였다. 그는 거기서 플루트를 연주했지만 얼마 뒤 갑자기 이 나라를 탈출해서 미국으로 갔다. 여하튼 대통령 경호원단의 선발대가 안으로 들어왔을 때 내가 생각하고 있던 것은 그런 것들이었다.

그들이 오기 전에는 체코 대통령의 경호원들이 경비를 맡고 있었다. 그들 중 한 명이 금속 탐지기로 내 주머니 속에서 뭔가를 발견하고는 약간 수줍어하는 태도로 안에 있는 것을 보여달라고 요청했다. 그건 성모 마리아의 작은 입상으로, 아주 옛날 보헤미아 남부의 성산(聖山)[8]에서 산

물건이었다. 나는 북미대륙을 비행기로 횡단하는 경우가 많았기 때문에 그것을 행운의 부적 삼아 갖고 다니곤 했다. 경호원에게 그렇게 설명하려 했지만, 체코어에는 미신을 믿는 사람들이 좋아하는 이런 관습을 가리키는 표현이 없었다. 그래서 나는 영어단어를 사용했다. "그건 내 럭키 피스(lucky piece)요." 경호원은 한참 동안 손가락으로 그 물건을 이리저리 돌려 보았다. 그는 분명 공산당 정권이 만든 무신론적 교육체제의 산물이었다.

대통령의 경호원들이 레두타 클럽으로 쏟아져 들어왔다. 프라하의 기준으로는 상당히 다채로운 무리였다. 그 속에는 많은 수의 흑인과 백인 여성들도 끼어 있었다. 그들은 구색 맞추기 식으로 들어간 여자들이 아니었다. 내 눈에는 실제 삶에서처럼 그들이 과반수를 차지하는 것처럼 보였다. 대통령이 여자 경호원들 중 한 사람을 가까이로 불러 그녀의 귀에 무언가를 속삭이자, 그녀가 다시 남자 동료에게 귓속말을 했다. 어깨가 넓은 남자들 한 무리가 남자 화장실로 몰려갔다. 하지만 그들은 숨어 있는 암살자를 쫓아간 것이 아니라 대통령이 마신 맥주 때문에 움직인 것이었다. 대통령은 테이블 맞은편 사람을 홀로 남겨놓고 화장실로 사라졌다. 그 사이 체코 대통령은 손님이 잠시 없는 틈을 타 담배에 불을 붙였다. 레투나는 아직―아마도 영원히―금연구역이 아니었다.

그 사이 무대 위에서는 테너색소폰 연주자 슈테판 마르코비치가 이끄는 체코인과 슬로바키아인으로 구성된 환상적인 밴드가 연주를 시작했다. 슬로바키아인 유라이 바르토가 트럼펫으로 30초짜리 당김음들을 하늘 높은 곳은 곳까지 끌어올리는 동안, 보헤미아 동부 국경지역 출신으로 나와 고향이 같은 로베르트 발카르는 내가 『비겁자』와 『인간 영혼의 기사』에 묘사한 전설적인 시대에서 고스란히 가져온 듯한 스타일의 베이스로 이 미국 음악을 뒷받침해 주었다. 곧이어 '스피리투알 크빈테트'[9]의 공연이 계속되었다. 그들이 부른 천상의 소리 같은 '요단강의 날개들'[10]의 노래들은 독일군 점령 시기에 단파 라디오를 통해 밤에 몰래 듣곤 했던 추억 속의 음악과 똑같이 들렸다. 워싱턴에서 온 신사가 화장실에서 돌아왔다. 나는 그가 진짜 자신이 있는지 의심스러웠다.

대통령은 무대에 올라가서 악기를 찾아 두리번거렸다. 하지만 보이는 것은 천에 덮인 성체현시대[11]처럼 생긴 물건뿐이었다. 체코 대통령은 담배를 끄고 동행이 없는 틈을 타 피웠던 일곱 개의 꽁초에 한 개를 더하고는, 자기도 무대 위로 올라가 줄을 당겼다. 그러자 천이 흘러내리면서 커다란 금색 테너색소폰이 드러났다. 그걸 대통령에게 주면서 체코 대통령은 자랑스럽게 그것이 체코에서 만든 물건이라고 말했다.

확실히 그건 자랑할 만한 물건이었다. 리드[12]를 교체하고 나자 그 악기는 미국 대통령의 능숙한 손가락 아래 마치 대가가 연주하는 것 같은 소리를 냈다. 적어도 내겐 그렇게 들렸다. 참석한 밴드 리더들 중 한 사람이 내게 말한 것처럼 그건 분명 프로페셔널의 솜씨였다. 그 남자는 내 소설 『팽창의 계절』의 영화판을 위해 불쌍한 프리츠 바이스[13]의 옛 노래 '나는 오늘 문을 잠그겠어요'를 녹음해준 사람이었는데, '게토의 스윙어들'의 주인공 프리츠 바이스는 아우슈비츠 수용소의 등불 아래서 자신의 마지막 곡을 연주했다.

물론 나중에 사람들은 미국 대통령이 '서머타임'과 '나의 명랑한 발렌타인' 딱 두 곡만 연주할 수 있었을 뿐이라고 말했다. 아마도 그들이 옳을 것이다. 어차피 대통령들에게 너무 많은 걸 기대할 수는 없으니까 말이다. 나는 체코 대통령이 '아흐 신쿠, 신쿠 (Ach synku, synku)' — '오, 내 아들, 나의 아들아' —라는 체코 민요를 부르는 걸 들은 적이 있다. 미국 대통령은 적어도 '서머타임'을 연주할 줄은 알았다.

그러나 대통령의 연주를 듣기보다 내 관심은 바리톤색소폰을 든 남자에게 가 있었다는 사실을 고백해야겠다. 그 남자는 대통령이 연주를 시작하자 무대 옆에서 불쑥 모습을 드러내더니 허락도 구하지 않고 밴드스탠드에 뛰어올라 연주에 끼어들었다. 내가 마지막으로 그 사람을 본 것은—하나님 맙소사!—20여 년 전 '빨레 롸얄'이라는 토론토의 스윙 댄스홀에서였다. 그 벽에는 베니 굿맨과 글렌 밀러[14]의 초상화가 걸려 있었다. 하지만 그곳에서 춤을 추는 사람은 아무도 없었다. 왜냐하면 대가들이 즐비한 멋진 빅밴드가 그날의 주인공이었기 때문이다. 그중에서 기술이 제일 떨어지는 사람은 밴드의 리더인 우디 허먼이었다. 하지만 그는 위대한 스윙 소울로 기예의 부족을 완벽하게 메우고 있었다. 내 기억에 그건 허먼의 마지막 허드였다.[15] 그리고 그와 함께 색소폰 부분에서 훌륭하고 창조적인 리프[16]로 가득 찬 솔로연주를 하고 있던 사람이 바로 지금 대통령과 함께 연주하고 있는 그 남자였다. 그는 에바 올메로바의 결혼식 며칠 뒤 나보다 먼저 미국으로 떠났다. 그는 버클리음대를 마치고, 허먼과 문제가 생긴 뒤 30년 동안 유람선을 타고 오케스트라와 함께 7대양을 누비며 보냈다. 하지만 프라하의 재즈 팬은 그 남자를, 내 오랜 친구 얀 코노파세크를 잊지 않았다.

그래서 난 아마 워싱턴에서 온 테너색소폰 연주자의 연주를 열심히 듣지 않은 걸 용서받을 수 있을 것이다. 내 머릿속에서는 추억이 밀려들고 있었다. 코노파세크는 미국의 국가인 '성조기여 영원하라'와 체코 국가 '나의 조국은 어디에'를 결합해서 만든 곡을 테이프로 틀었다. 두 나라의 국가는 마술처럼 하나가 되었다. 그래서 나는 레두타에서 내가 매우 깊이 신뢰하는 위대한 민주주의국가의 대통령과 재즈꾼들에게 둘러싸여 있는 체코 대통령 때문에 기분이 좋아졌다. 재즈꾼들은 한때 색소폰을 아예 금지하기까지 했던 무지몽매한 세월이 40여 년이나 계속되는 동안에도 너무나 훌륭하게 승리해 왔던 것이다.

기차역에 가다

야힘 토폴

도시는 변하고 있었어. 하늘에는 천 년 전이든 언제든 변함없이 믿음직한 달이 캄캄한 밤의 입구에서 어물거리고 있었지. 어떨 땐 술 취한 사람의 얼굴처럼 빵빵하게 부풀어 올랐다가 다음 순간 구름 속으로 흘러들어가 잘 보이지 않는, 환하게 빛나진 않지만 여전히 도시의 똥개들을 환장하게 만드는 싸구려 장식방울이 말이야. 달빛이 서늘하게 발할 때마다 땅 위에선 연인들이 술병의 마지막 한 방울을 비워 버리고 서로에게 달려들어 입술로 지독한 사랑을 야금야금 씹어 먹겠지. 살인마는 상처에 쑤셔 넣은 칼을 비틀며 비웃음을 흘릴 것이고, 여기 이런 빛 속이라면 상냥한 엄마가 갑자기 아기에게 끔찍한 짓을 저지를 수 있는 것이겠지. 금빛의 기(氣)가 철로로 흘러내려와 전차와 기차들이 빛의 홍수 속에서 찬란하게 빛났어.

……대지의 신이 어둠의 한가운데를 부여잡고 갓 벗겨낸 가죽처럼 밤을 훌렁 뒤집었지. 하늘에 불타는 태양이 나타나 벽과 길거리를 세차게 두들겼어. 그제야 더러운 것은 더러운 것으로, 썩은 것은 썩은 것으로 선명하게 볼 수 있었지. 타오르는 태양은 피가 천천히 게으르게 흘러 달콤하게 변하게 하거나, 반대로 금방 터져 나올 것처럼 심장을 미친 듯이 움직이게 만들었어. 내겐 언제나 그런 것 같았어. 재미있는 것이라곤 아무것도 없었어.

도시는 변하고 있었어. 오랫동안 굳게 닫힌 녹슨 쇠창살과 덧문에 새롭게 색깔이 입혀지고 사람 이름이 새겨진 문패가 달렸지. 옛 유대인지구의 먼지 쌓인 지하실과 지저분한 호프집들은 화려한 명품가게로 영악하게 변신했어. 지난 세기의 큼직한 여행가방, 마돈나가 직접 구술했다는 목걸이 조각이 들어 있는 책, 파인애플과 좋은 담배, 죽은 여배우들의 일기장과 농부의 수레에서 가져온 새 바퀴들, 채찍과 인형과 모험가의 피가 담긴 여행용 컵, 동전과 카프카의 초상, 과녁에 공산당 대통령들이 그려진 사격연습장, 온갖 잡동사니들 등 생각할 수 있는 건 무엇이나 찾을 수 있었지. 어느 진열창 뒷켠에 작은 조각상 두 개가 있었어. 버드나무 바구니들을 무겁게 짊어진 반은 개, 반은 사람 모양을 한 조각상들의 유리눈깔은 네 이름 정돈 벌써 다 알고 있는 듯이 어깨너머로 우릴 돌아보고 있었어. 그놈들은 악마의 조각상들이었지. 누가 사 갈 때까지 그놈들은 오랫동안 거기 앉아 있었지. 마침내 그놈들이 없어졌을 때 난 안도감을 느꼈어. 하지만 다음 날 그 자리에 보석을 박아 넣어 만든 녹색 눈과 칠흑 같은 머리칼을 가진 고양이 여인의 인형이 놓여 있었어. 그 인형의 머리칼은 진짜 사람의 머리카락이었지. 기분 나쁘기는 매한가지였어. 가게의 소유주인 포체너란 회사는 빈에 있는 회사였는데 그 회사 로고에는 쇠뿔이 달려 있었어.

도시는 변하고 있었어. 부서진 낡은 담들은 철거되고, 대충 발라 놓은 회반죽 벽의 찍찍 금이 간 알쏭달쏭한 지도들 위로 광고지들이 나붙었지. 길이 새로 포장되고, 오랫동안 서 있던 쇠와 나무로 만든 울타리들은 하룻밤 사이에 사라져 버렸어. 초라한 건물들을 인수한 새 주인들은 그걸 호텔과 술집과 유리제품 도매상과 여행사로 바꾸려 했지. 아파트 1층에서는 바지, 외투, 나무장난감, 핫도그, 생강과자, 금붙이 같은 걸 팔았어. 수입을 신고한다는 생각 따윈 농담이었지. 그 밉살맞은 놈들은 "돈은 더럽지 않다"고 말했지. 그놈들은 자기 이해에 따라 거리와 광장들을 구획했어. 도시 주변부와 외딴 지역들에서 디스코텍, 소형 백화점, 새로운 바와 레스토랑 같은 것들이 들어선 새로운 중심지들이 솟아났지. 매일 저녁 우리 동네의 세탁소는 아줌마들로 가득 찼어. "내가 이젠 그저 자기 집주인일 뿐이라고 나한테 말하더라고. 그래서 난 그놈을 내쫓아버렸지, 그놈은 이제 살 곳이 없는 거야." "우리 집 그 작자는 오늘도 분명 술이 취해 들어올 거야. 지난번 그 인간이 장 보러 갔을 때는 산 물건들이 다 썩어 버릴 때나 돼서야 집에 들어왔지, 뭐야." "셔츠 여기 있습니다, 손님." 여자는 나에게 말하며 냉큼 꺼지라는 눈짓을 보냈어. "그래, 좋아요. 돈이 부족하네요. 다음 달 일일까지 다 내세요. 아니면 목욕가운 하나를 빼든지." "그 양반은 그런 힘줄이 많은 고기를 먹지 않아요." 나는 다른 여자가 말하는 소리를 들었어.

하지만 그건 삶에 대한 내 갈망을 다 채울 수 없었지. 난 내 왕성한 정신을 사업 활동에 써먹을 궁리를 했지. 나는 문필상인, 매문가, 세상 물정에 밝은 글쟁이의 길로 나아갔어. 이웃들이 대개 더 성공적이었어. 사기꾼, 공갈범,

주정뱅이인 두나르는 '나이트랜드'의 주인이 되었어. 그 디스코텍은 어느 조폭 손님이 옆자리에 던진 달군 돌에서 나는 불탄 고기 냄새를 풍겼지. "언제 한번 꼭 또 오세요." 돈을 좇아 프라하에 온 더러운 외국 조폭놈들이 보낸 심부름꾼에게 두나르가 말했어. "또 오기만 해 봐. 그럼 죽여 버릴 테니까." 겁도 없이 보호세를 요구하는 건방진 녀석에게 두나르가 말했어. 다음 주에 조폭들이 그 친구를 총으로 쏴 죽여 버렸지. 그 친군 그냥 놀러 온 것일 수도 있었어. 하지만 조폭들은 다시 기회를 주지 않았지. "이걸 엄마한테 보여줘." 두나르가 능숙한 솜씨로 그 녀석이 데려온 여자의 쇄골을 부러뜨리면서 말했어. 그러자 두나르가 거느린 덩치들이 여자를 딱 죽지 않을 정도로만 두들겨 팬 다음, 죽은 보호전문가의 시체와 함께 범죄의 흔적으로 얼룩진 카펫에 둘둘 말아서 시내 밖 쓰레기장에 갖다 버렸지.

아침 여섯 시에 내 덤프트럭으로 가려고 나이트랜드를 지나가다 두나르가 자기 BMW 보닛 위에 올라앉아 막 아침을 먹고 있는 걸 보았어. 반쯤 취한 종업원 서너 명이 영국 왕실의 근위병 교대식만큼이나 볼 만한 멋진 묘기를 부리며 통닭과 샐러드, 도금한 이쑤시개, 바구니와 접시,

술잔과 술병을 들고 왔다 갔다고 하고 있었지. 흘러간 '아바(ABBA)'[1]의 옛 노래가 흥겹게 흐르고 있었어. 두나르는 꺼억 트림을 내뱉더니 내 쪽으로 와인 병을 던지며 꽥 소리를 질렀어. "꺼져, 이 글쟁이야!" 난 살짝 몸을 피했지. 두나르가 얼마 전 자기 가게에 대한 찬사 몇 편을 써달라고 부탁했었거든. 아무리 큰돈을 준다 해도 난 여전히 그런 일들에 서툴렀어. 두나르는 내 재능에 믿음을 잃어버린 게 틀림없었어. 그 병이 나한테서 3미터나 떨어진 벽에 맞고 부서졌는데도 그의 충견들 중에서 내 목에 콧김을 뿜으러 오는 놈이 한 마리도 없었으니까.

공장 노동자들이 지난밤의 숙취를 턱밑까지 끼운 채 출근하고 있었어. "안녕, 프란타." 두나르가 인사했어. "안녕, 루보시. 안녕, 라딘, 재미는 좀 어때?" 아무 의미 없는 인사말이었어. 두나르의 BMW는 진수성찬을 보닛으로 끄떡없이 버티며 거대한 검정 딱정벌레처럼 번쩍 대고 있었지. 두나르는 자기 종업원들과 경호원들과 함께 파티를 하고 있는 게 틀림없었어. 노동하는 송장들이 미소를 지었어. 그들의 속은 보이지 않았지만, 그들은 두나르가 자신들이 알고 있다는 사실을 알고 있다는 것을 알고 있었어. 그들은 같은 피를 갖고 있었지. 분명히 네 궁둥이

밑에서 의자를 빼고, 숟가락 아래서 국그릇을 빼앗아 그걸 눈에 밀어 넣으려고 지배자가 시내로 내려오고 있었어. 그는 네 자식들을 노예로 만들 것이고, 그것도 모자라 자기 추종자들인 네 딸과 아내들을 데려가 길거리에서 근수로 쳐서 팔아 버릴 거야. "안녕, 밀로쉬. 안녕, 요진. 이 못된 자식, 잘 가. 안녕." 옛 동급생과 친구들과 감방 동기들과 공장의 동료들, 옛 학교, 교회, 당, 군대의 형제들. 한때 그들은 나란히, 말하자면 주먹과 주먹을 맞대고 함께 살았어. 하릴없는 잡담은 종종 경찰에 밀고하는 걸로 이어졌지. 요즘 그들은 그저 침과 함께 질투와 증오를 꿀꺽 삼킬 뿐이야. 언젠가 그들 중 하나가 두나르의 머리를 박살 내겠지. 곧 그럴 수도 있고, 그러지 않을 수도 있어. 적당한 때가 되면 언젠가.

도시는 과거의 엄숙하고 우울한 얼굴, 썩어 문드러지고 있던 볼셰비즘의 가면을 벗어 버리고 다른 천 개의 얼굴들로 그것을 대신했지. 그중 어떤 것들은 웃는 표정으로 분장한 광대의 얼굴이었어. 톱밥과 짐승똥 냄새를 풀풀 풍기는 서커스 무대의 늙고 익살맞은 알코올 중독자들이 여기저기 난 작은 마맛자국 몇 개와 조금 찔린 상처 때문에 생긴 시시한 흉터를 가리려고 애써 봤자 누가 관심이나 가질까? 그 화려하게 색칠된 광대 입술은 기껏해야 난폭한 젊은이들과 세계 곳곳에서 온 여자 관광객들, 수줍은 첫 키스와 잠깐의 애무, 전설로 뒤덮인 이국땅의 신비로운 황혼 속에서 피우는 첫 번째 마리화나와 낭만의 아지랑이 속에 허우적대는 예술 지망생들을 위한 것일 뿐. 그들의 손톱 밑에는 철의 장막에서 나온 녹이 끼어 있었고, 철의 장막 뒤엔 이제─마침내─탱크 사열은 간데없고 미친 듯이 놀아 보려고 멋진 여권을 들고 동유럽을 찾아온 부잣집 아들딸들을 위한 인형극이 펼쳐졌지. 그들은 동물원을 기대하다 밀림을 발견했고, 밀림을 기대하다 버려진 무대장치가 든 창고를 발견했지. 그리고는 자기들을 사로잡은 영혼과 얼굴에 거울이 달린 귀신과…… 일곱 살 때 모리슨과 케루악[2]을 떼고, 열한 살에서 열여섯 살까진 실존주의와 현상학에 빠졌다가, 그리고는 온갖 마약을 섭렵한 음울한 인텔리 여자를 찾아 헤매는 거야. 개과천선한 그 여자들은 다른 남자와 새 인생을 시작하려고 예수와 사랑에 빠졌지. 성깔 사나운 여자들, 그 뒤에는 순응하지 않는 것이란 무엇이며, 친환경적인 것은 무엇이며, 마녀적인 것은 무엇이며, 레즈비언적인 것이란 무엇인지에 대해 풍부한 견해로 무장한 남성 혐오자들이 되었지. 그 여자들은 자기 생각을 말하고, 말하고…… 또 말해서 냉소적인 은퇴한 체코인 집주인들을 지긋지긋하게 만들었어. 이윽고 온 세상의 미치광이들이 2달러와 세계관과 비전을 가지고 이 도시에 내려와 조직과 운동과 신문을 만들었지. 아니면 기분 전환 삼아 볼 수 있는 새로운 TV를 위해 끝없이 긴 전선을 허리에 두르고 시내에 들어왔어. 그것은 문화를 만들어 내거나, 최소한 촌구석 바보들을 위한 귀여운 작은 정파를 만들거나, 유한책임회사를 만들어냈지. 하지만 결국 그건 종잇조각일 뿐이었지, 응?…… 돈이 떨어지면 그들은 사라졌어. 도시와 도시의 투기꾼들이 스펀지처럼 그들을 빨아들였지.

나도 하마터면 죽을 뻔했어. 이 도시…… 그 점쟁이와 밤들…… 새로운 주인들은 시내 일부에 존경받는 사업가의 복장을 입혀 주었지. 은행과 환전소와 폐허 위에 펄럭이는 색색의 깃발들. 저격수들이 고용되어 비둘기들에게 공기총을 마구 쏴 댔어. 배설물들의 폭탄이 양복쟁이들의 소화를 방해하지 않게 말이야…… 하지만 다른 동네들은 빠른 손놀림과 필생의 훈련에도 불구하고 병이 나거나 재수 없이 나쁜 패만 들어오는 바람에 언제나 패배할 운명을 타고난 카드꾼들의 프로답고 말쑥한 얼굴처럼 일그러져 있었지. 어떤 동네들은 여기서 할 수 있는 제일 좋은 일은 완전히 맛이 갈 때까지 약을 하는 것뿐이라는 생각이 들게 했어. 구정물로 젖은 어두운 몇몇 골목들, 그런 데서는 감기만큼 쉽게 정신병에 걸릴 수 있었지. 하지만 어떤 곳들은 타성이라는 마력에서 벗어나 행복했던 시절과 다시 이어진 것처럼 보이기도 했지. 기적이라고 해야 할까, 아주 당연한 일이라고 해야 할까 모르겠지만, 그런 곳들은 이 도시에서 가장 오래된 장소들이었지. 안에 체코 왕들의 무덤이 있고 밖에 낮게 나는 비둘기들과 참새들과 게으른 제비들이—내 맘대로 표현하자면 마치 그곳이 새들에게 낯선 곳으로 느껴지는 것처럼—고귀한 관능성을 갖고 움직이는 대성당이나 그놈들 때문에 아주 자주 골치 아파하던 대수도원장이 살던 수도원 같은 곳들 말이야.

난 숙취에 시달리며 남부 역사 안을 걷고 있었어. 탐정소설이나 도색소설 같은 싸구려 책들의 화려한 표지들을 구경하면서 말이야. 그 책들의 제목이 느리게 머릿속을 울리며 지끈지끈 아파 왔어. 그것들은 세계지도 위에 있는 장소들처럼 보이기도 했지. 여기 명소들이 있어요. 여기는 「천 명의 색마들」, 여기는 「블랙 메리」, 여기는 「거미집」, 여기는 「로봇들의 반란」. 까치발을 하면 「산 채로

요리된」과 「하녀의 꿈」과 「주먹의 지배」와 「공포의 거리」가 보여. 그 옆에는 야채 가게가 있지. 뭔지 모를 아시아의—그리고 아니스와 오레가노, 육계피와 올리브 피칸과 레몬과 건포도의—강렬한 향기가 「돌연변이의 왕」과 「식인종」, 그리고 그 옆 냄새나는 화장실 쪽으로 흘러가는 독특한 냄새의 막을 만들고 있었어. 신문가게 주인이 포르노비디오에 야채까지 팔고 있었지.

　난 길쭉한 홈 앞에 서서 오줌을 누고 있었어. 「영계 매춘부」의 표지에 다리를 활짝 벌리고 짙은 화장을 한 창녀의 종이눈이 나를 지켜보고 있었지. "딸딸이 치는 거 좋아하나?" 옆에 선 남자가 내게 말을 걸었어. 숙취에 찌든 내 머리는 그놈의 얼굴에 번개같이 주먹을 날리라는 명령을 미처 내리지 못했어. 그래서 나는 거기 그대로 서서 "허?"라고 묻는 어리석은 짓거리를 하고 말았지. 말을 건 남자는 이 변소의 주인이었어. 사업가였지. 이런 친구도 운동이니 센터니 하는 것들을 세우고 있을까? 인생을 바꾸는 법, 자아와의 조화, 부자 되는 법, 독일어 한 시간 정복, 잘 먹고 3일 만에 다이어트하기 등등? "그래, 난 자넬 이 근처에서 자주 봤지." 그자가 말을 계속했어. "나는 이 옆에서 일하는데요." 나를 할 일 없이 쏘다니는 놈으로 생각하지 않도록 그렇게 말했지. 하지만 그자는 어쨌든 그렇게 생각할 거야 "딸딸이 치는 거 좋아하나?" "뭘 친다고요?" 난 순진하고 당황한 인상을 주기 위해 최선을 다했어. 그놈은 오는 사람이 없나 보려고 문 쪽을 한 번 흘낏 보고는 말했어. "우리끼리 말인데, 만약 딸딸이 치는 걸 좋아한다면, 우린 쇼를 해서 한몫 벌 수 있을 거야." "예?" "그래, 자네는 그냥 칸막이 안에서 딸딸이를 치면 돼, 그럼 그자들이 구경할 거야." "누가요?" "누구긴 누구야, 변태들이지. 그래 이건 두 성인들 간의 엄격한 사업얘기야. 자네한텐 아무 일도 생기지 않아. 그놈들은 그냥 구경만 하는 거야. 자네 연속해서 몇 번이나 딸딸이를 칠 수 있지? 잘 들어봐. 자넨 머리가 길어. 머리에 뿔 달린 투구만 쓰면 곧바로 바이킹이 되는 거지." "으음." 나는 신음했어. "돈벌이가 시원찮지, 그렇지?" 그자는 못마땅한 얼굴로 내 초라한 양복을 보면서 말했어. 하지만 이자는 깡촌 출신이었어. 이자가 대체 뭘 알겠어. 여기 이 면 옷은 브랜드가 있는 거라고. "미안합니다." 내가 말했어. "붙잡지 말아요." 난 작은 플라스틱 접시에 동전을 넣지도 않고 그 남자를 남겨 놓은 채 자리를 떠났어.

 나는 기차역 안의 유목민 무리들을 지켜보고 있어. 만

약 그자가 모든 바이킹들을 그런 식으로 괴롭히고 다녔다면 분명 역 앞의 덤불들이 공중화장실의 강력한 경쟁자가 됐을 거야. 돈이라. 어쨌든 그 작자가 내게 얼마나 줬을까? 그 더러운 상판으로 볼 때, 그놈이야 말로 진짜 변태가 확실해. 뿔 달린 투구? 그래, 맞아. 그건 경비원들한테 붙들려가기 딱 좋은 물건이지! 돈, 돈, 돈. 하지만 약간의 자극을 넣지 않고 돈을 벌기는 확실히 불가능해. 그 점엔 논란이 있을 수 없지.

나는 남부역을 진짜로 좋아했지. 지금의 공항처럼 기차역을 숭배하던 옛날 사람들처럼 말이야. 둥근 천장을 떠받치는 아르누보 양식의 금속과 유리. 귀퉁이의 핑크색과 초록색 꽃들은 너무 높은 곳에 있어서 그 위에 새겨진 세밀한 도안들을 알아볼 순 없었어. 그 당시 장인들은 여전히 자신들이 만든 물건들을 하나님이 볼 수 있다고 믿었지. 적어도 그들 중 일부는 아주 세심한 사람들이었어. 그건 확실해. 자유사상가는 결코 저런 나선형을 생각해낼 수 없어. 저것들이 어떻게 서로서로를 휘감고 있는지 한번 보라니까. 아니면 저건 프리메이슨의 상징 같은 것일지도 모른다는 생각이 들었어. 나는 거기 서서 몸에 한기가 들 때까지 끝없이 그걸 눈으로 좇았어. 그때 갑자기 내가 아주 행복한 기분으로 굴러 들어간 끝없이 캄캄한 터널의 안개 속에서 쥘 베른의 이미지가 나타나는 거야. 더 살기 좋았던 시절 나는 어떤 바보 녀석이 갖고 있던 롱디[3]가 찍은 쥘 베른의 은판사진을 골루아즈[4] 한 보루와 바꾼 적이 있었지. 나중에 그 녀석의 형이 그런 멍청한 짓을 저지른 그 자식을 죽이려 들었어. 그리고 둘이 함께 와서 그걸 돌려달라고 했지. 하지만 나는 꿈쩍도 하지 않았어. 아무리 야만적인 시대라도 거래는 거래인 법이니까. 화장실의 나무문도 아르누보 양식이었어. 요정 모양의 경첩, 걸쇠와 받침대, 요즘 문으로 쓰는 싸구려 합판의 여섯 배는 족히 됨 직한 크기. 마치 거인들을 위해 만든 것 같았어. 사실 그 역 전체가 모두 오래전에 사라져 버린 종족을 위해 세워진 것 같았어. 만약 그런 거인 족들이 몇 명 여기 나타난다면 이곳의 천민들은 틀림없이 꼬리를 말고 정신없이 달아날 거야. 나도 뒤따라 도망치겠지. 하지만 세기의 다른 끝에서 온 그 유능한 목수들은 자신의 작품에 아무 결점도 남기지 않았어.

나는 여전히 대기실에 가서 타일이 발라진 거대한 난로를 잠시 찬양하고 싶었어. 옛날 빨갱이 괴물들이 거기다 '프롤레타리아트 코너'란 걸 만들었지. 나는 거기서 별 용무 없이 시간을 죽이곤 했어. 조용히 명상을 하면서 말이야. 나는 기운을 북돋우려고 역 앞 매점에서 커피 한 잔을 사 마셨어. 머릿속에서 똑딱대던 소리가 견딜 만해졌을 때 벤치에서 낯익은 얼굴을 발견했지. "안녕, 미치네츠."

미치네츠는 몇 번씩이나 내 꼭지를 돌게 만들 정도로 오래 알아 온 사이였어. 녀석한테 깨진 병조각 몇 개를 받고 아버지 시계를 줘 버린 적도 있었지. 마쉬탈리조바란 아가씨 때문에 스케이트로 나를 벤 적도 있었어. 녀석이 내 작은 들소 사냥활을 부러뜨린 적도 있었지. 그놈은 라이터로 내게 불을 붙이고, 날 괴롭히고 욕하기도 했어. 녀석과 내 가족이 같이 살던 건물에서 부서지거나 도둑맞은 물건들이 생기면 무조건 내 짓이라고 뒤집어씌우기도 했지. 하지만 이제 우리 아버지들은 모두 흙으로 돌아가셨고 남은 가족들은 모두 기관으로, 원룸 아파트로, 묘지로 뿔뿔이 흩어졌어. 그 시계는 이제 구식으로 보일 거야. 그 매혹적인 빨간머리 아가씬 어쨌든 이제 성질 더러운 할망구가 다 됐겠지. 그래, 다 지난 일일 뿐이야. "어떻게 지내, 미치네츠?" 녀석은 벤치에 몸을 비틀고 앉아 손으로 옆구리를 누르며 혼자서 뭔가 투덜거리고 있었어. 미치네츠가 내 쪽으로 고개를 돌렸어. 그 눈은 순수한 공포로 가득 차 있었어. 그리곤 하늘을 향해 머리를 젖히며 몸이 뻣뻣해지는가 싶더니 조용해지는 거야. 미치네츠의 손이 벤치에서 미끄러졌어. 녀석의 옆구리는 피로 물들어 있었어.

에필로그

위대한 도시가 보인다

다니엘라 호드로바

　태초에 그 도시는 내게 '프라하'라는 하나의 단어에 지나지 않았다. 얼마 후, 나는 아기침대에 누워 전차가 지나칠 때마다 천장을 깜빡거리며 스쳐 가는 빛의 띠들을 볼 수 있었다. 그 도시는 내게 멀리서 잠자고 있는 무시무시한 맹수로 상상되었다. (어린 시절, 나는 우리 아파트가 이 도시의 변두리에 있다고 생각했다. 하지만 실제로는 도심에서 걸어서 30분 거리밖에 떨어져 있지 않았다.) 가끔씩 창문으로 후끈하고 이색적인 야수의 숨결이 불어 들어와 파도처럼 나를 휩쓸고 지나갔다. 하지만 그 야수는 굴속에 틀어박혀 자고 있는 것이 아니라, 호시탐탐 덤벼들 기회를 노리며 몸을 숨기고 있는 거였다.

내가 금속 울타리가 둘러 쳐진 아기침대를 떠나, 몇 년 전 한 유대인 소녀가 수용소에 끌려가는 걸 피하려다가 떨어져 죽었던 5층 발코니에 처음으로 나갔을 때, 그때까지 야수의 이름이었던 그 단어는 눈앞에 펼쳐진 변덕스럽고 매혹적이며 불안한 공간으로 변했다. 처음에 도시는 단지 넓은 공터로, 사방이 벽으로 둘러싸여 있는 어두컴컴하고 야트막한 땅이라고 생각되었다. 어린 시절 내가 살았던 공동 아파트가 프라하에서 가장 큰 공동묘지인 올샨스키 공동묘지 맞은편에 세워져 있었기 때문이었다. 내 방 창문은 묘지를 바로 내려다보는 곳에 있었다. 할로윈 데이 같은 명절이 되면 그 묘지는 펠리니의 영화 '아마코드' 의 한 장면처럼 무수한 빛의 점들이 어른거리는 거대한 유람선으로 변해 내 창문을 지나쳐 갔다.

내가 이 도시를 처음에 어떻게 인식했는지 기억해 내려 한다면, 아마도 이 세상에 태어나 의식이 생긴 것과 동시에 무(無)로부터 프라하가 생겨났다는 인상을 가지고 시작할 수밖에 없으리라. 그러한 인식이 자라난 공간은 내가 태어나기 직전에야 지금의 모습을 갖추었다. 부베네치 요양원에서 조부이신 수석의사 얀 예리에 박사의 손에 이끌려 내가 세상에 태어났을 때, 프라하 분지는 아직 원시의 바다로 채워져 있었고 바닥은 화산 폭발 때문에 온통 구멍투성이였다. 분출된 용암은 프로코프 계곡과 비셰흐라트 암벽과 카를로프 절벽을 깎아 내면서 점차 단단한 암석으로 굳어졌다. 지난 세기의 프랑스 지질학자 조아심 바랑드[1]는 이 암석들 속에서 삼엽충 등 고생물들의 화석을 발견했다. 내 생애 최초의 날들에 상응하는 그런 고대의 바다가 미래 언젠가 역병이 유행하는 시기에 올샨스키 묘지가 생겨날 장소를 덮고 있었다. 그 바다는 우리가 사는 건물인 예전에 독일인 가족의 것이었던 아파트에까지 밀려왔다. 그들은 내 방에 파란색 벨벳 커튼이 달린 인형극장을 남겨 두었다.

이제 바다가 물러나기 시작했다. 지하실 벽은 관리인의 아들 페터 N과 내가 혀로 맛보곤 했던 소금결정으로 반짝이고 있었다. 당시 그 건물은 내게 지옥과 연옥과 천국, 아니면 차라리 그냥 뭉뚱그려 지하세계라고 불러야 할 것으로 점차 변하고 있던 도시 전체와 같은 것으로 느껴졌다. 왜냐하면 그것들 사이의 뚜렷한 경계를 찾을 수 없었기 때문이었다. 은총받는 장소와 저주받는 장소가 뒤섞여 있다는 것, 이야말로 이 도시 전체를 특징짓는 성격 중 하나가 아닐까?

바다는 더 멀리 물러났다. 마침내 고대의 암흑으로부터 블타바 강이 솟아나 그 지류들이 강과 조응하기 위해 내려온 계곡들을 깎아 냈다. 강은 프라하 분지를 경계 짓는 높은 산등성이로부터 천천히 흘러내리며 플로라, 올샤니, 판크라치 고지대와, 보호니체 언덕에 퇴적층을 남겨 놓았다. 물은 점차 카렐 광장과 보디치코바 거리의 높이로 내려왔다. 내가 방 한가운데 있는 아기울타리에서 처음으로 두 발로 일어섰을 때 프라하 분지에는 사냥꾼들이 나타나 인간의 손길이 전혀 닿지 않은 숲속에서 들짐승들을 쫓고 보리수나무 줄기에서 꿀을 따며 사냥길이 엇갈리는 곳에서 악귀들에게 제물을 바쳤다. 그리고 도자기를 만드는 사람들이 나타났고, 뒤를 이어 종처럼 생긴 술잔으로 술을 마시는 사람들이 활과 화살을 들고 나타났다. 기원전 4세기 말에 켈트 족[2]이 등장했고, 서력 기원이 시작할 무렵 마르코만니 족[3]이 나타났다. 슬라브 족[4]이 도착한 것은 그 뒤의 일이었다. 그때쯤 우리 집 하녀 아네슈카는 매일 오후 크림색 유모차에 나를 태우고 올샨스키 공동묘지의 벽을 지나다녔다. 슬라브 족은 우상을 숭배했고 조상에게 기도했다. 죽은 자의 모닥불에 타오르는 불꽃 위로 성스러운 나무들이 바스락 소리를 냈다. 그들은 가면을 쓰고 불가에서 춤을 추었다. 연기가 된 희생자들의 피의 악취가 유모차에 있는 아기에게 와 닿았다.

리부셰의 예언

도시는 단어인 동시에 숨어서 기다리는 야수였으며 천천히 물러나는 바다였다. 그것은 페테르 N이 지하실에서 나를 기다리는 집이었다. 그것은 또한 한밤중에 비노흐라디 극장에서 돌아와 나에게 몸을 굽히던 내 아버지이기도 했다. 아버지의 얼굴에선 분 냄새와 바셀린 냄새가 났다. (그런 극장 냄새는 내가 아직 아기였을 때 도시가 내뿜던 이국의 과일 냄새와 엇갈려 나타나곤 했다.) 그 이후로 도시는 내 마음속에서 신비로운 방식으로 극장과 결합되었다. 도시와 극장은 동일한 하나의 것이다. 그 둘은 함께 막이 올라갈 때 펼쳐지는 신성한 장면—환상—을 이룬다. 성 바츨라프의 동상이 우뚝 솟아 있는 광장[5]의 가장 위쪽, 옛날 마대문(馬大門)이 있던 국립박물관[6] 근처 어딘가에서 이 극장-도시의 막을 찾을 수 있을 것이다. 더 이상 물이 흐르지 않는 분수 위로 박물관 계단 위에 서 있는 관객 앞에서 막이 오르고 살아 숨 쉬는 장면이 펼쳐지기 시작한다. 어쨌든 경사진 광장은 무대를 닮았다. 하지만 그것은 보통의 극장처럼 박물관 계단 위의 관객을 향해서가 아니라 반대 방향인 무스테크 광장 쪽으로 기울어져 있다. 고전적인 극장이라면 프롬프터 박스[7]가 있을 자리에 오랫동안 노동절이 되면 붉은 천을 늘어뜨린 사열대가 세워졌다. 대통령들이 거기서 연설했고, 그 밑에서 행진하는 국민들은 환호와 박수로 그들을 맞이했다. 갈채는 점점 줄어들다가 결국 이 현실에서의 연극은 다른 사열대로—지금은 서커스가 자리 잡고 있는 레트나 공원으로 옮겨갔다.

바츨라프 광장—삶의 연극이 펼쳐지는 극장의 무대. 장면 일부는 상상한 것이고 일부는 실제로 벌어진 일이다.

장면 1 : "보헤미아 지역의 슬라브인"

고대 슬라브인이 살고 있는 목가적인 풍경. 그들은 앞으로 도시가 건설될 땅에 요새화된 부락들을 짓고 살았다. 왕들은 보라색과 금색으로 수놓아진 곤룡포를 입고, 기둥이 늘어선 홀에 있는 자신들의 왕좌에 앉아 있다. 비셰흐라트 또는 오피쉬[8]에 어느 날 프라하 성이 세워질 것이다.

장면 2 : "리부셰의 예언"[9]

리부셰 공주가 프르제미슬에게 보라색 곤룡포를 입힌다. 전설에 따르면 공주는 일개 농부에 불과한 그를 왕으로 만들었다고 한다. 공주는 비잔티움 군주들처럼 머리에 왕관을 쓴 예복 차림으로 박물관 계단에 서 있다. 그녀는 손에 보리수 나뭇가지를 쥐고 불타는 눈으로 중앙역 쪽 방향을 바라보며 예언한다. "영광이 별까지 닿을 위대한 도시가 보인다." 중세 역사가 코스마스[10]는 라틴어로 그렇게 기록했다. 국립극장에서 축제행사 때마다 공연되는 스메타나의 오페라 '리부셰'에서는 기묘하게도 미래의 도시가 누릴 영광에 대한 그 예언이 빠져 있다. 여러 체코 왕들과 후스주의자들, 그리고 마침내 포제브라디의 이르지[11]가 그녀 앞에 나타나고 나서 공주는 노래를 부른다. "그리고는 무엇인가? 안개가 눈을 가리는 바람에 잘 보이지 않는도다—끔찍한 비밀과 저주……" 대통령 특별석에 토마시 가리구에 마사리크가 앉아 있다. 그 뒤에 에드바르트 베네시[12]가, 그 뒤에 클레멘트 고트발트[13]가, 그 뒤에 안토닌 자포토츠키[14]가, 그 뒤에 안토닌 노보트니[15]가, 그 뒤에 루드비크 스보보다[16]가, 그 뒤에 구스타프 후사크[17]가, 그 뒤에 바츨라프 하벨이 그 자리에 앉는다. 공주는 노래를 계속한다. "내 사랑하는 체코민족은 절대 멸망치 않고, 지옥 같은 고난을 딛고 승리하리라." 이때 코러스의 합창이 따른다. "체코민족은 절대 멸망치 않고 지옥 같은 고난을 딛고 승리하리라! 영광이 있을진저!" 독일 보호령 시대의 허수아비 대통령 하하만이 이 특별석에 앉아 리부세의 예언을 듣지 못했다. 전쟁 중에 오페라 공연이 금지되었기 때문이었다. 하지만 그는 아마 전쟁이 끝나고 사람들이 미친 죄수를 햇살 아래로 데려갔을 때 판크라치 교도소의 마당에서 그 노래를 들었을 것이다. 체코민족은 멸망치 않을 것…… 지옥 같은 고난…… 작곡가는 자기가 만든 아리아를 한 음절도 듣지 못했다. 오페라를 완성한 1873년에 그는 완전히 귀머거리가 되어 있었기 때문이다.[18] 고트발트가 죽은 직후인 암흑의 50년대 초, 비밀기관에서 나온 남자들이 하쉬코베츠 교수[19]의 저택을 습격하여 스메타나의 뇌가 들어 있는 유리병을 화장실에 버렸다. 실수였을까? 고의였을까? 위대한 도시가 보인다……. 그 도시는 지옥 같은 고난을 딛고 승리하리라! 영광이 있을진저!

성 바츨라프 놀이

강을 배경으로 높이 솟은 고딕양식의 성당들은 예부터 이 도시의 가장 큰 특징으로 꼽혔다. 1989년 옛날 유대인 묘지가 있던 지슈코프의 마홀레르 공원의 쓸모없는 돌무더기들로부터 거대한 텔레비전 방송탑이 불쑥 솟아났다. 내 남편이 거대한 말뚝버섯(팔루수 임푸디쿠스)[20]이라고 부른 그 방송탑의 치명적으로 하얀 몸통은 인공적으로 만들어진 새로운 명물이 되었다. 그것의 그림자는 성심(聖心) 대성당과 내가 열세 살 때부터 살고 있는 건물 지붕 위로 떨어졌다. 나는 때때로 그 건물을 버섯처럼 하룻밤 사이에 솟아났다가 어느 날 갑자기 썩어 없어질 것처럼 생각했다. 하지만 여태껏 그런 일은 벌어지지 않았다. 그해 어느 가을날 갑자기 창밖으로 거대한 기중기의 팔이 나타났다. 두 남자를 태운 그 오렌지색과 초록색 촉수는 천천히 거리를 따라 움직였고 그 남자들은 내가 글을 쓰고 있는 방 안을 들여다보았다. 남자들의 얼굴은 무표정했다. 아래 거리에서는 그들의 이해할 수 없는 행동을 구경하기 위해 자그마한 사람들의 무리가 모여들었다. 지금까지도 그 일이 그저 우연의 일치에 불과했던 것인지, 아니면 야젤론스카 거리의 재판소에서 벌어지고 있던 사건과 뭔가 관련이 있었던 일인지 확실치 않다. 바츨라프 하벨이 재판에 회부되었던 것이다.

그해 가을에 다른 일이 나를 불안하게 만들었다. 프라하 밖에 어딘가, 흐르들로르제지라는 곳에서 검은 베레모라 불리는 특별비상경찰대가 메지브란스카, 베스메치카흐, 보디치코바 등 옆 골목들과 국립박물관까지 완전히 갖춘 가짜 바츨라프 광장을 만들어 놓았다는 소문이 돌았다. 심지어 그들은 성 바츨라프 상의 모사품도 만들었다고 했다. 그러나 조잡하게 나무를 깎아서 만든 것이라 그 성인의 상에는 말도 없고 수호성인도 없다고 했다.[21] 매일매일 경찰들은 흐르들로르제지에서 내가 성 바츨라프 놀이라고 이름 붙인 짓을 하며 놀았다. 그 놀이는 이런 것이었다. 방패를 든 남자들의 벽이 동상을 둘러싼다. 성 바츨라프가 되기를 원하며 인간 장벽을 뚫고 들어가는 사람은 두들겨 맞는다. 현실이 기묘하게도 자신을 복제하기 시작한 것이다. 그게 아니라면 내가 전에 미처 보지 못했을 뿐이었던 걸까?

그해에 또 다른 일들이 벌어졌다. 어느 날 내가 일하고 있는, 유명한 도서관과 문예원을 보유한 국립문학보관소가 있는 스트라호프 수도원의 마당에 체코 사자가 나타났다. 그놈은 오랫동안 대중에게 숨겨져 있던 동상의 모델이었다. 프라하 성으로 올라가는 호트코바 도로의 굽이에 평화롭게 누워 있는 사자와 달리 스트라호프의 사자는 사납게 서서 싸울 태세를 취하고 있었다. 그놈은 포효하는 사자였다. 민족의 부재와 망각의 상태에서 헤어나온 이 사자는 몇 달 동안 마당 한구석에 서 있었다. 마침내 어느 날 기중기가 와서 모양 없이 그놈을 번쩍 들어 올려 진짜 돌벽돌로 만든 기단 위에 놓을 때까지 외국 여행객들은 그 야수 밑에 누워 사자의 거대한 성기를 사진기로 찍곤 했다. 비록 흥정거리는 축제의 웃음거리가 되긴 했지만 이 맹수가 나타났다는 사실에서 어떤 징조를 알아차릴 수 있었다.

언어의 마술

도시의 현실에 뭔가가 작동하고 있었다. 흐르들로르제지에서, 그리고 나중에 진짜 바츨라프 광장에서 8월 21일과 10월 28일[22]의 기념일에 바츨라프 놀이를 하는 경찰들이 전혀 예상하지 못했던 무언가가. 그것은 바로 언어의 마술이었다. 브르제티슬라프 카프카[24]는 『실험 심리학』이라는 책에서 지구를 둘러싸고 있는 모든 살아 있는 사람들과 오래전에 죽은 사람들의 감정과 생각과 기억으로 만들어진 기묘한 외피에 대해 썼다. 도시들도 그와 비슷한 외피에 둘러싸여 있지 않을까? 도시를 둘러싸고 있는 그런 외피 역시 모든 시민의 삶뿐 아니라, 그 도시에 관련된 모든 신화와 예언, 지금까지 씌어 지거나, 혹은 우리가 블랙홀이나 시간의 반복 고리 같은 것의 존재를 인정한다면, 아직 씌어지지 않은 모든 것들로 만들어져 있지 않을까?

11월이 왔다. 그와 함께 벨벳혁명이 일어났다. 단 하룻밤 사이에 도시는 그 치명적인 권태로부터, 반쪽짜리 존재, 반쪽짜리 의식으로부터 분기해 일어섰다. 내 가공의 인물들이 피를 흘렸던 곳에서 진짜 인민이 피를 흘렸다. 도시는 언어와 함께 살아났다. 그때까지 지배 이데올로기의 고요한 무덤이었던 지하철의 상점 진열대, 벽과 홀과 통로들이 온통 말로 뒤덮였다. 그리고 학생들이 모든 게시물들을 내리고 그 모든 말들을 지워 버린 어느 날 지하철에 들어서는 순간 나는 의심에 휩싸였다. 왕이 되는 꿈을 꾸었다는 어느 죄수의 꿈처럼 이 모든 것이 다 꿈이면 어쩌지? 행복하게도 이것이 꿈이 아니든, 혹은 꿈이든, 나는 아직 이 꿈에서 깨어나지 않았다.

추천사

  아름다운 체코의 수도에 얽힌 그림 같은 이야기와 함께 프라하를 찾는다면, 다른 여행자들은 느끼지 못할 색다른 경험을 얻는 값진 여행이 될 것입니다. 책장을 펼치는 순간 들려오는 체코 작가들의 목소리에 귀 기울여 보십시오. 이 책은 여러분께 저의 고향 체코의 유서 깊은 역사와 풍부한 문화유산, 그리고 거리 곳곳에 숨은 비밀의 문을 열어드릴 것입니다.

야로슬라브 올샤, jr.
주한 체코대사

체코 작가들과 프라하를 산책하다

| 조성관 |

　지난해 12월이었다. 밖에서 사람을 만나고 사무실에 들어와 보니 책상 위에 우편물이 놓여 있었다. 발신인은 주한 체코대사 야로슬라프 올샤 2세. 봉투가 불룩했다. 초청장은 아닌 것 같은데, 뭘까?

　봉투를 뜯었다. 뜻밖에도 열린책들에서 나온 신간 카렐 차페크(Karel Capek)의 장편소설 『도롱뇽과의 전쟁』이었다. 카렐 차페크는 카프카, 쿤데라와 함께 보헤미아를 대표하는 소설가. 그는 자신의 희곡 「로섬의 만능 로봇」(Rossum's universal Robot)을 통해 지구상에 없던 신조어를 창조해 세상에 유통시켰다. 로봇(Robot)! 카렐 차페크는 신조어 '로봇'의 저작권자이다. 지금 나는『도롱

농과의 전쟁』을 책장에 잘 모셔두고 읽을 기회를 호시탐탐 엿보는 중이다.

그 책을 볼 때마다 나는 전 미국 대통령 빌 클린턴의 모습을 떠올린다. 클린턴이 대통령 시절 백악관에서 비밀 연애를 즐길 때 인턴사원 르윈스키에게 선물한 게 있었다. 그건 이태리제 피아제(piaget) 시계가 아니었다. 휘트먼의 시집 『풀잎』이었다. 세계의 대통령이 인턴 여사원에게 전한 마음의 선물은 휘트먼의 시집. 휘트먼은 링컨 대통령이 사망했을 때 저 유명한 추도시 '앞뜰에 라일락이 피었을 때'를 쓴 시인이다.

차페크의 장편소설을 쳐다보면서 나는 혼자 이런 상상을 해 보았다. 내가 만일 외국 대사로 나간다고 가정하자. 한국대사로서 내가 마음에 드는 주재국 언론인에게 마음의 정을 표시하고 싶을 때 무엇을 선물할 것인가. 흔하디 흔한 명품? 그건 아닐 것이다. 거기에는 한국인의 정신이 결여되어 있다. 한국의 민속품? 나쁘진 않겠지만 어딘가 2% 부족하다. 최고의 선물은 주재국 언어로 번역된 한국의 문학작품이 아닐까.

한 나라를 평가하는 기준은 여러 가지다. 가장 일반적인 척도가 GDP, 일인당 GNP 등이다. 그렇다면 어떤 나라가 이룩한 정신문명의 정도를 가늠하는 것은 무엇이 있을까. 존 F 케네디의 말을 빌면, 어떤 나라는 그 사회가 기념하고 기억하는 인물로 자신을 드러낸다.

주한 체코대사가 내게 차페크의 장편소설을 선물한 의미를 곰곰이 반추해 보았다. 작가 차페크를 기억하고 읽어달라는 뜻이 아닌가. 더 나아가 보헤미아 작가의 위대한 정신세계를 느껴 달라는 뜻이다. 보헤미아는 유럽에서 문학적 전통이 강한 나라로 손꼽힌다.

돌이켜 보자. 1989년 당시 유럽의 공산권 국가들은 자유화 과정에서 예외 없이 유혈사태를 빚었다. 하지만 체코슬로바키아에서만큼은 유혈사태 없이 평화적으로 정권 이양이 이뤄졌다. 이름하여, 벨벳(Velvet)혁명이다. 벨벳혁명은 다른 말로 하면 문(文)의 혁명이었다. 글과 말의 힘으로 폭력과 거짓을 숭상하는 공산정권을 권좌에서 조용히 내려오게 했다. 그 중심에 극작가 바츨라프 하벨이 있었다.

과거 동구(東歐)라는 통칭 하에 묶여 있던 공산권 국가를 떠올려 보자. 헝가리, 유고슬라비아, 루마니아, 알바니아……. 이 나라 출신의 작가나 예술가를 한국인은 몇 명이나 기억하고 있나.

체코, 즉 보헤미아의 역사를 응축하고 있는 공간은 구시가광장이다. 루터의 종교개혁운동이 일어나기 100여 년 전인 1415년 보헤미아에 종교개혁의 깃발을 든 이가 얀 후스(Yan Hus)였다. 후스는 화형에 처해졌다. 후스 순교 이후 후스를 추종하는 세력들은 한동안 보헤미아 평원을 지배하며 가톨릭군대와 피비린내 나는 전투를 벌였다. 얀 후스 군상(群像)은 진리가 승리한다는 후스의 정신을 기리기 위해 1915년 구시가광장 한복판에 세워졌다.

세계의 관광객들을 자석처럼 끌어모으는 프라하의 명물 천문시계, 고딕 건축물의 찌를 듯한 아름다움을 자랑하는 틴 성당, 체코 현대사의 영욕을 고스란히 간직하고 있는 로코코 양식의 골즈 킨스키 궁전 등…….

프라하 구시가광장은 최근 몇 년 사이 국내 텔레비전 CF에 여러 번 등장했다. CF 촬영 장소가 소비자의 관심도와 정비례한다면, 프라하가 한국인에게 얼마나 어필하는지 짐작할 수 있겠다.

『프라하─작가들이 사랑한 도시』는 구시가광장을 비롯해 프라하 곳곳을 배경으로 전개되는 단편소설을 모은 책이다. 구시가지광장, 구유대인구역, 카를 다리, 말라스트라나, 흐라드차니, 페트르진 언덕 등이 소설의 주요 배경으로 등장한다.

 단언컨대, 세계 어느 곳에도 구시가광장 같은 곳은 없다. 먼저 천문시계를 보자. 시계라는 이름이 붙은 기계장치 중 세계에서 가장 유명한 게 구시가광장의 천문시계다. 볕이 좋은 봄, 여름, 가을 천문시계 앞에는 인파로 흘러넘친다. 그들이 쓰는 언어는 얼굴 생김새만큼 다양하다. 천문시계의 명성을 듣고 온 관광객들이다. 밴쿠버 개스타운의 증기시계도 유명하지만 구시가광장의 천문시계에 비하면, 좀 섭섭하겠지만 상대가 안된다.

 12사도가 등장하는 시간이 임박하면 관광객들은 목을 빼고 천문시계를 응시한다. 시간에 맞춰 문이 열리고 12사도가 등장하면 사람들은 입을 다물지 못한다. 팔십이 넘은 노신사도 어린아이처럼 신기한 듯 눈동자를 굴리느라 바쁘다. 사방에서 카메라 셔터 소리만 들린다. 몇 분 뒤 12사도가 다 들어가면 사람들은 언제 그랬냐는 듯 뿔뿔이 흩어진다.

 「구시가지 시계의 전설」은 지구라는 혹성 전체를 통틀어 단 하나뿐인 시계라는 점에서 착안했다. 왜 천문시계가 프라하 한곳 밖에 없을까, 하는 의문 말이다.

 소설에서 천문시계를 발명한 장인 하누슈는 하루아침

에 프라하의 스타로 떠오른다. 하누슈는 시민들로부터 존경을 한몸에 받는다. 하지만 어느 순간 권력자들의 가슴에는 천문시계를 독점하고 싶다는 욕망이 싹튼다. 이 욕망은 하누슈가 다른 도시로 스카웃되어서 더 나은 천문시계를 만들지도 모른다는 망상으로 발전한다. 그렇게 되면? 프라하의 천문시계는 희소성을 상실하게 된다.

시장과 참모들은 숙의 끝에 결론을 내린다. 하누슈가 틀림없이 그럴 것이다. 이런 상황을 막으려면? 방법은 하나뿐. 권력은 끔찍한 음모를 꾸민다. 깊은 밤, 장인의 작업실로 자객들이 밤안개처럼 스며든다. 다음 날 조수들은 벽난로 앞에서 신음하는 하누슈를 발견한다. 자객들이 하누슈의 두 눈을 뽑아 버린 것이다. 눈을 잃어버린 하누슈는 더이상 시계를 만들 수가 없게 된다. 천문시계는 이렇게 되어 세계에 단 하나밖에 없는 명물 시계라는 지위를 영원히 지키게 되었다는 이야기다.

천문시계가 수백년 동안 프라하의 볼거리로 남을 수 있었던 비결은 과학과 종교와 신비주의가 뒤섞여 있기 때문이다. 소설 「구시가지 시계의 전설」이 손에 땀이 나게 읽히는 까닭은 인간의 탐욕과 권력의 음모가 적절히 가미되었기 때문이다.

프라하는 카프카의 도시다. 프라하와 카프카. 둘은 이름부터 닮았다. 구시가광장은 카프카의 모든 흔적을 고스란히 간직하고 있다. 천문시계의 12사도가 다 들어갔다고 구시가광장에서 볼 거리가 없어졌다고 생각한다면 오산이다. 천문시계를 정면으로 바라보던 방향에서 왼편으로 90도를 돌아보자. 카를 다리 방향으로, 외벽에 요란한 그림이 그려져 있는 5층짜리 집이 보인다. 미누트하우스.

카프카가 유년기 7년을 살았던 집이다. 카프카는 이 집에 살며 구시가광장을 가로질러 독일계 초등학교를 다녔고, 초등학교 졸업 후에는 독일계 왕립 김나지움에 입학했다. 상류층 자제들이 다니던 독일계 왕립 김나지움은 골즈킨스키 궁전 안에 있었다. 그러니까 카프카는 초등학교와 김나지움을 다닐 때 천문시계 앞을 수없이 지나쳤다는 얘기가 된다. 어린 카프카 역시 천문시계에서 12사도가 나오는 모습을 처음 보았을 때 얼마나 신기하게 생각했을까. 나중에는 시들했겠지만 말이다.

카프카는 체코계 유대인이다. 그가 태어난 생가는 구 유대인구역이 구시가광장과 맞닿아 있는 경계선이다. 사람은 누구도 태어나고 자라난 환경을 벗어나 삶의 나이테를 만들어 갈 수 없다. 카프카를 일컫는 표현의 하나인 경계인의 운명은 태어날 때부터 운명지워졌다. 마에슬로바 거리가 구시가광장과 만나는 곳의 생가 외벽에는 메마르고 날카로운 카프카의 부조(浮彫)가 걸려 있다.

생가를 떠난 이후 카프카가 살게 된 집들은 모두가 구시가광장에서 거의 벗어나지 않는다. 카프카에게 구시가광장은 운동장이었고 골목길들은 술레잡기 놀이터였다. 카프카가 다닌 독일계 프라하대학이나 대학 졸업 후 근무한 보헤미아산업재해공단 사무실 역시 구시가광장에서 1km 안에 있었다. 카프카의 41년 삶은 구시가광장에서 반경 1km 이내에서 전개되었다는 말이 결코 과장이 아니다.

구시가광장은 포석(鋪石)이 깔려 있다. 구시가광장으로 연결되는 모든 골목길 역시 포석으로 덮여 있다. 물론 이 포석들은 카프카가 태어나기 훨씬 이전부터 거기에 있던 것이다. 그러니 반나절 관광객이 천문시계를 보기 위해 그 앞에서 맴돌다 돌아간다고 해도 카프카가 밟았던 포석을 밟지 않고 갈 수는 없다. 의식하지 못할 뿐 카프카를 느끼고 있는 것이다. 구시가에서는 카프카의 흔적들이 걸음을 옮길 때마다 발길에 채인다. 빈에서 모차르트를 피할 수 없는 것처럼 프라하에서는 카프카를 피할 방법이 없다. 당연 이 책에는 카프카의 단편소설 「어느 투쟁의 기록」이 수록되어 있다. 이 작품에는 구시가의 스메타나 제방길, 카를 다리, 카를 4세 동상, 카를 거리 등이 등장한다.

프라하는 바로크 양식의 도시다. 바로크의 화단 위에 고딕, 로코코, 아르누보 등 역사주의 건축양식이 배치되어 있다. 가장 작은 공간에 유럽의 모든 역사주의 건축양식이 집결해 있는 곳이 구시가광장이다. 이곳이 건축양식의 백화점이라고 불리는 이유다. 사실 구시가광장은 2차 대전 때 폐허가 될 뻔했지만, 나치의 괴링이 폭격 명령을 내리지 않았다.

프라하가 자유화된 것은 1989년이다. 그러나 우리는 그 이전에도 영화 속에서 구시가광장을 수없이 보아왔다. 할리우드 영화 '새벽의 7인'에서다. 티모시 보텀이 주연한 1970년대 영화 '새벽의 7인'은 언제 다시 보아도 가슴이 뭉클하다. 체코 레지스탕스가 나치 독일의 체코슬로바키아 보호령 총독 라인하르트 하이드리히를 암살한 실화를 영화로 만들었다.

영화에서 주인공은 총독을 저격한 뒤 허겁지겁 도망치다 자전거를 구시가광장에 내버리고 온다. 얼마 뒤 레지스탕스의 어린 딸이 구시가광장 가장자리에 나타나 세워져 있는 자전거를 조심스럽게 끌고 간다. 이때 구시가광장의 모습들이 카메라에 잡힌다. 같은 건축물이지만 자유가 질식된 공산치하에서는 우중중하기짝이 없다.

「멘델스존은 지붕 위에 있다」는 나치 점령 시기의 프라하의 모습이 펼쳐진다. 작가는 마치 나치 지휘부에 소속해 있는 것처럼 점령자의 눈으로 프라하와 보헤미안을 냉랭하게 바라본다. 소설의 주인공은 3인칭 화법으로 라인하르트 하이드리히의 심리 상태를 그린다. 소설은 이렇게 시작된다.

"독일 영토가 되어 가고 있는 점령지를 다스리는 일이란 지루하고 맥 빠지는 일이었다. 옛날 권력을 잡기 전 제국의 적들과 직접 드잡이질을 하던 때가 차라리 더 좋은 시절이었다. ……(중략)…… 폴란드 작전 당시 비행기를 타고 직접 마을을 폭격할 때가 좋은 시절이었다. 폴란드에는 대공포도 없었기 때문에 그는 땅에 닿을 만큼 저공비행을 하며 불타는 오두막들과 겁에 질려 우왕좌왕하는 인간 버러지들과 불길에 휩싸인 채 쓰러진 시체들을 생생하게 볼 수 있었다."

이 소설은 하이드리히의 하루를 보여준다. 프라하 북쪽에 있는 성(파넨스케 브로제자니)에 살면서 아침마다 프라하성 집무실로 출근하는 점령자. 말라스트라나의 발트슈타인 궁전, 구시가와 신시가의 경계선에 있는 스타보브스케 극장, 프라하 성의 성 비트 대성당, 구유대인 묘지 등이 소설 속에 등장한다. 스타보브스케 극장은 1787년 모차르트의 '돈 조반니'가 초연된 극장이다. 하이드리히를 비롯한 나치 수뇌부는 '돈 조반니'가 공연되는 스타보브스케 극장에 모인다. 포악한 나치 도살자들이 살상에 지친 심신을 위로하기 위해 듣는 음악은 모차르트와 베토벤이었다. 이들은 공연 시작 전 정치 얘기를 한다. 하이드리히는 체코의 유대인을 만난 일이 없고, 앞으로 만날 일도 없다. 하이드리히는 유대인을 오로지 숫자로만 파악하고 있음을 이 소설은 보여준다.

이 책은 시기와 장소와 관점이 제각각인 다양한 소재로 프라하에 숨겨진 사람 이야기를 보여준다. 마치 프라하가 3D로 재탄생하는 것 같다. 읽다 보면, 프라하와 온전히 합일(合一)되어 가는 느낌이 든다. 문학이 아니라면, 그 무엇이 이처럼 신비한 유대감을 만들 것인가.

―「주간조선」편집위원. 『프라하가 사랑한 천재들』의 저자

역자 후기

| 이정인 |

　동유럽의 고도(古都) 프라하는 '프라하의 봄'과 같은 영화나 드라마 '프라하의 연인'으로 익숙한 이름이긴 하지만 사실 체코라는 나라는 여전히 우리에게 생소하다.

　대개의 동유럽 국가들이 다 그러하지만 체코 역시 근세까지 민족국가를 이루지 못하고 독일과 러시아 등 인접 강대국들에게 휘둘린 아픈 민족사를 가지고 있다. 체코는 1차 대전이 끝나고 오스트리아헝가리제국이 붕괴된 이후에야 독립국가가 되었으나 이후에도 나치독일의 침공, 공산정권과 프라하의 봄, 공산정권의 붕괴 등 우여곡절 많은 근대사를 보냈다. 이런 파란만장한 역사와 독일인, 유대인, 체코인, 슬라브인 등 다양한 민족들이 뒤섞인 독특한 문화를 바탕으로 카프카나 차페크, 쿤데라와 같이 세계적으로 널리 알려진 작가들을 배출했다.

다른 나라 문화를 배우는 가장 좋은 길은 그 나라의 문학작품을 읽는 것이지만, 아직 체코문학작품, 특히 체코어 문학은 밀란 쿤데라 같은 스타 작가가 아니고서는 많이 번역되어 있는 편이 아니다.

이 책은 프라하를 배경으로 열네 명의 작가들이 쓴 열여섯 편의 작품을 소개하고 있다. 이들 대부분은 체코를 대표하는 작가들이다. 비록 여기에 실린 작품들이 짧은 소설이나 발췌문들이지만, 프라하와 체코 문화에 관심을 가진 독자라면 이 책은 그러한 갈증을 작게나마 해소할 수 있는 좋은 기회가 될 것이다.

얀 네루다와 야로슬라프 하셰크는 체코 근대문학을 대표하는 작가라고 할 수 있다. 얀 네루다는 체코 국민문학의 창시자로 꼽히는데 우리에게 잘 알려진 칠레의 시인 파블로 네루다는 그의 이름을 따서 필명을 지었을 만큼 낭만주의적 시인으로도 이름이 높다. 체코 근대시의 아버지로 불리는 한편, 그가 쓴 단편소설들은 프라하 서민들의 애환을 잘 묘사한 것으로 알려져 있다. 이 책에 수록된 「그걸 어떻게 하지?」는 소설이 아니라 신문에 투고한 짧은 이야기이다.

　야로슬라프 하셰크 역시 체코문학에서 빼놓을 수 없는 작가이다. 제1차 세계대전에 오스트리아군으로 소집되자, 일부러 포로가 되어 러시아혁명 이후 적군(赤軍)의 종군기자로 활약한 그는 주로 부르주아 계급을 조소하는 풍자적인 작품을 많이 집필했다. 특히 그의 대표작 『착한 병사 슈베이크의 모험』은 20세기 반전 문학의 고전으로 꼽히고 있다. 하셰크가 이 작품을 집필하는 도중에 죽는 바람에 『착한 병사 슈베이크의 모험』은 미완성으로 끝났고, 한국에서도 오래전에 출간된 적이 있지만 절판되어 접할 길이 없다. 이 책에 실린 「정신의학의 신비」에서 그의 풍자적이고 유머러스한 풍모를 어느 정도 엿볼 수 있을 것이다.

　체코의 역사와 전설을 소재로 많은 작품을 쓴 알로이스 이라세크는 19세기 후반 체코 낭만주의의 대표적인 작가로 손꼽힌다. 여기 수록된 「구시가지 시계의 전설」은 관광명소로 유명한 오를로이 천문시계에 얽힌 전설을 다루고 있는데, 이 전설은 사실이 아니다. 실제로 오를로이 천문시계는 1572년에 얀 타보르스키라는 유명한 시계공이 완성했다고 전해진다.

문학평론가로 활동한 르보빅의 작품 『고딕 영혼』은 20세기 모더니즘 소설의 전형과 이 시기 문학의 특징인 이방인 의식과 불안한 심리를 보여주고 있다. 『고딕 영혼』의 일부분을 발췌한 「종」을 통해서 체코와 프라하의 아픈 역사에 대한, 또한 거기서 벗어날 수 없는 20세기 체코인의 슬픔을 느낄 수 있을 것이다.

'로봇' 이라는 단어의 발명자로 너무나 유명한 카렐 차페크는 일찍부터 체코를 넘어 세계적인 명성을 떨쳤다. 조너선 스위프트처럼 풍부한 상상력을 통해 날카롭게 현실을 풍자하는 그의 작품들은 대개 장르적인 성격을 띠었다. 이 책에 소개된 「영수증」은 짤막한 범죄소설들로 당시에 대단한 인기를 끌었던 『주머니 속 이야기』 시리즈에 담긴 작품이다. 특히 「영수증」은 한 편의 짧은 추리소설로도 손색이 없어 장르소설에 대한 차페크의 관심이 잘 드러난다.

이르지 바일은 유대인으로 2차 대전 당시 강제수용소로 끌려갈 뻔했으나 간신히 탈출하여 살아남았다. 그는 전쟁이 끝난 이후 유대인 박해를 소재로 두 편의 장편소설을 써서 국제적으로 알려졌다. 『별이 있는 삶』은 강제수용소로 끌려가기 전 프라하 유대인의 삶을 다룬 것으로, 미국 현대문학의 대표적인 작가 필립 로스는 이 작품에 대해 "나치 치하의 유대인이 겪은 운명에 대해 내가 읽은 가장 뛰어난 소설"이라고 평가했다.『멘델스존은 지붕 위에 있다』역시 독일 강점기에 프라하에서 벌어진 일을 다루고 있는 소설이다.

구스타프 마이링크와 카프카는 독일어로 작품 활동을 한 사람들이다. 이 책에 세 편의 작품이 소개된 구스타프 마이링크는 독일인 귀족과 유대인 여배우 사이에서 태어난 사생아로 프라하에서 청년기를 보내 많은 작품이 프라하를 배경으로 하고 있다. 신비주의적인 그의 작품들은 당대에 아주 큰 인기를 끌었는데,『골렘』과『서쪽 창문의 천사』는 그의 대표 장편소설들로 여기에는 일부만이 실렸다.

전설의 인조인간 골렘에 얽힌 주인공의 초현실적인 경험을 기록한『골렘』은 출간 즉시 베스트셀러가 되어 마이링크에게 커다란 부와 명성을 갖다준 작품으로, 국내에도 번역본이 나와 있다.『서쪽 창문의 천사』는 자신이 16세기 영국의 마법사 존 디의 환생이라는 것을 알게 된 뮐러 백작의 모험담을 그린 소설인데, 이 책에서는 주인공이

처음으로 존 디가 되어 루돌프 황제와 대면하는 흥미진진한 장면을 「첫 번째 환상」으로 실었다. 단편소설 「GM」은 풍자적인 짧은 단편으로, 앞의 작품들과 사뭇 달리 작가 생활의 초창기에 풍자작가로 유명해던 마이링크의 면모를 엿볼 수 있는 작품이다.

20세기 가장 위대한 작가 중 한 사람으로 꼽히는 프란츠 카프카는 프라하에서 태어난 유대인이다. 체코인 작가들의 대부분이 어떤 식으로든 체코 민족주의와 연관이 있지만, 카프카는 영국 식민지 아일랜드 출신인 제임스 조이스와 마찬가지로 민족적, 지방적인 관심이 아니라 20세기에 현대인이 겪는 보편적 내면의 불안으로 침잠해 들어갔다. 이 책에는 카프카의 첫 번째 단편소설인 『어느 투쟁의 기록』의 일부를 발췌해서 싣고 있다.

「어느 투쟁의 기록」은 카프카의 작품들 중 프라하의 구체적인 지명들이 등장하는 유일한 소설이다. 이 단편은 국내에 출판된 카프카 전집에도 실려 있는데 이 책에 앞서 이미 「어느 투쟁의 기록」을 읽은 독자들은 내용이 상당히 많이 다르다는 것을 발견하고 의아함을 느낄 수도 있다. 그것은 이 소설이 두 가지 판본을 갖고 있기 때문이다. 카프카는 이 소설의 첫 번째 원고를 1907년에 완성했고, 1909년에서 1910년 사이에 거의 새로 쓴 것이나 마찬가지인 두 번째 원고를 쓴 것으로 추정되고 있다. 카프카 전집에 실린 작품과의 차이는 이 책에 실린 발췌본이 흔히 'B판본'이라고 불리는 두 번째 원고를 번역한 것이기 때문에 생긴 것이다.

에곤 에르빈 키쉬는 카프카처럼 프라하가 고향인 독일계 유대인으로 르포문학의 창시자로 유명하다. 프라하 독일어 신문사의 기자로 출발, 초기에는 프라하 하층사회의 삶을 조명한 기사들을 썼고 나중에 세계 곳곳을 다니며 역사의 현장을 기록했다. 「세탁부 사건」은 21개의 짧은 에세이로 이루어진 그의 자서전 『센세이션 시장』에 수록된 글이다.

한편 2차 대전 이후에 등장한 체코 작가들은 대개 나치 독일의 강점기와 공산주의 시대의 억압적 현실에 대한 체험을 비판적으로 그리고 있다는 공통점을 가지고 있다. 보후밀 흐라발, 요세프 슈크보레츠키, 이반 클리마 등은 밀란 쿤데라(1929~)와 나란히 현대 체코문학의 거장으로 알려져 있다. 우리에게는 잘 알려져 있지 않지만 특히 흐라발은 체코에서 현대 체코문학을 이해하고자 하는 사람이면 누구나 그의 작품을 읽어야만 한다고 할 정도로 현대 체코문학을 대표하는 작가로 여겨지고 있다.

프라하의 봄 이후 미국에서 오랫동안 망명생활을 하며 체제 비판적인 작품을 쓰고 후원한 요세프 슈크보레츠키는 체코 현대문학에 또 한 사람의 거장이다. 그의 작품들은 자주 재즈를 모티브로 삼고 있는데, 「워싱턴에서 온 테너색소폰 솔로」는 클린턴이 체코 방문기간 중에 프라하의 재즈클럽에서 색소폰 연주를 한 일화를 기초로 작가의 재즈에 대한 사랑을 잘 보여주는 에세이이다.

이반 클리마는 어린 시절을 보낸 테레진 강제수용소에서의 경험을 여러 소설에서 보여주고 있다. 그는 슈크보레츠키나 쿤데라처럼 프라하의 봄 이후 체코를 떠나지 않고 흐라발처럼 고국에 남았지만 역시 작품 출판이 금지되는 바람에 지하문학을 통해 작품 활동을 계속했다. 이 책에 실린 「프라하의 정신」은 벨벳혁명에 이르기까지 근대 프라하의 문화와 역사를 잘 요약해서 보여주고 있다.

다니엘라 호드로바, 미할 아이바스, 야힘 토폴 등은 비교적 최근의 체코문학의 경향을 대표하는 작가들이다. 여기 소개한 글들에서도 잘 나타나듯이 이들의 작품은 포스트모더니즘이나 마술적 리얼리즘과 같은 최근의 서유럽의 문학사조에 큰 영향을 받고 있다. 다니엘 호드로바의 「위대한 도시가 보인다」는 자신의 개인적인 생애와 프라하의 역사를 결합시킨 독특한 글이다.

최근 작가들의 경우 공산주의 정권 몰락 이후 갑자기 몰아닥친 자본주의적 변화에 비판적 시선을 보내고 있다. 이러한 경향은 특히 야힘 토폴의 「기차역에 가다」와 같은 소설에서 뚜렷이 나타나고 있다.

이 책은 체코어와 독일어로 쓰인 원본의 영어 번역본을 다시 한국어로 옮긴 것이다. 원본과 비교하면서 번역하려 노력했지만 당연히 중역이 가진 한계를 피할 수 없었다. 이 책에 있을지 모를 오역은 모두 번역자의 나태함과 불성실함 때문일 것이다. 독자들에게 즐거운 프라하 여행이 되기를 기원한다.

주석

프라하의 정신

1 안젤로 마리아 리펠리노(1923~1978)는 슬라브계 이탈리아인으로 번역가와 시인으로 활동했다. 일생 동안 프라하에 각별한 애정을 가지고 여러 차례 방문했으며 『마술의 프라하』(1973)라는 책을 썼다.

2 독일계 체코인 요한네스 우르치딜(1896~1970)은 작가 · 시인 · 역사가 · 저널리스트로 활동하며 카프카 등과 교분을 나누었다. 나치의 체코 침공 이후 영국으로 망명해 나중에는 미국 시민권자로 살았다.

3 Ich bin hinternational. 독일어 'hinter'는 '~뒤에' 또는 '~을 지낸, 겪어낸'이라는 뜻을 갖고 있다. 'hinternational'이라는 조어로 프라하의 다문화적 성격을 빗댄 것이다.

4 안토닌 드보르작(1981~1904)은 스메타나와 함께 체코 국민음악을 완성시킨 인물로 평가받는다. 교향곡 '신세계'가 잘 알려져 있다.

5 베드르지흐 스메타나(1824~1884)는 민족주의 색채가 강한 음악들을 작곡하여 체코의 국민음악가로 받들어지고 있다. '국민의용군 행진곡', '자유의 노래', 교향시 '나의 조국', 오페라 '리부셰' 등을 남겼다.

6 프란츠 베르펠(1890~1945)은 프라하에서 태어난 독일계 유대인으로 시인 · 극작가 · 소설가로 활동했다. 소설 『베르나데트의 노래』가 유명하다.

7 작가이자 평론가인 막스 브로트(1884~1968)는 카프카의 친구로 그의 유고를 정리해 발표한 것으로 유명하다. 나치 침략 이후 이스라엘로 이주해 시오니스트로 활동했다.

8 토마시 마사리크(1850~1937)는 체코의 정치가 · 철학자로 오스트리아헝가리제국 치하에서 체코민족의 독립운동을 이끌었고, 1차 대전 중에 파리에서 이후 신정부가 되는 '체코국민회의'를 창립했다. 종전 후 오스트리아헝가리제국이 해체되고 신생 체코슬로바키아공화국의 수립과 함께 1918년 초대 대통령으로 취임했다. 세 차례 대통령 직을 역임하면서 17년

동안 신흥독립국의 발전에 공헌하여 오늘날 체코의 국부(國父)로 추앙받는다.

9 루돌프 2세(1552~1612)는 신성로마제국의 황제이자 보헤미아의 왕, 헝가리 왕국의 왕이다. 천문학이나 연금술 등 초자연적이고도 비밀적인 학문에 깊은 흥미를 가졌고, 시계와 희귀품 수집, 미술이 취미였다.

10 1862년 체코 민족주의자들은 청소년들의 민족의식을 고취시키기 위해 체육단체인 소콜(Sokol)을 조직해 집단체조를 전파했다. 이들이 행한 대규모 집단체조는 세계적으로 널리 알려지게 되었다. 소콜 체조대회는 6년마다 한 번씩 제2차 세계대전 전까지 개최되었으나 전후 해체되었다.

11 바츨라프 하벨(1936~)은 극작가로 공산당 정권 시절 대표적인 반체제 인사였다. 1989년 민주화 혁명을 이끌었고 그 혁명에 벨벳혁명이라는 이름을 붙였다. 체코슬로바키아의 마지막 대통령(1989~1992)을 지내고 1992년 슬로바키아 분리 이후 체코공화국의 초대 대통령이 되어 2003년까지 집권했다.

12 6대 대통령 안토닌 자포토츠키(1884~1957)와 7대 대통령 안토닌 노보트니(1904~1975)는 2차 대전 중에 강제수용소에 있었고, 9대 대통령 구스타프 후사크(1913~1991)는 대통령이 되기 전 숙청되어 수감되었다. 반체제 인사였던 바츨라프 하벨도 오랜 세월 갇혀 있었다.

13 8대 대통령 루드비크 스보보다(1895~1979)도 숙청되어 수감생활을 했던 적이 있다.

14 에밀 하하(1872~1945)는 1938년 체코의 3대 대통령이 되었으나, 1939년 독일이 체코를 합병하자 괴뢰정부의 수반이 되어 독일의 꼭두각시로 봉사했다. 하하는 체코가 소련군에 의해 해방된 뒤 체포되어 교도소 병원에 수감되었고, 얼마 뒤 거기서 사망했다. 그의 죽음에 대해 암살설을 제기하는 학자들이 많다.

15 체코 초대 대통령 토마시 마사리크(1850~1937), 2대와 4대 대통령 에드바르트 베네시(1884~1948), 5대 대통령 클레멘트 고트발트(1896~1953)는 2차 대전 중에 나치를 피해 모두 망명을 떠났다.

16 야로슬라프 하셰크를 말한다. 이 책에 실린 「정신의학의 신비」 '작가 소개'를 참조.
17 '카프카르나(Kafk1ma)'는 어처구니 없이 불합리하거나 부조리한 상황을 가리키는 말로 '카프카적인'이라는 의미로, '슈베이코비나(Švejkovina)'는 야로슬라프 하셰크의 소설 『착한 병사 슈베이크의 모험』의 주인공을 빗대어 '슈베이크 같은'이라는 의미로 볼 수 있다.

구시가지 시계의 전설

1 프라하 천문시계 좌우에는 네 개의 조각상이 있는데, 오른쪽에는 해골과 기타를 든 투르크인 인형이, 왼쪽에는 거울을 보는 남자와 돈자루를 든 유대인의 인형이 있다. 각각 죽음과 번뇌, 허영과 탐욕을 상징한다.

GM

1 19세기 말에서 20세기 초 유럽과 미국에서 잠시 유행한 장식적 건축 양식.
2 1919년까지 상공업 공로자에게 주어진 칭호.

세탁부 사건

1 이탈리아 르네상스 시대의 유력한 귀족 가문으로 이익을 위해 독살, 암살 등 수단과 방법을 가리지 않는 행동으로 악명 높았다.
2 보르자 가문에서 악녀로 유명했던 여성.

과거

1 슬라비아는 국립극장 맞은편에 있는 카페로 국립극장이 개장된 1881년에 문을 연 유서 깊은 가게이다. 바츨라프 하벨 전 대통령을 비롯해 프라하의 예술가들과 지식인들이 만남의 장소로 애용했다. 슬라비아 카페는 1991년 문을 닫았다가 6년 후 다시 본래의 모습대로 재개장했다.
2 프랑스 샹송가수이자 작곡가인 질베르 베코(1927~2001)의 유명한 히트곡.

어느 투쟁의 기록

1   중세 프랑스 베네딕트 수도회에서 만들어 대중화된 리큐어 주로 알코올에 설탕, 식물, 향료 등을 섞어 만든 술.
2   원문에는 페트르진 언덕을 가리키는 독일어 지명인 '라우렌치'로 되어 있으나 책 전체의 통일성을 위해 여기서는 체코어 지명으로 수정했다.
3   구시가지와 신시가지의 경계에 있는 거리로 지금은 '나로드니'라고 불리고 있다.
4   '달러 공주'는 20세기 초 오스트리아와 독일에서 크게 히트했던 희가극으로, 미국 부호의 딸들이 가난해진 유럽 귀족과 결혼하던 당시의 풍조를 풍자했다. 영국에서 뮤지컬로 변안되어 장기 공연될 정도로 인기 있는 공연이었다.
5   프란체스코 제방이란 뜻. 블타바 강 동쪽 강변을 따라 축조된 이 제방에서 블타바 강과 강위의 작은 섬들, 교각들, 강 맞은편의 아름다운 경관을 감상할 수 있다. 지금은 작곡가 스메타나의 이름을 따서 스메타노보 나브레제지(스메타나 제방)으로 불리고 있다.
6   블타바 강에 있는 작은 섬으로, '사격섬'이라는 뜻이다. 옛날 이 섬에서 사격연습을 한 데서 유래한다.
7   카를 다리 동쪽 끝에 있는 광장으로, 독일어로 '크로이체른플라츠', 체코어로는 '크르지조브니츠케 나메스티'라고 부른다. 그 이름은 적십자를 상징으로 사용하는 종교단체에서 유래했다.

골렘

1   독일 남부와 스위스의 도둑 혹은 최하층민들이 쓰는 은어로 된 노래로 원작에서도 소리 외에 뜻은 알 수 없다.
2   요한복음 3장 8절.
3   '전승'을 뜻하는 헤브라이어로 중세에 유행한 유대교 신비주의를 가리킨다.
4   골렘의 창조자라고 전해지는 랍비 뢰브(1520~1609)는 16세기에 실존한

학자이자 작가라고 한다. 그의 무덤은 프라하 시 한가운데 있는 구유대인 공동묘지에 있다.
5   13세기 중반에 지어진 유럽에서 가장 오래된 유대교 회당으로, 본래 신회당으로 불리다가 이후 프라하에 유대교 회당들이 몇 개 더 생겨나면서 구신회당으로 불리게 되었다.

정신의학의 신비
1   체코의 필젠 지방에서 만드는 특산 맥주.
2   오스트리아의 옛 화폐 단위.
3   프라하 남서쪽에 있는 노동자 거주구역.
4   매독 환자에게 간혹 일어나는 정신질환으로 정신 상태가 단계적으로 붕괴되어 가는 증상을 보인다.
5   기분이 들떠서 쉽게 흥분하는 상태가 오래 계속되는 증세.

그걸 어떻게 하지?
1   옛날 독일과 오스트리아 제국에서 통용되던 동전, 독일어로는 '크로이처'라고 읽는다.

첫 번째 환상
1   「첫 번째 환상」은 장편소설 『서쪽 창문의 천사』의 일부분을 발췌한 것이다. 소설의 화자인 뮐러 남작은 죽은 사촌 존 로저의 유품에서 그들의 조상인 영국의 마술사 존 디의 일기를 발견한다. 그 속에는 현자의 돌에 담긴 불멸의 비밀을 찾아 영국의 미래를 안내하기 위한 노력과 영매인 에드워드 켈리를 통해 녹색 천사와 나눈 대화가 기록되어 있었다. 그것을 읽으면서 뮐러 백작은 자신이 존 디의 후손일 뿐 아니라 그의 환생일지도 모른다는 사실을 깨닫게 된다. 그는 자신의 가정부인 요한나와 러시아인 친구 리포틴 또한 존 디 주변 인물의 환생이라고 생각한다. 뮐러 남작은 존 디가 다 끝마치지 못한 과업을 완성시키는 것을 자신의 과제로 받

아들인다.
2   Lapis sacer et praecipuus manifestationis. '신성함과 특별함을 나타내는 돌'이라는 뜻의 라틴어.
3   북유럽 신화의 주신(主神).
4   체코에서 가장 존경받는 가톨릭 성인으로 그의 조상은 카를 다리 중간에 위치해 있다.
5   프라하 성 뒤쪽에 있는 르네상스 양식의 건물로 여름궁전이라고 부르기도 한다.
6   「프라하의 정신」 9번 주석에서 설명한 루돌프 2세를 말한다.
7   아일랜드 사람인 에드워드 켈리는 실존 인물로 1583년 존 디와 함께 루돌프 황제를 알현했다. 켈리는 여기에 묘사된 실험 이후 루돌프 황제에게 기사 작위를 받고 프라하 성에 머물며 제국을 위해 금을 만들어 내라는 명령을 받았다. 하지만 켈리는 두 번 다시 성공하지 못했고, 결국 죄수로 감금되는 신세가 되었으며 두 차례에 걸친 탈옥 시도로 두 다리가 부러져 결국 죽음을 맞았다는 이야기가 전해오고 있다.
8   궁중에서 왕과 왕족의 진료를 맡은 의사.
9   15세기에 지은 요새 감옥으로 첫 수감자였던 달리보르(Dalibora)의 이름을 땄다고 한다. 이곳에 들어온 죄인들은 모두 굶겨 죽인 후 창문 밖으로 던졌다고 전한다.
10 체코인을 말한다.
11 헤라클레스가 그의 12가지 대업 중 첫 번째로 물리친 네메아의 골짜기에 살고 있었다는 불사신의 사자.
12 표면에 나타나는 외부의 것과 숨겨진 비법을 이어받은 것, 이 이중의 성질을 가진 연금술이라는 의미.
13 흑마술을 의미한다.

종

1   프라하 대학의 신학자이자 종교개혁가 얀 후스(1372~1415)의 추종자들

은 성찬식 때 성직자와 특권층에게만 빵과 포도주를 나눠 주는 데 반대하여 모든 사람에게 빵과 포도주를 나눠 주어야 한다고 주장했다. 그래서 후스주의자들은 황금 성배를 자신들의 상징으로 삼고 근거지인 틴 성당 앞에 커다란 황금 성배를 만들어 놓았다.

2 '고지대의 성'이라는 뜻으로 체코 족의 먼 조상이 가장 먼저 정착한 곳으로 알려져 있다. 블타바 강을 내려다보는 언덕에 10세기 경 축조된 것으로 추정되는 비셰흐라드는 1140년 왕실이 프라하 성으로 옮겨 가면서 폐허가 되었다가 카렐 4세 때 다시 왕궁으로 재건되었다. 그러나 1419~1434년 후스 전쟁으로 파괴되었고 지금은 국립묘지가 되어 있다.

3 말라스트라나 지역은 1419년 후스 전쟁 당시 한 차례 파괴되었고, 1514년 프라하 대화재 때 다시 소실되었다.

4 14세기에 세워진 카르투지오 수도원은 후스주의자들에 의해 불태워졌다.

5 후스 전쟁 시기에 프라하가 겪은 고난을 이야기하고 있다. 후스 전쟁은 후스가 이단으로 몰려 화형을 당하자 분노한 보헤미아 민중들이 신성로마제국 황제에 맞서 일으킨 내전이다. 후스 전쟁은 교황과 황제의 군대를 다섯 차례나 격퇴하며 1434년까지 계속되었으나, 후스주의자들 내부가 온건파와 과격파로 분열되어 결국 승리한 온건파가 교황청과 화의를 맺음으로써 종결되었다. 후스주의 운동은 종교운동을 넘어 독일 문화에 저항하는 체코 민족주의 운동의 성격을 띠었다.

6 1617년 구교도인 페르디난트 2세가 보헤미아(현재 체코의 서부지방) 왕으로 선출되어 가톨릭 신앙을 강요하자 다시 독일인 구교도와 체코인 신교도들의 대립이 격화되었다. 신교도들은 1620년 프라하 서쪽에 있는 백산(白山)에서 구교도 연합군과 결전을 벌였으나 패배했다. 그 결과 27명의 체코 신교도 지도자들이 구시가광장에서 처형되었으며, 신교도 신앙이 금지되고 독일어 사용이 강요되는 등 체코 민족주의 운동은 커다란 타격을 받았다. 이를 발단으로 30년전쟁이 일어나 신성로마제국 영토는 수십 년 간 유럽 열강들의 전쟁터가 되었다.

7 1344년 착공되어 1929년에야 완성된 체코 최대의 성당으로 지하 밀실에

카렐 4세, 바츨라프 4세 등 여러 왕들의 시신이 안치되어 있다. 성 비트 대성당에 있는 무게 18톤의 지크문트 종은 프라하에서 가장 큰 종이다.
8 틴 성당 앞에 있는 구시가지 광장은 1437년에는 후스주의자들이, 30년전쟁 도중인 1621년에는 신교도 귀족들이 참수당한 곳이다.
9 67.7미터 높이의 인드르지슈스카 탑은 프라하에서 독립된 종루로서는 가장 높다. 이 탑은 30년전쟁 중 외국 군대의 공격으로 여러 번 피해를 입었다. 인드르지슈스카 탑에는 세 개의 큰 종이 있다.
10 비셰흐라드는 보헤미아 초기 교회당들이 세워진 곳이었으나 지금은 성 페트르 파블 성당만이 남아 있다.

멘델스존은 지붕 위에 있다

1 베를린에서 게슈타포가 사용하던 감옥.
2 1933년 나치당이 집권한 뒤 돌격대 대장 에른스트 룀을 수장으로 하는 당내 좌파 세력에게 반역죄를 씌어 숙청한 사건. 1934년 6월 30일 하룻밤 사이에 기습적으로 이루어졌기 때문에 이날을 '장검의 밤'이라고 부른다.
3 게슈타포와 나치스 친위대 수장을 지낸 라인하르트 하이드리히(1904~1942)는 나치 독일이 체코를 점령한 이후 보헤미아·모라비아 보호령 총독으로 프라하에 부임했다. 그는 생전에 '프라하의 도살자', '피에 젖은 사형집행인' 등의 별명으로 악명을 떨치며 히틀러의 후계자로 꼽히기까지 했으나, 1942년 6월 4일, 영국에서 훈련받은 체코슬로바키아 레지스탕스의 공격을 받고 사망했다.
4 프라하 북쪽에 있는 성으로 라인하르트 하이드리히가 보헤미아·모라비아 총독 시절 거주하던 곳이었다.
5 1847년 창립된 독일 최대의 전기기기 제조업체.
6 프라하 성 아래 말라스트라나에 위치한 바로크 양식의 커다란 궁전.
7 마리카 뢰크(1913~2004)는 이집트 태생의 헝가리 인으로 나치시대 독일에서 영화배우로 큰 인기를 끌었다. 가수와 뮤지컬 배우로도 활동했다.
8 건축가 출신으로 2차 대전 시기 독일 군수장관을 지낸 알베르트 슈페어

(1905~1981)를 가리킨다. 그는 히틀러의 측근 중에 자신의 죄과를 인정하고 전범재판에서 살아남은 유일한 인물이다. 20년의 형기를 마친 이후 유명한 회고록을 썼다.

9 카롤루스 대제의 조카로 유럽 여러 나라에서 기사도의 상징으로 숭배되고 있다. 프랑스에서는 롤랑, 독일에서는 롤란트라고 부르며 도시의 수호자로 여겨져 많은 도시에 그 상이 세워져 있다. 특히 브레멘에 있는 것이 유명하다. 여기서 얘기하고 있는 상은 사실 롤란트의 상이 아니라 카를 다리에 옆에 서 있는 브룬츠빅의 동상을 가리키고 있는 듯하다. 카를 다리 옆에는 본래 롤란트의 상이 서 있었으나 30년전쟁 때 부서지고, 19세기 말 황금 칼과 방패를 든 체코 전설 속의 기사 브룬츠빅의 동상으로 그것을 대신했다고 한다.

10 독일이 체코를 점령한 이후 세운 괴뢰정부의 대통령 에밀 하하(1872~1945)를 말한다. 「프라하의 정신」 14번 주석 참조.

11 하이드리히가 체코를 보호령으로 다스리던 시기 국무장관으로 일한 독일계 체코인 카를 헤르만 프랑크(1898~1946)를 가리킨다.

12 체코의 수호성인.

13 히틀러가 집무를 본 곳.

14 '프라하 대학'은 독일어를 사용했기 때문에 당시에 '독일 대학'이라고 불렸다.

15 로레타 광장에 위치하고 있는 건물 길이만 150m에 달하는 거대한 규모의 성으로 1668년 합스부르크 왕가의 베니스 주재 대사였던 체르닌 백작에 의해 완공되었다. 체르닌 궁전이라고도 한다.

16 15세기 중반에 만들어 1787년까지 유대인들을 매장했던 묘지.

17 유대인들의 행정업무를 보던 곳으로 이곳 시계탑의 시계 중 히브리 어로 된 시계는 히브리 어를 읽는 방향을 따라 오른쪽에서 왼쪽으로, 보통 시계 반대 방향으로 돌아간다고 한다.

18 베를린 근교에 있던 괴링의 주말저택.

19 프라하 북서쪽의 소도시로 제2차 세계대전 당시 게슈타포가 수용소로 사

용하였다. 약 14만여 명의 유대인이 이곳으로 끌려갔으나 33,000여 명이 거기서 죽고, 88,000여 명은 아우슈비츠 등의 다른 수용소로 이송되어, 전쟁이 끝났을 때에는 단 19,000명만 생존해 있었다고 한다.
20 야콥 루트비히 펠릭스 멘델스존(1809~1847)은 독일 낭만파 작곡가로 유대계 은행가의 아들로 태어났다.
21 이 소설은 멘델스존의 동상을 철거하라는 명령을 받은 나치 요원이 멘델스존의 생김새를 모르는 상태에서, 유대인은 코가 크다는 속설에 따라 바그너의 동상을 잘못 철거하는 장면에서 시작한다.

워싱턴에서 온 테너색소폰 솔로
1 미국의 42대 대통령 빌 클린턴을 가리킨다. 이 글은 클린턴이 1994년 체코를 방문했을 때 일어난 일을 다루고 있다.
2 사무엘 베케트의 희곡『고도를 기다리며』에서 극중 등장인물들이 계속 기다리지만 끝까지 나타나지 않는 인물의 이름이다.
3 보후밀 흐라발(1914~1997)은 체코 현대문학의 가장 뛰어난 작가로 '체코 소설의 슬픈 왕'이라고 불린다. 국내에는『영국 왕을 모셨지』가 출간됐다.
4 슬로바키아 태생의 체코 작가(1928~1997). 공산당 정권 하에서 반체제 인사로 활동하여 박해를 당했다.
5 베이스 연주자이자 시인, 연기자인 이르지 수히(1931~)와 작가이자 연기자인 이반 비스코칠(1929~)이 만든 음악과 함께 독백과 대화를 들려주는 공연형식이다.
6 '크바르테트'는 사중주단이라는 뜻의 체코어.
7 금속막대를 두들겨 소리를 내는 실로폰 비슷하게 생긴 타악기.
8 성산(聖山)이라는 의미의 '스바타호라'라는 곳은 오랜 옛날부터 보헤미아 지역에서 신령한 장소로 숭앙받아 왔다.
9 Spirituál kvintet. 1960년대에 결성된 체코의 포크 밴드.
10 Wings over Jordan. 1930~40년대 활동한 미국의 흑인 합창단으로 같은 이름의 라디오 프로그램을 통해 매주 그들의 노래가 전국에 방송되었다.

11 성체안치기, 성광(聖光)이라고도 부른다. 가톨릭 행사에서 그리스도의 육체를 뜻하는 빵, 즉 성체를 넣어서 현시하는 제구로 귀금속·유리·수정 등으로 화려하게 만든다. 보통 성체를 넣는 성체용기를 묵직한 받침대와 기둥이 떠받치는 모양을 하고 있다.
12 관악기의 마우스피스 부분에 끼워 소리를 내게 하는 대·나무·금속 등으로 만든 얇은 조각.
13 체코의 유대인 재즈연주가 프리츠 바이스(1919~1944)는 테레진 수용소로 끌려간 이후에도 그 내에서 '게토의 스윙어들'이라는 재즈 밴드를 조직해서 음악활동을 계속했다. 수용소에서 그의 음악활동은 나치의 선전물에 이용되기도 했으나 1944년 스물다섯 번째 생일날 결국 아우슈비츠 수용소의 가스실에서 처형되었다.
14 미국의 클라리넷 연주자 베니 굿맨(1909~1986)과 재즈 트럼본 연주자 글렌 밀러(1904~1944)는 스윙재즈 시대에 가장 인기 있는 음악가들이었다.
15 클라리넷 연주자이자 악단 지휘자였던 우디 허먼(1913~1987)은 미국에서 가장 인기 있는 재즈음악가 중 한 사람으로 1936년 이래 수십 년 동안 '허드(Herd)'라고 불리는 대형 밴드를 수차례 조직하여 전국적인 연주여행을 통해 큰 명성을 떨쳤다.
16 '리프(riff)'란 재즈 연주에서 2~4마디의 프레이즈[樂句]를 반복해서 연주하는 것을 가리키는 말로, 멜로디라 할 수 없는 짧은 악구를 계속적으로 되풀이 연주함으로써 보다 힘차고 다이내믹한 느낌을 나타내는 연주나 곡을 이르는 말이다.

기차역에 가다
1 1970년대 세계적인 인기를 누린 스웨덴 출신의 4인조 혼성그룹.
2 미국의 소설가 토니 모리슨(1931~)과 잭 케루악(1922~1969)을 말하는 듯하다.
3 필리프 롱디(1815~1883)는 프랑스의 화가로 은판사진술을 발명한 루이 다게르의 제자였다.

4 프랑스의 유명한 담배 브랜드.

위대한 도시가 보인다

1 조아심 바랑드(1799~1883)는 보헤미아 지방의 지층연구로 유명하다. 프라하에는 그의 이름을 딴 '바란도프'라는 지역이 있다.
2 현재의 체코 지역에 정착한 켈트 족의 일파는 보이 족으로 알려져 있고 이로부터 보헤미아라는 지명이 비롯되었다고 한다.
4 게르만 족의 일파로 보이 족의 뒤를 이어 보헤미아 지역을 차지했다.
4 슬라브 족은 5~7세기 경 보헤미아 지방으로 이주하여 정착했다고 한다.
5 1968년 '프라하의 봄'과 1989년 '벨벳혁명'의 무대로 유명한 바츨라프 광장은 말 그대로 광장이라기보다는 국립박물관에서 무스테크 광장까지 이어지는 길이 750미터, 폭 60미터에 달하는 긴 대로이다. 바츨라프 광장이라는 이름은 국립박물관 앞에는 체코 사람들이 수호성인으로 여기는 성 바츨라프의 기마상이 서 있는데서 비롯되었다.
6 19세기 말에 지어진 국립박물관 자리에는 1876년까지 '마대문(馬大門)'이라는 통행문이 서 있었다. 마대문이라는 이름은 바츨라프 광장이 옛날에 마시장(馬市場)으로 이용되었기 때문이다.
7 프롬프터란 연극을 공연할 때 관객이 볼 수 없는 곳에서 배우에게 대사나 동작 따위를 일러 주는 사람으로 보통 무대 끝부분에 위치한다.
8 '오피쉬(opyš)'는 현재 프라하 성이 서 있는 언덕의 원래 이름이다.
9 체코 건국신화에 나오는 슬라브 족 공주로, 말을 달려 말이 멈추는 곳에 신랑감이 있다고 스스로 예언한 뒤 농부인 프르제미슬을 만나 결혼하고 프라하를 세웠다고 전해진다.
10 보헤미아의 성직자이자 역사가로 보통 프라하의 코스마스(1045~1125)라고 불린다. 보헤미아의 건국신화에서부터 자신이 살던 시대까지 보헤미아 지방의 역사를 기록한 『보헤미아 연대기』를 라틴어로 썼다.
11 보헤미아의 왕(1420~1471, 재위 1458~1471)으로 후스파의 지도자였다. 교황과 주변국들의 압력에 맞서 왕권과 민족적 자존심을 지켰다.

12 베네시(1884~1948)는 1935년 체코슬로바키아 2대 대통령으로 취임했으나 1938년 뮌헨협정이 체결되자 영국으로 망명하여 1940년 망명정부를 수립했다. 2차 대전이 끝난 이후 체코슬로바키아 4대 대통령에 취임하여 영토 내에 거주하는 독일人 헝가리계 주민에 대해 국적을 박탈하고 재산을 몰수하는 베네시 선언을 발표했다. 그러나 같은 해 체코슬로바키아 공산당과 소련의 압력으로 대통령직을 사임했다.

13 고트발트(1896~1953)는 체코 공산당 지도자로 1938년 뮌헨협정 이후 모스크바로 망명했다. 2차 대전 이후 총선에서 공산당이 제1당이 되자 총리로 취임하였으며, 1948년 체코의 5대 대통령이 되었다. 작은 스탈린이라 불렸으나 1953년 사망 이후 스탈린 비판 열풍이 불면서 유해가 프라하 영당에서 철거되었다.

14 자포토츠키(1884~1957)는 1921년에 체코슬로바키아 공산당을 창당하여, 1922년부터 1925년까지 공산당 서기장을 지냈다. 2차 대전 중이던 1940년부터 1945년까지 작센하우젠 강제수용소에 수감돼 있다가 2차 대전 이후 1948년부터 1953년까지 총리를 지냈다. 1953년 대통령으로 취임했으며, 1957년 프라하에서 사망했다.

15 노보트니(1904~1975)는 1921년 체코슬로바키아 공산당에 입당하여 2차 대전을 강제수용소에서 보냈다. 전쟁이 끝난 후 정치적으로 두각을 드러내기 시작, 1951년에 공산당 중앙위원회 위원이 되었다. 1953년 고트발트가 죽자 공산당 제1서기가 되었으며 1957년에는 자포토츠키의 뒤를 이어 대통령직을 계승했다. 그러나 1967년부터 국민 사이에 자유화 요구가 높아지고 당내 개혁파가 부상함에 따라 1968년 실각하고 당원 자격을 박탈당하기도 했다. 하지만 '프라하의 봄' 실패 이후 개혁파가 실각하자 1971년 당원 자격은 복권되었다.

16 스보보다(1895~1979)는 체코의 군인으로 두 차례 세계대전을 통해 국가적인 전쟁영웅으로 추앙받았다. 1968년 개혁파에 의해 대통령에 추대되었고, 프라하의 봄과 이어진 소련군의 개입으로 개혁파가 실각했음에도 1975년까지 대통령직을 지키며 소련정부와 납치된 체코 지도자들의 송

환 교섭을 하는 등 수습에 힘썼다.
17 후사크(1913~1991)는 '프라하의 봄' 시대에 부수상으로 임명되어 개혁파 인사 가운데 한 사람으로 여겨졌으나, 소련의 군사 개입 이후 개혁파와 거리를 두고 친소적인 자세를 보였으며 1975년 대통령에 취임한 뒤에는 개혁파와 반체제 인사를 강력히 탄압하는 소위 '정상화' 정책을 펼쳤다. 1989년 12월에 일어난 벨벳혁명으로 대통령직을 사임했으며, 1990년 2월 공산당에서도 제명당했다.
18 스메타나는 숙환인 환청이 악화되어 쉰 무렵부터 귀가 전혀 들리지 않았다고 한다.
19 체코의 유명한 신경정신의학자인 라디슬라프 하쉬코베츠(1866~1944)를 가리키는 것으로 보인다. 스메타나는 치매 증상을 보이다 죽었고 그의 뇌는 특수 유리병에 보존되었다. 스메타나의 증상에 대해 단순한 치매가 아니라 매독에 의한 정신질환이 아닌가라는 논란이 있다. 하쉬코베츠는 매독설의 대표적인 주장자였다.
20 Phallus Impudicus. 외설스러운 음경이라는 뜻으로 말뚝버섯의 학명.
21 바츨라프 광장에 있는 성 바츨라프 상은 말을 타고 있고 받침대 네 귀퉁이에 각기 네 명의 수호성인의 상이 서 있다.
22 8월 21일은 1968년 '프라하의 봄'이라 불린 체코슬로바키아 공산당의 개혁을 막기 위해 소련군이 침공하여 두브체크를 비롯한 공산당 지도자들을 납치해 간 날이며, 10월 28일은 1918년 체코슬로바키아가 오스트리아 헝가리제국에서 독립을 선언한 날이다.
23 브르제티슬라프 카프카(1891~1967)는 본래 조각가였으나 최면술사·치유사·초심리학 연구자로 활동했다.

작가 소개

이반 클리마 Ivan Klíma (1931~)
1931년 생으로 2차 대전 당시 테레진 수용소에서 3년을 보내고 살아남았다. 1968년 프라하의 봄 당시 〈주각작가동맹〉의 편집자로 있었다. 1970년대와 80년대 지하문학계에서 활발하게 활동했다. 밀란 쿤데라, 요세프 슈크보레츠키 등과 함께 현대 체코문학을 대표하는 인물로 꼽힌다.

알로이스 이라세크 Alois Jirásek (1851~1930)
교사이자, 체코의 역사와 전설을 소재로 많은 장·단편소설을 쓴 체코문학의 주요 작가로 노벨문학상 후보에 네 차례 올랐다. 「구시가지 시계의 전설」이 실린 단편집 『옛 체코 전설』은 유네스코에 의해 영어로 출판되었다.

구스타프 마이링크 Gustav Meyrink (1863~1932)
본명은 구스타프 마이어로 오스트리아 빈에서 태어났다. 신비주의에 관심을 가진 은행가였던 그는 처음엔 오스트리아 사회의 쇠락을 기록하는 풍자적인 이야기들을 썼다. 프라하로 옮겨온 후 이곳을 무대로 자신의 가장 유명한 소설 「골렘」(첫 출판은 1915년)과 영국의 연금술사 존 디의 생애를 소재로 한 환상소설 『서쪽 창문의 천사』를 비롯한 여러 작품들을 썼다. 당대의 인기 작가였으나, 그의 작품은 나치와 공산주의자 양쪽 모두에게 배척당했다.

에곤 에르빈 키쉬 Egon Erwin Kisch (1885~1948)
프라하의 유태계 독일인 작가이자 언론인으로 1906년부터 1913년까지 프라하의 독일어 신문 〈보헤미아〉의 기자로 활동했다. '르포르타주 문학'의 개척자로 손꼽히는 그는 오랜 세월을 외국에서 보내긴 했지만, 여전히 본질적으로 프라하 역사의 특정 시기에 그 도시의 삶과 분위기를 잘 포착해 낸 프라하 작가로 꼽히고 있다. 「세탁부 사건」은 그의 자서전인 『센세이션 시장』에서 발췌한 것이다.

미할 아이바스 Michal Ajvaz (1949~)

프라하에서 태어나 카렐 대학을 졸업했다. 소설가·시인·번역가로 활동하고 있으며, 체코 현대문학에서 마술적 리얼리즘 경향의 대표자로 알려져 있다. 현재 〈프라하 이론 연구센터〉의 연구원으로 근무하고 있으며, 소설 외에도 데리다와 보르헤스에 대한 연구서를 출판했다. 그의 소설 『텅 빈 거리』는 2005년 체코 최고의 문학상인 야로슬라프 세이페르트 상을 수상했다. 「과거」는 1991년에 출판된 『늙은 도마뱀의 귀환』에 수록된 작품이다.

프란츠 카프카 Franz Kafka (1883~1924)

프라하에서 태어나 평생을 보냈다. 그의 친구인 문학평론가 막스 브로트는 말했다. "……프라하의 진정한 아들 카프카는 프라하의 영혼에 뿌리를 두고 있다. 그의 시적 성격은 옛 프라하와 그곳에 사는 민족의 혼합이 빚어내는 신비한 마술에 매혹되어 있었다. ……그는 체코문화와 독일문화, 그리고 또 오랜 유대문화에 뿌리를 두고 있었다." 「변신」, 『심판』, 『성』과 같은 작품으로 유명한 카프카는 수많은 단편소설과 짧은 글들, 편지 및 일기를 남겼다. 「어느 투쟁의 기록」은 스무 살 때 쓴, 그가 프라하의 실제 장소들에 관해 쓴 사실상 유일한 작품이다.

야로슬라프 하셰크 Jaroslav Hašek (1883~1923)

20세기 반전문학의 고전인 풍자소설 『착한 병사 슈베이크의 모험』의 작가. 그는 어느 면으로 보나 진정한 보헤미안이었고, 비정규 저널리스트, 카바레 연주자, 정치운동가(그는 준법온건진보당의 창립당원이었다), 식도락가 등 다채로운 경력을 가졌다. 자신이 창조한 주인공 슈베이크처럼 하셰크는 1차 세계대전 때 러시아 전선으로 징집되었다가 볼셰비키 당원이 되어 러시아혁명에 참여했다. 「정신의학의 신비」는 그가 쓴 수백 편의 단편소설 중 하나이다.

얀 네루다 Jan Neruda (1834~1891)

말라스트라나에서 태어나 대부분의 생애를 그곳에서 살았다. 그 지역은 그의 가장 유명한 산문 『말라스트라나 이야기』의 배경이 되었다. 네루다는 실천하는 저널리스트이자 문학평론가였고, 또한 시와 희곡을 썼으며 당대 프라하의 일상을 생생하게 보여주는 단편소설들을 썼다. 1886년 프라하의 한 일간지를 위해 쓴 「그걸 어떻게 하지?」는 지금까지도 그의 가장 인기 있는 이야기로 남아 있다.

이르지 카라세크 제 르보빅 Jiří Karásek ze Lvovic (1871~1951)

체코의 시인·소설가·문학평론가인 안토닌 카라세크(1871~1951)의 필명이다. 그는 오랫동안 유력한 문예지 「현대비평」을 편집했으며, 1900년에 출판된 『고딕 영혼』은 세기말 체코문학의 퇴폐적 상징주의 단계의 고전이다. 여기 소개한 「종」은 이를 발췌한 것이다. 이 짧고 별 줄거리가 없는 소설에서 익명의 주인공은 퇴락한 귀족가문의 자제로 동시대의 공허함을 채울 의미 있는 것을 찾아 프라하를 방황한다.

카렐 차페크 Karel Čapek (1890~1938)

살아 있을 때부터 국제적으로 유명한 작가였다. 놀랍도록 다작을 한 그는 수많은 장편과 단편소설, 희곡, 시, 여행기, 신문칼럼과 에세이를 썼다. 많은 작품들이 번역되었으며 희곡 『RUR : 로섬의 만능 로봇 (Rossum's Universal Robot)』처럼 각 장르의 고전이 되었다. 「영수증」은 매우 큰 인기를 끌었던 차페크의 『주머니 이야기들』 중 하나이다.

이르지 바일 Jiří Weil (1900~1959)

프라하 근교에서 태어난 기자, 문학평론가, 번역가이자 소설가. 젊은 시절 헌신적인 공산주의자였으나 훗날 당에서 추방당했다. 2차 대전 기간 강제수용소를 피하기 위해 그는 지하로 숨었고, 나중에 그 경험을 『별이 있는 삶』과 『멘델스존은 지붕 위에 있다』라는 소설로 썼다. 『멘델스존은 지붕 위에 있다』는 그가 죽은 후인 1960년에 출판되었다. 이 책에 실린 작품은 이 소설의 8장을 발췌한 것이다.

요세프 슈크보레츠키 Josef Škvorecký (1924~)

보헤미아 북동부의 나호드에서 태어났지만 1969년까지 대부분 프라하에서 생활했다. 소련의 침공이 있고 한 해 뒤 그는 북미로 이주하여 캐나다 토론토에 정착했다. 『비겁자』, 『기적』, 『팽창의 계절』, 『인간 영혼의 기사』 등 슈크보레츠키의 일련의 주요 소설들은 단니 스미르지츠키라는 주인공이 겪은 일들을 중심으로 하고 있다. 이 소설들은 체코에서 큰 인기를 누렸고 많은 나라에 번역되어 널리 읽히고 있다. 1970년대 슈크보레츠키는 아내 즈데나 살리바로바를 도와 망명자들의 출판사인 '68출판사'를 운영하며 체코 국내에서 출판이 금지된 문학작품 수백 편을 발행했다. 여기에 소개된 「워싱턴에서 온 테너색소폰 솔로」는 원래 1994년 초 프라하 일간지 「리도베 노비니」에 실렸던 글을 작가가 나중에 보충하여 고쳐 쓴 것이다.

야힘 토폴 Jáchym Topol (1962~)

프라하에서 태어나 1970년대 말 언더그라운드 록밴드에서 잠시 싱어송라이터로 활동하기도 했다. 1985년 그는 「에드노우 노호우」라는 지하 문학잡지를 공동으로 창간했다. 이 잡지는 현대 체코문학을 중점적으로 다루었으며, 나중에 「레볼베르 레부에」로 이름을 바꾸었다. 토폴은 현재 주로 창작에 몰두하고 있다. 첫 번째 시집 『나는 너를 미치도록 사랑한다』는 1988년 지하출판을 통해 발간되었고 비공식 문학에 대해 수여하는 톰 스토파드 상을 수상했다. 첫 번째 소설 「자매」는 1994년 출판되었다. 여기 실린 「기차역에 가다」는 1993년 「레볼베르 레부에」에 실렸던 단편소설을 축약한 것이다.

다니엘라 호드로바 Daniela Hodrová (1946~)

문학이론가이자 작가로 활동하고 있으며 알레고리, 상징, 은유가 많은 포스트모더니즘 경향의 난해한 작품들을 주로 쓰고 있다. 프라하 토박이로 〈체코 및 세계문학 연구원〉에서 일하고 있으며, 『고통 받는 도시』라는 프라하에 관한 3부작 소설로 유명하다. 여기 발췌 소개하는 「위대한 도시가 보인다」는 1992년에 발간된 단행본이다.

프라하 연대표

7세기

전설에 따르면 슬라브 공주 리부셰가 커다란 도시의 환상을 보았다고 한다. 그녀는 평범한 농부인 프르제미슬과 결혼했다. 두 사람은 블타바 강이 내려다보이는 곳에 요새를 건설했다. 그 후손들이 1306년까지 체코왕국을 다스렸다.

935년

크리스마스 캐럴 'Good King Wenceslas'의 주인공으로 잘 알려진, 프르제미슬의 대공 바츨라프가 동생에게 살해당했다. 그 뒤 바츨라프는 체코왕국의 수호성인으로 받들어졌다. 그의 유해는 성 비트 대성당의 원형 홀 밑에 묻혀 있다고 전해진다.

10~14세기

체코왕국은 신성로마제국의 선거후국이 되어 번영을 누렸다. 프라하는 중요한 독일 및 유대인 공동체들과 함께 무역과 교회의 중심지가 되었다.

1346~1378년

체코 국왕 카렐 4세가 신성로마제국 황제가 되고, 프라하는 황금시대로 접어들었다. 1348년 카렐 대학이 세워지고, 신시가지가 만들어졌다. 블타바 강 양안을 잇는 카를 다리의 건설이 시작되었고 프라하 성 옆에 성 비트 대성당이 건립되었다. 학자들과 예술가들이 황궁으로 몰려들었다.

1389년
부활절 유대인 학살. 3천 명의 유대인들이 유대인 게토에서 살해당했다.

1415년
프라하의 저명한 신학자이자 설교자인 얀 후스가 이단 선고를 받고 콘스탄츠에서 화형에 처해졌다. 그의 가르침은 가톨릭 교회 권력에 대한 광범위한 저항을 불러일으켰다.

1419년
후스의 추종자들이 13인의 반개혁파 시민들을 신 시청사 창밖으로 내던지는 사건이 벌어졌다. 이 사건은 전국적인 반란의 도화선이 되어 종교개혁과 대규모 종교전쟁을 예고했다. 한 세기 동안 정치적 격변이 계속되면서 빈이 프라하를 능가하는 중요한 도시로 부상했다.

1576~1611년
루돌프 2세가 다시 프라하를 신성로마제국의 수도로 삼는다. 루돌프 2세는 뛰어난 학자들을 황궁으로 불러들였고, 이탈리아 르네상스의 영향이 건축과 미술 곳곳에 스며들었다. 프라하는 과학연구와 신비주의, 특히 금을 만드는 연금술의 중심지가 되었다. 골렘을 창조했다는 전설이 전해지는 랍비 뢰브(1532~1609)가 유대인 사회의 정신적 지도자로 활약했다.

1618년
분노한 신교도들이 프라하의 가톨릭 대표자들을 습격해서 구시가

광장에서 두 번째 창문 투척사건이 벌어졌다. 이는 신·구교도간의 적대감을 폭발시켜 결국 유럽 전체가 휩쓸려 들어간 30년전쟁으로 비화되었다.

1620년

보헤미아의 신교도 군대가 오늘날 브르제브노프에 있는 백산(白山)의 전투에서 신성로마제국 군대에게 대패했다. 27명의 반란 지도자들이 구시가 광장에서 공개 처형되었다. 보헤미아와 모라비아 독립운동은 치욕을 당하고 합스부르크 왕권의 힘은 무수한 바로크 건축들—거대한 성당, 정묘한 궁전, 화려한 기념물들—을 통해 프라하에 뚜렷이 각인되었다. 독일어가 공식 언어가 되었다.

1787년

모차르트의 오페라 '돈 조반니'가 스타보브스케 극장에서 초연되었다. 정치 혼란에도 불구하고 문화 중심지로서 프라하의 중요성은 사라지지 않았다. 프라하는 음악가와 작곡가들의 성지가 되었다. 이탈리아 오페라와 합창곡이 융성했다.

1815년

나폴레옹의 패배 이후, 다시금 체코 민족주의의 씨앗이 뿌리를 내리게 되었다. 체코 문화에 대한 새로운 관심이 문어(文語)로서 체코어의 부흥을 이끌었다.

1848년

민족주의의 열기가 빈체제(나폴레옹 실각 이후 빈 회의를 통해 형성된 보수반동적 국제질서)에 맞선 학생 봉기로 분출했다. 하지만 6일 뒤, 봉기는 잔인하게 진압되었다.

1850~1914년

도시의 산업화가 진행된다. 1914년에 오스트리아헝가리제국의 산업생산량의 70%가 보헤미아에서 생산되었으며 그 대부분은 프라하 광역권에서 이루어졌다. 프라하는 혁신적 미술과 건축의 국제적인 중심지가 되었다. 입체파와 아르누보 양식의 건축과 디자인이 급격히 증가했다.

1918년

오스트리아헝가리제국이 붕괴되었다. 토마시 가리구에 마사리크 대통령의 영도 아래 체코슬로바키아공화국의 건국이 선포되었다.

1918~1937년

다다이즘, 초현실주의, 구성주의, 포에티즘, 미래주의, 바우하우스 등의 사조들이 새로운 공화국의 역동적인 분위기 속에 활기차게 번성한다. 소련과 나치 독일의 힘이 강해지며 국내의 정치적 긴장도 증가한다.

1938년

뮌헨조약 체결. 독일인 거주 지역인 주데텐란트의 대부분이 체코슬로바키아에서 분리되어 독일에 합병되었다. 슬로바키아는 준(準) 독립국가가 되었다.

1939년 3월 15일

독일군이 프라하를 점령한다. 나중에 체코인에게 암살되는 라인하르트 하이드리히가 제국의 총독으로 부임했다. 공포정치가 뒤따르고 프라하, 보헤미아, 모라비아의 유대인들은 테레진의 강제수용소로 이송되기 시작했다.

1945년 5월 5일

프라하 시민들이 독일에 맞서 봉기한다. 4일 뒤 독일이 항복했다. 미군이 필젠에 머무르는 사이 소련군이 프라하를 해방시켰다. 이후 주데텐란트의 독일인들이 추방되고 그들의 재산은 몰수당했다. 체코와 슬로바키아는 다시 통합되었다.

1946년

전후 최초의 선거. 공산당이 국민투표에서 36%를 득표하여 최대 다수당으로 떠올랐다.

1948년 2월

공산당이 정권을 잡는다. 프라하는 철의 장막 속으로 들어갔다.

1956년

모스크바에서 소련 공산당 제20차 전당대회가 열렸다. 새로운 권력자 흐루시초프가 스탈린의 전횡을 폭로하여 공산권 사회의 개혁운동이 시작되는 계기가 되었다. 이는 체코슬로바키아에도 서서히 영향을 미치게 된다.

1968년

프라하의 봄. 알렉산드르 두브체크가 이끄는 체코슬로바키아 공산당이 개혁을 시작하지만, 바르샤바 조약기구 군대가 침공하여 민주화를 중단시켰다. 이후 억압적인 '정상화' 시기가 오랫동안 계속된다.

1977년

바츨라프 하벨을 위시한 체코와 슬로바키아의 지식인들이 77헌장을 발표하고 77헌장 그룹을 만든다. 이 인권운동 그룹은 비공식

적 · 비폭력적인 체제반대 세력의 핵심이 된다.

1989년 11월
베를린 장벽이 붕괴하고 바츨라프 광장에서 대규모 시위가 벌어진 뒤 공산당 정권이 물러났다. 프라하 감옥에서 석방된 바츨라프 하벨이 대통령으로 선출되어 프라하 성에 들어갔다.

1990~1992년
민주주의와 자유시장경제가 확립되었다. 슬로바키아 민족주의자들의 압력으로 상호 합의 하에 체코와 슬로바키아가 분리되었다. 프라하는 체코공화국의 새로운 수도가 되었다.

1993년 이후
프라하는 다시 문화와 경제의 중심지가 되었다. 벨벳혁명이 일어난 지 5년 만에 도시는 예전의 아름다움을 대부분 되찾았다. 매년 수백만 명의 관광객들이 프라하를 방문하고 있다.
시민혁명이 성공한 뒤, 하벨은 한 연설에서 "우리는 평화적으로 혁명을 이루어냈다. 이는 벨벳혁명이다"라고 말했는데, 이후로 벨벳혁명은 피를 흘리지 않고 평화적으로 이룩한 모든 혁명을 가리키는 말로 쓰이게 되었다.

이 책에 실린 16편의 작품들 가운데 11편의 퍼블릭 도메인을 제외한 아래의 5편은 주한 체코대사관 야로슬라프 올샤 대사의 도움으로 각 작품의 작가로부터 직접 한국어판 출판권을 얻었다. 야로슬라프 올샤 대사와 다섯 분의 체코 작가들께 깊은 감사의 마음을 전한다. 아울러, 작품 번역에 조언을 주신 한국외국어대학교 체코 · 슬로바키아어과의 이바나 보즈데츠호바 교수께도 감사드린다.

프라하의 정신 ⓒ 이반 클리마, 1990
과거 ⓒ 미할 아이바스, 1991
워싱턴에서 온 테너색소폰 솔로 ⓒ 요세프 슈크보레츠키, 1994
기차역에 가다 ⓒ 야힘 토폴, 1991
위대한 도시가 보인다 ⓒ 다니엘라 호드로바, 1992

The Eleven of Sixteen works in this book are in public domain. The Five texts listed above are translated and published in Korean with the permission from each of the authors, through Ambassador Jaroslav Olša Jr., Ambassador of the Czech Republic to the Republic of Korea. We deeply appreciate all of his time and effort, and Ivan Klíma, Michal Ajvaz, Josef Škvorecký, Jáhym Topol, and Daniela Hodrová for letting us introduce their great works to Korean readers. We also appreciate Professor Ivana Bozděchová, Department of Czech and Slovak Studies at HUFS, who gave us valuable advice for translation of this book.